华章
传奇派

品味无限不循环的人生

织网人
畸零者之罪

徐永健 著

图书在版编目（CIP）数据

织网人：畸零者之罪 / 徐永健著. —重庆：重庆出版社，2022.7
ISBN 978-7-229-16960-2

Ⅰ.①织… Ⅱ.①徐… Ⅲ.①长篇小说—中国—当代 Ⅳ.①I247.5

中国版本图书馆CIP数据核字（2022）第111245号

织网人：畸零者之罪
ZHIWANG REN: JILINGZHE ZHI ZUI

徐永健 著

出　　品：	华章同人
出版监制：	徐宪江　秦　琥
责任编辑：	王昌凤
特约策划：	边江工作室
营销编辑：	史青苗　刘晓艳
责任印制：	杨　宁　白　珂
封面设计：	正西设计

重庆出版集团
重庆出版社　出版

（重庆市南岸区南滨路162号1幢）
北京盛通印刷股份有限公司　印刷
重庆出版集团图书发行有限公司　发行
邮购电话：010-85869375
全国新华书店经销

开本：880mm×1230mm　1/32　印张：9.125　字数：178千
2022年11月第1版　2022年11月第1次印刷
定价：42.00元

如有印装质量问题，请致电023-61520678

版权所有，侵权必究

目录

第一章 你是凶手／001

一、独峰山惨案／002

二、畸零者／012

三、房客／020

四、偷窥／027

五、丑陋的织网人／037

六、箭靶／051

七、陪酒／057

八、桂男／069

九、畸恋虐缘／080

十、化身博士／091

第二章 我是凶手／101

一、三起血案／102

二、两张面具／111

三、0和1／117

四、富贵命 / 125
五、程序员文化 / 132
六、黑色生命力 / 140
七、错误的爱情 / 149
八、透支 / 161
九、披心相付 / 169
十、打醒老夫子 / 179
十一、武大郎 / 191
十二、天意如此 / 201
十三、破庙 / 212

第三章　谁是凶手 / 217
一、他是谁 / 218
二、无法收尸 / 225
三、首善老人 / 237
四、吾自明 / 243
五、浪漫至死 / 251
六、自首 / 258
七、认罪 / 264
八、活着 / 270
九、最后的真相 / 278

后记 / 284

第一章
你是凶手

一、独峰山惨案

　　这不是你。

　　残忍杀害九条人命、犯下滔天罪行，穷凶极恶的杀人犯，怎么可能是你？

　　但是，通缉令上赫然写着"贾向阳"三个字，还有那张一眼就能辨识、被烧坏半边脸的丑陋面孔。

　　不是你，又能是谁？

　　九条鲜活的生命啊！他们是家中的顶梁柱，襁褓中婴儿的母亲，刚办完婚礼的新婚夫妇，还有的连恋爱都没谈过。他们与你无冤无仇，更是你朝夕相处、并肩作战的同事。为何你会如此丧心失德，为何你会这样穷凶极恶？

　　我不明白，我也无法接受。

　　我当然知道你生在黑暗中，活在深渊里。我也知道你从来没有消极过、沉沦过。你始终以善良之心，笑着面对生活中的悲与苦，顽强地绽放生命里的每一分每一秒。正如你的名字——贾向阳，夹在苦难中，也要心向阳光。

　　然而，我错了。我以为你是一棵顽强的向阳花，岂料你竟是一株怒放的恶毒花。

　　警方的通告已经发出来了。

　　2022年4月1日，东吴市著名人工智能公司——智熊科技的九名员工去绿藤市团建旅游，中巴车行驶到东吴市郊的独峰山时，突然发生爆炸。

接到报案后，救护车、消防车、警车火速赶到事发现场，进行抢救和调查。案发现场触目惊心，受害者的身体被炸碎，并向四处飞散，有些甚至飞出上百米远，部分已经找不到了。

由于爆炸产生的火焰和高温，不少尸体已经被焚烧成焦黑色，甚至出现了炭化现象。受害者的身份一时无法辨认。后来通过DNA比对、死者物件等多方证实，才一一确定了死者身份。九名受害者分别是：智熊科技CEO（首席执行官）蒋正杰、部门经理钟羽娇、司机巫子铭，以及六名优秀员工——付钰、魏依依、陈震、金诺、冯泰和骆云扬。

基于对现场的缜密勘查，警方很快排除了意外事故的可能性。现实生活中，车辆发生爆炸通常会有三种情况：一是装运易爆的危险品；二是撞车时碰到了油箱；三是火灾中油箱遭到较长时间的燃烧。然而，这次的案发车辆既没有装载易爆品，也没有发生车祸。唯一的可能就是汽车出现自燃或其他原因的起火，可即便这样，在汽油的爆炸浓度极限到来之前，车内人员仍有足够的时间逃生。

随后，侦查人员在案发现场检测出了炸药成分，并找到了一架无人机残骸。凶手的作案过程也就十分清晰了，即通过遥控无人机投放爆炸物。警方认定这是一起性质严重的蓄意谋杀案，而罪魁祸首也不难推测。

首先，加上司机，现场应该有十具尸体，但最终只拼凑出九具。消失的那个人，自然就有最大的嫌疑。

其次，我国对枪支弹药管控严格，只要找到炸药的获取来源，就能查到凶手的身份。

最后，虽然案发地偏僻，监控尚未覆盖，报案人员也无法提供有效的凶手画像，但是经过恢复的车载视频监控设备，记录下了整个案发过程。

贾向阳，对于你的犯罪事实，你应该是供认不讳的吧，要不你也不会畏罪潜逃了。

这次的团建活动，你本来是部门里唯一没有受邀参加的，是我把机会让给了你。没想到，我的一时心软，却酿成了大祸。一车九人，全部惨遭你的毒手，无一幸免。

你的父亲贾大强，曾经在采矿场工作多年，炸药是不难搞到的。你又是理工科的博士，完全可以制造出简易的爆炸装置，并通过无人机远程投掷。今年的1月13日，陈震向魏依依求婚时，就是你操控无人机运送的戒指。记得我们测试的时候，你还用无人机在蔚蓝的天空中，写下过我的名字。没想到，当初制造浪漫的机器，现在成了谋害生命的作案工具。

你选择在独峰山下手，是因为你对这里再熟悉不过了。独峰山是溢出型死火山，海拔只有二百四十四米，山峰孤突，整体呈孤立的锥状体，故名"独峰山"。在过去，这就是一座荒山。20世纪

80年代，你的父亲贾大强还没有出事，他用了十几年的时间，在山上种树，成为绿化荒山的开荒人。2000年，一场大火把整座大山点燃了，也将你的父亲烧成了"半边人"，只剩一条腿和一只胳膊。你脸上的疤痕，同样是在那场大火中留下的。

又过了二十年，你的父亲又铺出了一座青山，也因此成了东吴市民口中的"当代愚公"。市政府借机宣传造势，大搞形象工程，修了一条"最美公路"，直达独峰山。今年道路通车后，去往绿藤市的时间至少省了三十多分钟。但独峰山地处偏僻，距离市区有三十多公里，山上别说游玩项目了，就连一条像样的山路都没有。媒体炒作一段时间后，热度消散，人们便不再关注了。除了前往绿藤市的司机偶尔会走这条路，平时鲜有游客。

案发当天是星期五，正常工作日，"最美公路"上的车辆行人就更少了。你又选择在独峰山的北侧作案，因为你知道独峰山山势陡立，南面相对坡缓，而东北面坡陡，最大倾角可达六十度，这里的遮挡性最好。

不过，经过恢复的车载监控系统，记录了案发前的相关过程。

4月1日早上6点钟，司机把车子开到公司楼下，同事们陆续到达。原计划6点10分发车，可你因为照顾病重的父亲，晚了将近十分钟才赶来。本来大家就没想跟你一起出游，你还迟到了，所有人都毫不掩饰地表达了不满。我们的CEO蒋正杰，不停地催促钟羽娇给你打电话，问你到哪里了。司机甚至表示，6点20分之前，如果你还没出现，就不会再等了。

幸好你在这之前赶到了。一见到你,每个人的脸上都写满了厌烦。没人愿意跟你坐一块儿,空位上放着行李,也不给你让座。最后还是钟羽娇出面协调,才勉为其难地帮你找了一个位置。

你在最后一排的角落里坐下,便开始大口吃从家里带来的肉包子和煮鸡蛋。这又引起了他们的反感,他们矫情地说,受不了肉包子的油腻和"臭鸡蛋"的味道。好像他们刚才吃的包子和鸡蛋,就不油腻,就没有味道。新婚不久的魏依依更是做出呕吐的反应,她的老公陈震愤怒地看了你一眼,然后不顾4月初的风寒,打开了车窗。你也吃不下去了,又舍不得扔掉,讪讪地把吃剩下的早餐,收进了你那硕大的背包里,然后关上了车窗。

市区里走不快,汽车行驶了一段时间,伴随着车辆轻微的颠簸感,一群早起的同事,都有点昏昏欲睡了。有的戴着耳机闭目养神,有的倚着座椅,睡起了回笼觉。你们度过了短暂而平静的二十分钟,彼此相安无事。突然,司机的一个急刹车,以及几句粗暴的骂声,打破了这份安宁。

"大清早的闯红灯,你们想死,别害老子啊!"司机冲着一对年迈的蹒跚夫妇,怒声骂道。

"不就闯个红灯嘛,闯红灯是咱们东吴市的特色。巫师傅,你现在脾气见长呀,是不是开车久了,都会有路怒症?"蒋正杰问道。

"这您就不懂了,骂几句,能保平安的。"司机认真说道,"也是让他们长长记性。"

"我看巫师傅是昨晚没有开车,所以今天开车才会这么暴躁吧？哈哈……"几个年轻同事自以为幽默地开起了玩笑。

"你们几个单身狗，懂什么叫开车吗？"巫师傅回怼道，"说到开车，你们都应该向蒋总学习，他可是名副其实的老司机……"

"老巫，好好开你的车，扯我干什么。"蒋正杰没有生气，似乎还有些得意，却依然装出一副义正词严的样子。

大家听到领导这样说，立马安静了下来。贾向阳，只有你，反应总是比别人慢半拍，大家都已经笑完了，你才想明白"开车"的谐音梗，被同事们的幽默逗笑了。

"哎哟，贾向阳笑了，他不会才听懂吧？"一个同事调侃道。

"有什么好奇怪的，他才听懂不是很正常吗？"陈震讥笑了一声，脑子一转，憋着坏偷偷向大家使了个眼色，"反正闲着也是闲着，不如玩真心话大冒险吧？"

大家会意，纷纷点头赞同，一张张脸上，无不流露出看热闹不嫌事大的丑陋模样。

"我来宣布规则，先从贾向阳开始，谁让他坐最后一排的角落里。我们每个人向他提一个问题，他必须诚实回答，如果不回答，就要完成大冒险的任务。二选一，必须要完成一项。大家同意吗？"

"同意。"一群人异口同声。

"我再单独给贾向阳解释一下，免得他又理解不了。其实也很简单，就像公司的新人破冰游戏那样，回答问题，或者完成任务，二选一……对了，你刚进公司的破冰活动，一定还没忘记吧？"

提到那段丑态百出的历史，一车人都忍不住捧腹大笑。

"说得我都有点兴奋了，我来问第一个问题，"陈震摩拳擦掌，跃跃欲试地道，"贾向阳，你现在还是处男吗？"

"不是。"你面无表情地回答。

"真的吗，我不信。上次玩游戏的时候，你还……呃，跟谁啊？该不会是……"

"不好意思，你的问题，我已经回答过了。"

"好，那我来问第二个，"骆云扬急切地道，"是跟萧希吗？"

"是的。"你的声音有些冰冷。

可是你的坦白，换来的却是一片哗然，有人面露鄙夷地小声嘀咕，有人幸灾乐祸地大声议论，还有人不可思议地哑然无语。

第三个问题是付钰提的。

她问："以前合租的时候，你到底有没有偷偷进过我们的卧室？"

你答："没有。"

对于这个简洁的答案，另一位曾经的室友魏依依，立即提出了质疑："你说谎，肯定就是你。房间里的污秽物，也是你留下的。不是你，还能是谁？"

你答："我把这当成第四个问题。我的回答是——真的不是我。"

魏依依还想继续争辩，被陈震止住了。

第五个问题是金诺提的。

她问："那天晚上，你究竟有没有在女厕所门口偷窥？"

你答："没有。"

她接着质疑："那你举着手机，往厕所里凑什么呀？"

你反问道："这算第六个问题？对不起，第六个问题，不该你问了。"

经理钟羽娇赶忙打圆场："我来问一个吧。我一直想不明白，现在的医美技术这么发达，你为什么不把脸上的烧伤处理一下？多影响形象呀！就是不为自己考虑，也要为萧希考虑啊。"

你说道："以前我觉得比起整容，整心更重要。不过，现在我确实有打算把这张脸美化一下。"

第七个问题是冯泰提的。

他问："听说你已经准备离职了？"

对于这道送分题，你竟然不知道如何作答，你选择了大冒险。

他笑着说："好啊，大冒险的话，就是给萧希打个电话，向她提出分手。你敢吗？"

司机看不下去了，替你说话："别闹，这样有点过分了，人家好不容易找个对象，回头你再给整没了。冯泰，你换一个，哪怕脱件衣服或者翻翻他的包也行啊！"

冯泰说："我才不要脱他的臭衣服、翻他的破包。"

你说："巫哥，没关系，这点自信我还是有的。"

说着，你就拿出手机，拨通了我的电话。

当我听到你提出分手的话时，其实并没有感到太大的意外。不是因为我未曾认真对待过这段感情，也不是因为我看不上你，恰恰相反，是我觉得配不上你。

好在你这次没有那么笨，开了免提，我听到一群没心没肺的笑声，就知道你又被他们捉弄了。我在电话里头故意表现出惊讶、慌乱的语调，还苦苦哀求你不要分手。我不知道这里面有几分真几分假，但是我清楚这样做，应该能够让你挽回一些面子。

第八个问题是蒋正杰提的。

他问："上次在好门岛陪客户吃饭，萧希到底有没有喝醉，有没有跟客户发生关系？为了这事，我可是开除了三名主管。事情扑朔迷离，我都不知道该相信谁了。"

你答："蒋总，我觉得您应该相信自己的下属。萧希不会主动投怀送抱，更不会勾引客户，就算两人发生了什么，也一定是被那个'胖蛆'强行猥亵的。有句话我不知道该不该讲，当我们看到一个女孩子为强暴所污时，社会上的人应该怜惜她，而不应该轻视她，或者再去揭她的伤疤。"

虽然你是在维护我的声誉，但这样的话，的确不该讲。整个公司，可能也只有你敢对我们的CEO出言不逊。

蒋正杰的脸色立马就变了，但是在商场混迹这么多年，他早就练成了不管脸色多难看，也能说出一堆漂亮话的本事。他臊眉耷眼地在车里望了一圈，然后一本正经地说："对，说得没错。我们不仅要怜惜萧希,还要对贾向阳表示敬重。胡适说过,娶一个名声受到影响的女子,与娶一个寻常的女人,是没有任何区别的。若有人敢这样做,我们应该敬重他。"

八个问题结束之后,陈震做起了主持工作:"还有谁没提问吗?如果都问过了,我们就接着下一个。"

"巫师傅还没问。"

"哦,巫师傅是自己人。那最后一个问题,就交给巫师傅啦。"

"好的,正好我有一个困扰我很久的问题,一直挺好奇的,贾向阳,你是怎么每天都能保持积极乐观的?"巫师傅趁着等绿灯的时间打开车内音响,播放了一首《向阳花》,"就像歌里唱的,如果你一直生长在黑暗中,你会不会害怕?还会不会继续开花?"

你的表情一下变得僵硬、苦涩,然后是久久未能消退的沉郁。其他同事如此犀利、尴尬的问题,你都能直面应答,唯独这个既不犀利也不尴尬的问题,反倒让你足足愣了十几秒钟。你大概是想起了你的悲惨身世,你那种种不堪的过往,还有此刻躺在病床上的可怜父亲。

车子行驶到独峰山,你还没有回答问题,就让司机把车停下,然后背着那个沉重的包,匆匆下了车。

你下车之后,他们没有停止对你的讨论。

"这家伙真搞笑,怎么突然就在这里下车了?"

"咱们这样嘲弄他,他当然坐不住了。巫师傅刚才的那个问

011

题，问得我有些毛骨悚然。你们说，贾向阳天天被欺负，有一天他会不会突然头脑发热，把我们都给做了？"

"没人愿意欺负他，是他自己活该！谁让他偷进女同事的房间，偷拿女同事的内衣，还偷窥女同事上厕所……实在是太过龌龊下流了。"

"越是这种品行不端的人，越要少惹。兔子急了还会咬人呢。"

"你们想多了，贾向阳的老家就在独峰山脚下。他在这里下车回趟老家，也是很正常的。"

"我就说，他不可能报复的。不要再说他了，我们继续游戏，下一个是谁，巫师傅怎么样？"

"好呀，你们尽管问，多问些大尺度的，尺度不大，我不喜欢……"

随着巫师傅几声爽利的笑声，监控录像的画面也就播完了。

我能够想象，车内同事正在无节操地开玩笑时，你的无人机已经悄然起飞。在他们的欢声笑语中，你丢下了致命的爆炸物。这一车九个人，瞬时被你炸成了纷飞的碎屑。

二、畸零者

有人说，你永远也不可能真正了解一个人，除非你穿上他的鞋子走来走去，站在他的角度思考问题。可当你真正走过他走的路时，你连路过，都会觉得难过。有时候你所看到的，并非事情的真相，你了解的，不过是浮在水面上的冰山一角。

贾向阳，你现在成了全国通缉犯。

我曾以为了解你的疾苦，此时我才发现，我以为的感同身受，只不过是我以为的。我对你的百般注解和识读，或许并不构成万分之一的你。

1992年，你刚出生几个月，就被亲生父母丢弃在东吴市"天使之家"的大门口。"天使之家"是一家民营的儿童临终关怀机构，里面住的都是因无法救治而只能等待死亡到来的孩子。

有数据统计，东吴市每七个小时，就有一名儿童被诊断为恶性肿瘤，最常见的是白血病、淋巴瘤和实体肿瘤。当被医院告知无法治愈的时候，大多数家长是接受不了的，不死心，依然四处奔波。可最终的结果通常都是不尽如人意的，甚至因此导致了对患儿的过度治疗，带来了更大的痛苦。还有一些父母，只能被逼无奈地面对现实，可就算接受了孩子的绝症，也不忍心眼睁睁地看着亲生骨肉遭受病痛的折磨。

所有的生命都是有价值的，不管这个生命是长是短，是不是为社会作过贡献。每一个孩子都应该被爱、被关怀，不管这个孩子是健康还是正在与病魔作斗争。

"天使之家"提供的服务，就是让那些临终期的儿童，能够平静而有尊严地走完最后的时光，减少孩子和家长生理、心理方面的痛苦。这里的平均入住时间只有七天，生命周期最长的也不过三十天，最短的仅住一天就去世了。

你的父母,没有勇气与你一起面对苦难,一起等待死亡的降临。他们选择用逃避的方式,提前跟你作最后的告别。

所幸"天使之家"对面的小摊主,发现了你。

没有人想到你的生命力竟会如此顽强,你熬过了三十天,打破了"天使之家"的入住纪录。慢慢地,你的生命体征稳定,机构便开始帮你寻找合适的医院。医院是找到了,但手术费要十几万元,机构无力承担,便把问题抛给了小摊主,让他好人做到底。

小摊主没有觉得自己被道德绑架了,反正他也是孤家寡人一个,权当花钱买只宠物了。于是,像收养一只流浪狗一样,小摊主把你从"天使之家"接走,转头就送进了全国最好的专科医院。

康复后,小摊主给你上了户口,你才知道他叫贾大强。不过大家都不喜欢喊他"大强",而是调侃他为"小强",那你就成了"小小强"。

有人给贾大强算过命,说命硬的孩子克父母,"小强"怕是干不过"小小强"的,还让他赶紧把你扔掉。贾大强没有相信,心说都是些江湖骗子,上次还说我会发大财,娶上漂亮媳妇呢,从来没有灵验过。

然而,算命这回事,往往就是好的不灵,坏的灵。

1992年,你和贾大强刚相识,就花光了这个已过不惑之年的老光棍全部的积蓄。

2000年,独峰山发生大火,燃尽了他辛苦十几年种下的所有树木。贾大强在大火中，被烧成了"半边人"。

2014年，为了不拖累你们这对可怜的父子，年过八十的爷爷奶奶，在家中双双"意外"过世。

2021年，贾大强罹患癌症，现如今癌细胞已经大面积扩散，预计只有几个月的生命。

2022年4月1日，因为你，时日无多的贾大强又多了一个称号：杀人犯的父亲。

不信命的贾大强，面对这一个又一个噩耗，不知道有没有产生过一丝怀疑：是否这个跨过冥河的孩子，真的是扫把星？

我想贾大强应该没有质疑过，也从未后悔领养了你。因为在他眼里，你是最懂事的孩子，你学习成绩好，读了个博士出来，让他走到哪里都觉得倍儿有面子。你还那么孝顺，"你养我小，我养你老，天经地义"是经常挂在嘴边的话。

可你身上毕竟担着九条人命。如果当初没有救下你，独峰山爆炸案就不会发生。这么简单的因果关系，贾大强是能想明白的。

贾大强不后悔救下了你，让他悔恨的是，救你的人为什么是他。他没有文化，不知道怎么教育一个孩子，最多只会说些虚头巴脑的话：

像什么"做人要善良，因为善良的人，保存了这个社会上最多美好的东西"；

像什么"做人不要太计较别人说什么，人能做的是改变自己，不是改变别人"；

像什么"做人要自强不息，最好的方式就是修身养性"；

又或者是"人生是不圆满的，人求圆满是跟自己过不去。最美好的人生，不是这辈子儿孙满堂、无灾无祸、长命百岁、挣了很多的钱、赢了很大的名、吃遍山珍海味、游尽五湖四海，而是找到喜欢的事情，并投入全部的精力和热情，不管这个事情是当个伟大的科学家，还是做个普通的手艺人。也不要在乎结果是什么，因为结果不是自己能掌控的。如此这般，但行好事，莫问前程，才会人间值得，不枉此生"。

愚蠢的导师，教不出聪明的学生。傻里傻气的父亲，栽培出来的，也只能是笨小孩。

可能就是这些不合时宜的价值观念的灌输，才让你变得不合群，成了大家眼中的异类。

后来贾大强残疾了，最难的时候，要靠乞讨和捡破烂维持生活。这时他还在说些没用的废话："做人要乐观，哪怕已经走到了生存的边缘，也要在命运的刀尖上跳舞。"

他不会想到，一个只有一条腿、一只胳膊的父亲，带给孩子的不仅是身残志坚的励志和感动，还有同学、同事，甚至老师、老板的嘲笑和欺辱。

读小学的时候，你那张烧伤的恐怖的脸，就吓哭了不少同学。他们喊你"丑八怪"。

后来，你的父亲为了生存，不得不以乞讨和拾荒为生。那些同学也都学到了更多的文化和知识,不再单纯地喊你"丑八怪",而是加了一些修饰词:"要饭的丑八怪""捡破烂的丑八怪"……你的那副"尊容",也被戏谑为"被恶魔亲吻过的鬼脸"。

但是,你非常争气,学习成绩特别好,你一骑绝尘,他们则望尘莫及。别人读书费钱,你不仅不花钱,还能挣钱。靠着优异的成绩,以及学校的各种奖学金,通过家教、助教、打工挣来的钱,你一路读到了博士。

不过你差点就没有拿到博士学位。你实在看不下去导师的恶劣行径,洋洋洒洒地写了几万字的举报信,把这个道貌岸然的导师所做的丑事,一一揭露了出来。比如,他以虚假补助的名义,要求学生为其私事进行高强度的工作,包括替他代写、修改SCI论文,并用这些论文骗取国家科研基金。比如,他以克扣奖学金、延期毕业等方式,抢夺学生论文的第一作者,霸占科研成果。再如,他逼迫大家每天至少工作十六个小时,电话二十四小时开机,随时听候差遣。除了身体上的压榨,他还对学生进行人身攻击、言语侮辱。有些心理素质差的学生,因为无法忍受压力,又看不到毕业的希望,患上了严重的抑郁症,甚至有过轻生的举动。

举报信送到学校,并没有引起足够的重视,却彻底激怒了你的导师。他对你记恨在心,处处找你麻烦,通过各种方式,不让你毕业。无奈,你只能把举报信发布到网络上,既然学校解决不了,那便求助于社会。最终,你胜利了,成功拿到了毕业证书。

接下来,你以为终于可以找份喜欢的工作了,终于可以一展拳脚了。可很快你就发现，学校、企业、科研单位，统统不欢迎具有维权意识的求职者。再加上你那个导师的添油加醋，暗中作梗，你这样一个麻烦人物，更是没人敢用。

应该是英雄相惜吧，也可能是看到了你身上的流量价值，网熊科技的老板牛祎——就是那个树敌无数、曾经以一己之力单挑整个互联网圈的"牛大炮"，在媒体关注度最高的时候，向你抛来了橄榄枝。他高调地对外界宣布，"网红维权博士贾向阳，已确认加入网熊科技新成立的人工智能（AI）子公司——智熊科技。智熊科技是一家专注于企业人工智能研发和服务的公司，提供商业服务机器人、工业机器人、新零售智能设备及解决方案……"文案下面，还不忘配了多张新公司的宣传照片，还有一张跟你的合影。

那张合影中，你和牛祎身穿正装，两人握着手侧身朝向镜头，不约而同地露出那种如刚签完上百亿合同的商务笑容。不知道的，还以为牛祎请你是去做CEO的，起码也得是个CTO（首席技术官），或者技术总监。其实，你就是一个普通的工程师，那次合影之后，你们再也没有见过面。

人的气场是个很神奇的东西。大部分人在不同场合、不同的对象面前，表现出来的气场也是不同的。可你不一样，你不管在哪里，都能很快地将自己陷于边缘人的境地。

你刚进公司，大家看到你脸上的伤痕，无不充满了敬重和忌惮，心里琢磨："瞧他脸上那片伤，还真符合'维权骑士'的形象！以后要离这人远一点儿，惹不起。"

不过没多久大家就发现，原来你并不是一身戾气，一点儿事就好斗逞能。相反，你的性格特别单纯、简单。大家对你，也就没有那么惧怕和顾虑了。

再后来，大家越来越觉得，你那不是单纯，你根本就是傻。

你为了省钱，从未参加过同事们的聚会。办公室里点下午茶，也不会带上你，因为别说一杯奶茶了，连一瓶一块钱的矿泉水，都没见你买过。你总是说，小钱都是长脚的，看不好，就特别容易溜走。

可是，你却从每个月的工资里拿出两千元，资助了五个创伤儿童。每年劳动节、国庆节、春节，一年至少两次，你还去给他们"开大会"，把贾大强教你的那些道理，悉数传授给孩子们。你说自己淋过雨，所以想给别人撑把伞。能力有限，钱也不多，但只有穷过的人才清楚，雪中送炭远胜于锦上添花。帮助，从来都是越早越好。

人们总是以最坏的恶意揣度人性，可能是因为你的这种特立独行，让大家感到了一种莫名其妙的道德压力。于是，他们说你是作秀，说你另有目的。

面对误解和质疑，你不擅长解释，也不打算解释。就像你养父说的那样："做人不要太计较别人说什么，人能做的是改变自己，不是改变别人。"

你不会想到，你越不解释，他们越觉得你清高。仿佛你是"出淤泥而不染"的白莲花,而他们则是那坨臭淤泥。

久而久之,大家从觉得你善良,到以为你傻,再到笃定你不屑于跟他们"同流合污"。所有人都不喜欢你,有意识地和你保持距离。

事实上,你也给了他们远离你的理由。你不讲究生活卫生,整天蓬头垢面,一身廉价的西装从没见你换过。即便是冬天,你身上隐约的馊味和臭味,依然弥漫于办公室里。你有着最单纯、最傻、最清高的灵魂,却长着一张丑陋、埋汰、猥琐的面孔。

你这个三十岁了还没谈过恋爱、左脸爬满疤痕、右脸满是痤疮、身高只有一米六、性格怪异、行为让人迷惑的家伙,成了女同事的重点防范对象。

不仅女同事防备,就连男同事也处处提防你。谁让你是一个有过维权经历,清高正直,又敢于打破平静的人。你与他们"尿不到一个壶里去"。有你在,谁还敢接私单,吃回扣,赚外快?

那些新来的女同事和男同事,都会不解地问前辈:"贾向阳这种人,当初是怎么进入公司的?难道智熊科技的招聘门槛这么低?"

三、房客

有人说,有阳光的地方,就一定有阴暗。这个世界那么多人,老天爷在眷顾大多数人的时候,也会给小部分人开个命运的玩笑。而人类最值得传颂的，从来不是乐天知命、逆来顺受，却是那冲破命运囚笼、逆天改命的不屈和无畏。

贾向阳，你怎么把自己活成了这副模样？

虽然上天对你不公，没有给你一个好的出身，让你一降世就成了弃婴；没有给你一具健康的身体，让你饱受病痛的折磨；没有给你一副好看的皮囊，给了你一张"被恶魔亲吻过的鬼脸"……但你也是一个堂堂正正的男子汉，却从来不知道反抗。

为什么你没有想过给那张从未带来好运的脸，做个整形？为什么你非要把自己的形象搞得那么埋汰？面对别人的嘲讽，为什么你无动于衷，置若罔闻？为什么你在公司里遭到欺辱，却还不辞职？

你艰难地活了三十年，辛苦读了这么多书，有何用处？！你真是一个当代阿Q。

又或者，正如鲁迅所说的："不在沉默中爆发，就在沉默中灭亡。"你早就不堪忍受命运的重负，你心中被不公、欺辱、霸凌豢养的幽灵已经长大，亮出了邪恶的眼神和残暴的獠牙，等待着、期盼着"最后一根稻草"的到来。

从你进入公司的那一刻，或许悲剧就已经注定。"偷内衣""女厕所偷拍""女明星""女员工陪酒"等事件，都在层层加码地挑衅你心中呼之欲出的恶魔。

去年夏天，你以"网红维权博士"的身份进入智熊科技，那时公司行政部还特意帮你找了间房子。当然，公司没有免费提供住宿的福利，甚至住房补贴都没有，只是当时内网里有同事在求合租，行政部只是做了个顺水人情。

求合租的同事，就是魏依依和付钰。房子是隔板房，房东为了利益最大化，硬生生地把一室一厅的户型，用木板隔成了三室一厅。就这样，还分成了主卧、阳台房、次卧。

彼时魏依依还没有男朋友。一来为了省钱，二来为了做伴，这两个单身女孩就合住在一个面积稍大的主卧。另外两个卧室，次卧住着一个刚毕业的小伙子，阳台房原来住的是一对情侣，后来觉得房间逼仄压抑，主要是隔音效果实在太差，总感觉有人偷听，就搬走了。

那对情侣刚搬走，年轻小伙子就住了进去，一下子从次卧"升舱"到了阳台房，住房条件得到了极大改善。而他原来的那间次卧就空出来了。

空出来就空出来，反正房子是按单间出租的，用不着魏依依和付钰出房费。但是一男二女，同处一室，共用一个卫生间、一个洗澡间，怎么着都觉得有些别扭。

而且那个小伙子住进来已经几个月了，却迟迟没有找到合适的工作，整天窝在家里。白天他就光着膀子、穿个大裤衩在房子里走来走去。因为房间没有空调，晚上还敞开着房门睡觉。

出于安全考虑，魏依依和付钰不停地催促房东赶紧把次卧租出去，不管租给男生还是女生都行。不仅催促房东，她们还在自己的朋友圈里，以及公司的内网上发布求合租的信息。

正巧公司这时来了一个正义感爆棚的"网红维权博士",两个女生觉得救星终于来了,机不可失,时不再来,赶紧让行政部帮忙打听,问问救星是否有租房需求。

贾向阳,你本来可以在学校的宿舍再住一个月,但是架不住姑娘们的盛情相邀,而且你也确实不想再待在那个学校了。于是,十平方米不到的次卧,终于迎来了它短暂的主人。

为了欢迎你这个护花使者,姑娘们把客厅、厨房、卫生间等公共区域打扫得干干净净,甚至把你的次卧也顺带清扫了一遍,又亲自下厨做了一桌子饭菜。

你还是第一次被这么热情款待,显得诚惶诚恐。出于一片好心,也为了避免尴尬,你提议姑娘们邀请另一位房客一同用餐。

吃饭的时候,你发现那小伙子人品不错,长相帅气,看上去不像坏人,关键还是你的校友。后来,通过你的内推,小伙子顺利进入智熊科技,成了你的同事。

可能是同事关系,加上相处的时间久了,姑娘们对小伙子的看法也有了改观。发生改观的,还有对你的态度。

没有对比,就没有伤害。人家帅气,你丑陋;人家幽默,你沉闷;人家下了班,就和姑娘们一起打扫卫生、做晚饭,还经常请她们看电影、吃零食,你下了班只会把自己关在房间里,搞你那个破网站。人家在交流感情的时候,你却将她们拒之门外。

你抠门,一次都没有请姑娘们吃过饭,连瓶饮料都不舍得买;你懒惰且邋遢,从来没有打扫过房间,不仅是公共区域,自己的卧室都没清扫过。就算你整天紧闭着门扉，一屋子的各种味儿，也会顺着门缝飘到客厅。

后来有一次，房东在客厅里安装了一个摄像头，问了才知道，原来是姑娘们的内衣丢了，而且已经丢了好多次。通过房东说话的语气，以及对视时的表情，你猜到他们把你列入了怀疑对象。

你应该感激，感激你的室友尚且为你保留了几分情面，没有直接撕破脸，找你当面对质。

摄像头充分发挥了震慑作用，自此两个单身女孩的内衣再没丢失过。只是她们对你的态度，变得越加冷漠，冷漠中还裹挟着鄙夷和厌恶。

你们就这样不尴不尬地在同一个屋檐下相处着。每天回到家，你更加不愿意出来了，整天把自己锁在房间里。两个女孩，也在琢磨要不要搬家。但是有过合租经历的人都知道，谁还没丢过几件衣服呀，谁还没跟室友闹过矛盾呀，况且搬家对于女生来说，确实是一件异常烦神的事情。

你也有好几次想去解释，却又不知道如何开口。你这个人就是这样，从来都不懂得如何为自己辩护，心存一丝侥幸地以为清者自清，时间会证明一切。

然而缺少及时沟通的误解，只会变本加厉，清者不一定自清，但浊者一定会越来越浊。时间不一定能够证明一切，却经常可以"证伪"很多东西，比如，你的"人性"。

那一天付钰出差回来,居然在自己的床单上发现了污秽物。这彻底激怒了她,扯下床单,她就冲进了你的房间,破口大骂:"当初以为你是个正人君子,没想到你竟然这么卑劣下贱!不仅偷我的内衣,还在我床上打飞机。这一次一定不能这么简单地放过你,我要报警!"

住在隔壁的年轻小伙子听到付钰的叫嚣,赶忙出来劝架。小伙子千说百劝,依然没能平息小姑娘压抑已久的怒火。不一会儿,魏依依和房东赶来,又是一番动之以情,晓之以理,可付钰拿定主意,非要出一口恶气,谁来都没用。

甚至她的怒火烧到了房东身上。付钰让房东提供监控录像,作为报警的证据,但房东因为担心警察来了,把事情闹大,会影响以后房子的出租,拒不提供。他谎称客厅的监控只是个摆设,并没有真正启用。然而,这个小把戏很快就被识破,摄像头的电源线明明是连上的,指示灯也是亮着的。

眼看这个小姑娘油盐不进,不依不饶,房东只能使出杀手锏——减免一个月的房租——到此这场风波才得以平息。

在整个过程中,你就像看戏的局外人,被人骂了,你不还嘴;他们扬言要报警,你也一点儿都不惧怕。甚至房东说监控只是个摆设的时候,你还帮助付钰拆穿谎言。

好像这一切都和你没有关系,被讨伐的对象,从来都不是你。

当然,你也清楚室友关系闹成这样,再待下去,实在是自讨无趣。你没有任何解释,连个招呼都不打,当天就搬走了。

后来，付钰也搬走了，从此内衣再也没丢过。

房子里只剩魏依依和那个小伙子。两个人在不被打扰的情况下，很快发展成了情侣关系。今年的1月13日，小伙子向魏依依求婚，还是你操控无人机运送的戒指。

对了，那个小伙子，就是陈震。

这件事说出去，对谁都没有好处，可是不知道怎么就走漏了风声。经过造谣者的扭曲事实，传播者的添枝加叶，你被牢牢贴上了"色魔""变态狂"的标签。大家一看到你，就联想到了色魔；而一想到变态狂，你的猥琐形象就很自然地浮现在了脑海中。女同事对你，更是避之唯恐不及。

人们常说谣言止于智者，没错，谣言确实可以止于智者，但绝不止于智障。你的那些"211""985"高校毕业的同事，虽然有着聪明绝顶的脑袋，却没有辨别是非的慧眼。更何况，有些人是真瞎，有些人则在装瞎。

世上没有无缘无故的谣言，却有大把大把的相信并传播谣言的人。很多事情，不是因你而起，却必须由你而终，谁让你是被造谣者、受害者呢？

当然我也能够感同身受，对被造谣者来说，想要证明你做过某件事很容易，可要证明你没做过，却很难。不仅是"偷内衣事件"，"女厕所偷窥事件"同样如此。

四、偷窥

集团董事长牛祎，对旗下全资子公司智熊科技的定位是专注于企业AI的研发和服务，提供商业服务机器人、工业机器人、新零售智能设备及解决方案等，他也知道人工智能行业需要大量的资本和人才，两者缺一不可。这条赛道不是所有人都能参与的，不像互联网公司，招几个程序员，"借鉴"一下国外的经验，再想办法搞到流量就行了。AI行业是需要砸进去真金白银的，需要持续的投入，三五年都不见得有回报。

当下国内的互联网产业内卷严重，国民总时间，即网民总数×网民最高日均上网时间，在几年前就开始趋于恒定了。大量的互联网产品和服务，在国民总时间的争夺战中，被用户无情地抛弃和遗忘。

不少互联网公司都在转型，其中，从To C的消费互联网转向To B或To G的产业互联网，是一个大趋势。在这种行业背景下，牛祎成立了新公司，准备布局人工智能领域。

但是，作为一个在商海沉浮多年的互联网老炮，他不会一上来就把几十亿的资金，全部用于AI领域的研发。这不符合他越来越稳扎稳打的经商理念，他现在信奉的是，只有赚到钱，有了供血能力，才能让一门生意持续运转下去，财富的雪球才会越滚越大。用他的话说，就是"三要原则"——短期要盈利，长期要增长，最终，基业要长青。

再说了，只花几十个亿，就想在人工智能这个产业分上一杯羹，想得也太美了。

牛祎的商业计划是打持久战。持久战，不是说他会一直养着智熊科技，他只是个商人，商人的本性是逐利，至于为我国AI事业作贡献的伟大壮举，还是交给科学家吧。牛祎才不会把网熊科技辛苦赚到的钱，持续为智熊科技输血。拿全部身价做科研，这个情怀他没有，这种豪赌他也不敢干。

所以，智熊科技从成立的第一天起，就不是一家研发公司，而是一家企业服务公司。公司最多的岗位是销售和商务，研发中心只有三十几个人，做的工作还都算不上研发——公司没有独立研发的产品，所有的核心业务模块都是集成第三方的。

即便如此，这也不影响公司业绩的蒸蒸日上。事实证明，踩对了时代的风口，只要别跟自己过不去，挣钱是一件很容易的事情。作为一家销售公司，智熊科技是成功的。CEO蒋正杰，就是当初网熊科技的"八大金刚"之一，他带领的那支销售铁军，曾经帮助网熊科技走出谷底，熬过互联网寒冬，并为公司乃至整个互联网江湖输送了众多高管。有他带队，智熊科技一年就实现了盈利。

但是公司的急速发展，也带来了很多问题。时代毕竟不同了，过去野蛮增长的那套玩法，在今时今日是行不通的。现在不是卖广告位，而是企业服务，个性化的需求非常多。很多一线销售因为培训不到位，或者急于签单，经常会对客户作过多承诺，从而给研发部门带来极大的挑战和麻烦。

后续服务跟不上，销售签下的订单越多，开发、维护、售后等工作的压力就越大。智熊科技只有三十几个人的研发中心，除了负责日常的开发工作，还要承担一部分的售后技术支持，帮忙解答、解决客户反馈的问题。

去年8月中旬，已经交付小半年、为岱湖景区管委会定制研发的机器人"小岱"，突然出现了bug。客户反馈说，这是他们第一次使用"小岱"，没想到就出现了这么多故障。马上就是"金九银十"的旅游黄金季了，希望加急处理，最迟8月31日要解决问题。

这种客户公司经常遇见，2月份产品交付时不仔细检查，这都8月中旬了，临近使用才想起来验收，而且还找出了一大堆毛病。

"小岱"的研发负责人是冯泰和骆云扬，在客户签完验收回执单后，就已经进入新的项目了。研发中心的排期满满当当，通常情况下，不会对已经交付的项目做较大的返工，因为这样会影响其他项目的进度。如果返工的工作量比较大，研发中心就会请销售再提一个工单，以新的独立项目，重新进入排期。当然，bug除外。只要有了bug，不管负责人多忙，都必须第一时间修复。可是，bug怎么界定，话语权往往掌握在研发中心手里。

对于岱湖景区管委会火急火燎的诉求，冯泰的回复是"重启一下试试"。重启无效，客户心里不爽，但又不好发作，毕竟尾款都交了，现在人家才是甲方。无奈，客户只能耐着性子继续反馈，碍于情面，还让售后换了一个技术对接人。骆云扬接到售后工单后，给出的解决方案是"重置一下系统试试"。客户终于被彻底惹怒了。这是店大欺客，还是只做一锤子买卖，结过款就不认账了？重启一下试试，重置一下系统试试，真把客户当傻子了？

岱湖景区是近年来东吴市重点打造的城市名片，赶巧当时市委领导去岱湖调研，按照惯例，临走时关怀地问了一句："工作上有没有困难？有困难一定要向组织反映。"

结果没想到，管委会还真有难处，直接就把"小岱"的问题爆了出来。管委会确实被逼得没办法了，还有不到两周就是旅游黄金季，今年的宣传主题是"东吴古城，智慧岱湖"，可是现在遍布岱湖景区的几十个"小岱"机器人，没一个能用的。这个锅，太重了，不能背，也背不动，只能甩给智熊科技了。

市委一个电话打到了牛祎那里，牛祎又立即找到蒋正杰，先是骂了一顿，然后才是了解情况，最后让他8月31日之前必须搞定客户。蒋正杰赶忙找到研发中心一部的经理钟羽娇，责令8月28日之前，不管用什么办法，都要把问题解决掉。钟羽娇再喊来"小岱"的技术对接人冯泰和骆云扬，让他们最迟在8月26日前，处理完客户提出的所有需求。

这两位技术对接人此时仍然没有意识到问题的严重性，觉得钟羽娇大惊小怪。客户拿公司领导施压的事情时有发生，为的就是把小事化大，以此提高需求优先级。对于客户的这些伎俩，这两位工程师早就深谙此道，内心不由产生了鄙视和逆反心理：你不是拿领导压我吗？老子偏偏就不怕！你不是着急吗？那就让你干着急好了,你越催,我就越不给你马上解决!你得罪了我,我有的是办法对付你。

这两人故意夸大当前项目的紧急性:"钟经理,我们现在都有项目在身,而且马上就要交付了,最近一直都在加班,这您也知道。岱湖的这个项目,我们之前了解过,根本没有什么bug,都是新需求。8月26日,估计是做不完的,还耽误了手上项目的进度。"

"人手问题,你们不用担心。"钟羽娇好像早就有了主意,"我会安排贾向阳协助你们。"

于是,贾向阳,你这个实习期还没过,就已经成为"万能螺丝钉——哪里需要哪里拧"的救火员,被临时抽调到"小岱"的项目中。你除了要保障自己正常的工作之外,每天还要抽出几个小时的时间帮他们擦屁股。

钟羽娇为你们三个人做好了后勤保障,每天刚下班,晚饭就订好了,你们想不加班都不行。但是加班不等于高效输出,冯泰和骆云扬依旧专注于手上的新项目开发,毕竟新项目有奖金,而已经交付过的岱湖项目,尾款都结清了。所有的工作量,都集中在了你一人身上。

所幸智熊科技是一个企业服务公司,而非研发公司。项目之间的基础模块是通用的,核心功能又是集成第三方的,bug的排查和解决,对你来说并不复杂。

为了节省时间和减少麻烦，冯泰和骆云扬把客户的联系方式交接给了你，让你直接跟客户沟通需求。这样也好，他们省事了，你也方便了，毕竟很多时候，他们连客户需求都懒得转达，对你的主动请教也显得颇不耐烦。

虽然当起了甩手掌柜，但每天的晨会上，当钟羽娇询问项目进度时，他们又都是一副劳苦功高、厥功至伟的模样。而你就静静地看着他们表演，没有委屈和不满，也没有戳穿他们，更不会与之争抢风头。

经过几天的工作对接，你的专业能力和做事态度得到了客户的认可。他们甚至有些感动，越是这种时间紧、任务重的协同作战，越是能产生共情。而且，经常他们晚上11点下班了，你还在加班；他们大半夜在工作群里提出的问题，第二天一早就发现被你解决掉了。

因为你的专业和付出，他们改善了对智熊科技的看法。哪家公司都有渎职的员工，不能因为个别人的不敬业，就贬低和否定了整个公司。所以，当牛祎和蒋正杰跟进客户时，他们非常满意，还特别对你大加赞赏。

不只嘴上说，客户还给了你实质性的奖励，赠送你岱湖景点的门票和纪念品。你把这些赠品分给了同事。本来这是一件再普通不过的小事，大家也经常会把客户送的东西分享出去。可这一次，你在冯泰和骆云扬的脸上，明显看到了羞愤和不悦。

刚好那段时间又发生了另外一件事。有人在公司内网上匿名发布了一封客户举报信,信上曝光了智熊科技的员工吃回扣、产品质量不过关、售后服务差、拖欠供应商款项、逼迫硬件商签订二选一霸王条款等问题。举报的内容,有理有据,还附上了大量照片、截图。不过发帖人没有指名道姓,图片上的关键信息也都打了马赛克。可越是这样,越让那些做贼心虚的人如坐针毡。

大家都在猜测发帖人到底是谁。正常情况下,能够掌握如此翔实资料的,最有可能是销售。自然,在职销售不会自掘坟墓,把自己举报了,但是那些准备离职的,或者因为客户被撬走而产生报复心理的销售人员,是极有可能干出这种事情的。

然而,大家猜来想去,最后却把嫌疑锁定在你身上。原因很简单,因为你是"网红维权博士"。你那么正义凛然,又经验丰富,既然导师都可以举报,那同事又有什么不能举报的呢?更可恶的是,你一边偷偷摸摸地把人家举报了,一边又正大光明地收受客户"贿赂"的岱湖门票和纪念品,还把它们送同事,做人情。冯泰和骆云扬不生气才怪呢。

8月26日,"小岱"机器人紧急修复项目的最后一晚,你已经修补了全部bug,整个流程也测试了好几遍,都没有问题。可仍有一个需求,你不知道该如何处理。

"小岱"机器人配有一款智能控制APP,因为客户的使用场景在岱湖,有些地方的网络信号比较差,APP的功能加载自然受到影响,加载缓慢甚至无法显示的情况时有发生。这个问题,从根本上来说是网络问题，不只是智能控制APP，其他任何一款软件，在网络信号不好的环境下，运行速度都会有所延迟。

"我早就说过，这个客户有些胡搅蛮缠，你还不信。上次他们不知道从哪里听说了'网络加速'这个词汇，非要说既然人家可以做网络加速，为什么我们做不了？"冯泰抱怨道。

"是啊，我还耐着性子跟他们解释过，网络加速也解决不了网络信号的问题，可人家就是不信。"说到这里，骆云扬笑嘻嘻地转向你，"贾博士，你跟客户关系处得好，再好好跟他们沟通一下。现在都10点多了，明天还得上班，赶紧搞定，咱们也能早点儿回家休息。"

你为难地挠挠头，该说的早就说过了。

"我有个办法，你去找个网络信号差的地方，同时打开咱们的APP，还有其他家的应用软件，对比一下。然后你录个屏，给客户发过去，让他们自己瞧瞧，同样的环境下，我们加载慢，别人也一样快不了！"

"对，这个办法好。而且你还不用大半夜的去寻找测试的地方，咱们公司就有。厕所那边的网络就很弱，你可以去试一下。"

这未尝不是一个办法，你听从了两位同事的建议，拿着手机，去了洗手间。

公司的员工都已回家，走廊的灯也关了，忙碌一天的办公室，这一刻显得特别冷清和昏暗。

你用手机照着亮，独自一人来到洗手间，按了一下墙壁上的面板开关，厕所的灯亮了。接着，你逐步关掉手机里的手电筒功能，开启录屏模式，再打开智能控制APP，以及其他应用软件。

正当你举着手机，在洗手间周边踱着步，搜索最差的网络环境时，一名女同事慌慌张张地从女厕所大步走出。她背着双肩包，手里拿着一个套着蓝色杯套的1.5L的保温壶。

一见到你，她瞬时变得怒火中烧，"啪"的一巴掌甩在你脸上，嘴里骂了一句："怎么是你！你这个变态狂！"然后把崭新的保温壶扔进了垃圾桶。

你半天没反应过来，愣怔地看着这位熟悉的女同事——金诺。她是一位哺乳期母亲，平时性格温柔，举止文雅，你实在搞不清楚，为何此刻的她会显得如此慌乱和愤怒。

"看什么啊，真下流！"金诺涨红着脸，眼神凶狠地盯着你，忽然注意到你手中亮着屏幕的手机，更是怒不可遏，"你还偷拍？！"

"不是，我没有。我在测试东西。"

"测试你大爷！在厕所测试？你骗鬼呢！"

冯泰和骆云扬这时也循声赶来了。他俩同情地看着浑身发抖、眼泪扑簌簌往下掉的金诺，不由得瞪了你一眼。

这不怪他们，但凡一个男人见到这种情景，都会不自觉地站在弱势的一方。

"怎么了，金诺，发生什么事了？"他们问。

金诺低着头，只是哭，一句话没说。

"没事，一场误会。我刚刚在这边测试网络，不巧金诺从厕所出来,误以为我在偷拍。正好你俩来了,可以帮我解释一下。"你揉着被打肿的脸说。

"没错,我们是让你来厕所测试了,但你有没有偷拍,我们怎么知道!再说了,你如果没有偷拍,金诺会哭成这样?"

"可以查一下手机相册……"说着你就打开了手机。

"相册也可以删除啊。"

"查监控……"

"厕所里会安装监控?!行了,你别自讨没趣了。你这个人,实在是太过分了!连金诺都欺负……别废话了,还是交给警察处理吧!"

是啊,贾向阳,你怎么连金诺都欺负呢?她的老公刚刚去世,丢下了两个孩子,还有四个老人。我们前段时间还为她捐助过一次,难道你都忘了?她没有因为照顾家庭就迟到早退,也没有因为生活上的困顿,就意志消沉,消极怠工。为了省点奶粉钱,她每天都要躲进臭烘烘的厕所,用吸奶器挤出母乳,再让家中老人带给六个月大的幼子。她是每个人都尊重的女神,她是所有人都敬佩的母亲。

"算了,我不想再追究下去。我要赶紧回家了,家里还有一堆破事等着我。"金诺听到"警察"两个字,神情比"偷窥者"还要紧张。作为一个单亲妈妈,她应该是不想把事情闹大吧。

"真是便宜你了!上次我就听说,有个工程师趁没人的时候,偷偷溜进女厕所,排解无处倾泻的情欲!"冯泰和骆云扬又嫌弃地看了你一眼，然后陪着金诺离开了。

待他们都走了，你从垃圾桶里捡出那个方才被狠狠丢弃的保温壶。保温壶外面罩着一个蓝色的杯套，夹缝之间藏着一张纸条，上面是打印出来的字："装入母乳，把杯子放到水吧台，这一万元就归你了。"

杯套和保温壶之间有很大的空隙，应该塞得下一万元现金；就算塞不下，这1.5L的细长水壶，应该也能装得下。到底钱是藏在哪里，你已经无从知晓了，因为你并没有找到这笔钱。

你又晃动了一下保温壶，一种液体撞击金属的尖锐声响，伴随着一阵耳鸣的声音，一起传进了你的耳朵里。

久久地，你站在原地，一动不动。

几分钟的静默之后，蒋正杰突然从男厕所里走了出来。

你错愕地看着他。他也尴尬地看着你，然后若无其事、一脸严肃地走开了。

五、丑陋的织网人

你本以为你在智熊科技的职场生涯到此就宣告结束了，可是你不仅没有被辞退，反而获得了晋升。你的新头衔是高级技术专家，工资涨了15%。你的工位，也从吵闹的办公室门口，换到了安静又视野辽阔的阳台边上。

不仅如此，针对同事们对你的各种妖魔化言论，蒋正杰还给全体员工发了一封公开信,告诫大家不要妄议是非,造谣传谣。

公开信中有一段话,深深触动了你:"我们很难获得随意道德评价所拥有的全部信息。一个少女带着孩子,你不能说她作风不好,她可能是被人性侵,才生下的这个孩子。同样,一个男人得了艾滋病,你不能说他自作自受,他可能是一位医生,在抢救病人时不幸感染了这种病毒。最喜欢对他人进行道德论断的,一般自己在道德上都有瑕疵。"

后来你才知道,这句话并不是蒋正杰的原创,出处是被誉为"法制之光"的罗翔老师。由此你联想到网上的一个段子,说罗翔帮人辩护,失常发挥可以把对方当事人送进监狱,正常发挥可以把对方律师送进去,超常发挥连法庭敲锤的都能送进去。如果这位"法制之光"看到了蒋正杰的所作所为,不知道会不会也把他送进监狱。

根据蒋正杰的老同事巫子铭回忆,蒋正杰以前不是这样的:"那时我们一起跟着牛祎创业,吃了很多苦,哪个订单不是喝酒喝出来的?那会儿蒋正杰还是一个特别实在的人,酒量也不行,每次喝酒都喝到吐。可能随着公司的发展,职位的提升,接触到的人物也不一样了,性格慢慢就发生了改变。"

现在智熊科技的同事,自然不了解蒋正杰的过去,也没人关心是职场经历影响了他,还是他的天性在工作中得到了释放。大家只知道他们的老板是一个酒量如江海的"五斗先生";一个喜欢美女,有点猎奇心态,据说已经集齐十二星座,又要开始集十二生肖的"集邮CEO";一个前女友们口中的"签哥""空虚公子",而不是别人传言的"深海蛟龙",或什么"一夜七次郎"。

偶尔从接近老板的同事那里道听途说的,也只有他的那几句名言:"男人的天堂,就在女人的洞穴里。""比酒还美味的是乳汁。"

很奇怪的是,大家对这样一个老板,非但没有敬而远之,反倒是想方设法地攀附。驰骋商场多年、风格越来越保守的牛祎,同样对其委以重任,让他担任智熊科技的CEO。

可能对牛祎来说,蒋正杰是一个功大于过的得力干将。人才都会有缺点,越优秀的人,毛病就越大,关键要看老板能不能驾驭住。智熊科技正处于初创时期,销售出身、擅长搞定各种关系,曾经一起开疆拓土的蒋正杰,无疑是CEO的最佳人选。

对于下属来说,蒋正杰也是真诚且值得信任的。

他以切身体会告劝大家不要有猎奇心理,因为一旦养成了恶习,便会一发不可收拾,整日沉迷于寻求新的、未尝试的、更强烈的刺激。欲壑难填,唯有越陷越深,意志力在诱惑面前,不堪一击。所以,千万不能凝望深渊。

他会传授大家如何理财。他说人的收入,其实是分为三个部分的,即劳动性收入、资产收益和金融杠杆。穷人能想到的是前两个,而富人最善于利用第三个。

他会告诫初入职场的同事,年轻的时候,如果没有把时间放在提升自己的能力和能量上,那就太可惜了。

当同事遇到困难，情绪消极、自暴自弃的时候，他勉励大家说，糟糕的状态，只会遇上更糟糕的事情。为什么有人历经沉浮屹立不倒，有人却只能眼巴巴地看着他人起高楼、风景无限好？这里面很重要的一个因素就是情商。

当同事因为奖金、岗位晋级、资源分配等问题闹情绪的时候，他不会说些"没吃过别人吃过的苦，就别想挣人家挣下的钱"这样的便宜话，而是告诉大家真正的职场生存法则是什么——职场从来不帮弱者，讲人情的公司也活不长久，在你做出真正的成绩之前，没人在乎你的尊严。

就连一直被诟病的私生活，他也处理得妥当而克制。蒋正杰单身、事业有成，又富有成熟魅力，最关键的是他还"凭亿近人"——典型的钻石王老五。可能不会有人相信，他对待每一段感情都是认真且负责的，不管是追求阶段、恋爱期间，还是分手之后，那些女朋友没有一个质疑过他的情真意切，甚至觉得用"痴情"这种当下已经不复存在的词汇来形容他也不为过。

但是蒋正杰又是矛盾的，性和情感于他来说，是处于分裂状态的，无法弥合。他一方面拥趸爱情是世间最美好、最纯洁的东西，另一方面又控制不了对情欲的猎奇心态。这种扭曲的心理，让他和女人的关系，从根本上说，无法达到一种自然的、本真的状态。所以，短暂的激情过后，终究要回归长久的理性，女人们只能选择怅惘离开，错失掉一个当富太太的好机会。一旦女朋友提出分手，蒋正杰从来不勉强，就像他从未逼迫女人们做任何她们不愿意做的事情一样。所以，他虽然渣，但口碑还是不错的，小姑娘依然是前赴后继地往上贴。

口碑不错？不，或许有一个人不这么认为。

"现在人的价值观和伦理观，已经沦落到这般地步了？生活不检点的人，因为有钱，就成了香饽饽？猎奇集邮的人，因为有钱，就成了情痴？花心好色的人，因为有钱，小姑娘就往上扑？有钱，真的可以为所欲为？我们这辈子除了挣钱，还剩下什么？我们能留给子孙的，除了老子有钱天下第一的金钱观，还有什么？"

贾向阳，这是你发出的感慨，在这个遍地精致利己主义者的时代，听起来多少有些好笑。

不仅如此，你还觉得蒋正杰心理有问题："这样一个每次做爱都要用尖锐物品扎人，必须见到血，或者听到惨叫声，才能唤起高潮的人，不是'施虐狂'，还能是什么？如此高频地更换女伴，还要集齐所谓的十二星座、十二生肖，不是'性猎人'，又能是什么？什么'天堂''乳汁'，能说出这种话、干出这种事的人，说他不是'性变态'，打死我都不相信！有病，就早点儿去看医生。一家企业老总，伦理道德有问题，对公司、对社会都会产生不可估量的负面影响。"

当然，这些话，你只对我私下说过。你虽傻，但也知道自己几斤几两，公然发表这种言论，不仅会丢掉饭碗，还会新增一个"道德婊"的称号。何况，就算你说了，也改变不了什么。正如你父亲教育你的:"人能做的是改变自己,不是改变别人。"

话可以憋着不说,但鄙夷的态度藏掖不了。

不管蒋正杰是出于什么样的目的,他都主动向你示好了,给你升职加薪,连工位都替你考虑到了。你本可以抱紧他的大腿,扶摇直上,这是多少职场人梦寐以求的。可惜性格耿直的你,太不会演戏。你不仅没有抓住这次难得的机会,还彻底得罪了蒋正杰。

蒋正杰不知道从哪里认识了一个三线女明星,还试图邀请她为公司代言。但是这个提议,很快遭到了牛祎的反对。

娱乐圈总是负面新闻满天飞,如果代言艺人出了丑闻,企业形象也会受到牵连。再者,最近国家加强了对娱乐圈的整治和监督,这个时候请明星代言,非常不合时宜。

蒋正杰并不死心,可能他早就应诺了那个女星。通过和经纪公司的几番商议,他们想出了一个堪称完美的解决方案——"入职式代言"。

其实"入职式代言"或"入职式营销",早就不是什么新鲜事物了。

自从2015年新广告法出台后,对明星代言这件事,就提出了更高的要求。如果涉嫌虚假代言,艺人将会承担连带责任,三年之内不能再接代言。管得严了,艺人就不得不收敛起来,不能再肆无忌惮地接代言了。

可没过多久,经纪公司就联合大企业,编排了一个全新的模式,叫"艺人入职"。对企业来说,利用偶像人气,吸引流量,收割用户，照样起到了广告代言的作用。同时，还可以减少明星丑闻造成的风险。因为艺人入职，只能算是公司的一名员工，跟普通的打工仔并无二致，是不能直接代表企业形象的。所以，一旦艺人出了什么事，企业便可以立即划清界限，损失也不会像之前代言时那么惨重。

对于明星来说，他们也是乐此不疲，毕竟入职比起代言，收入只会增加，不会减少。据说有些手握圈内优质资源的大咖，单单工资收入就有上千万，另外还有股票分红等其他收益。明星摇身一变成了"职场人"，拥有了"首席××官""××合伙人"的原创岗位或身份，一边充充门面，一边还能获取更大的合作空间。就算企业的产品出现了质量问题，自己也不会陷入争端。

真是一举两得，在这场资本游戏中，双方玩家都实现了利益最大化，以及风险最小化。所以，从2015年的明星入职元年开始，"艺人就业"的现象就越来越多。

然而，极端理性的牛犇还是否决了蒋正杰提的这个"完美方案"。他做过深入的研究，发现明星入职式营销，更多存在于面向C端用户的互联网公司。TO C互联网企业天然就适合明星营销，C端的用户冲动性决策、容易从众，又比较迷恋偶像，所以，不管是过去的明星代言，还是现在的明星入职，对于这类互联网公司的品牌打造和流量转化都大有益处。

智熊科技，显然不是消费型互联网公司。它的客户都是企业或政府，即TO B或TO G，而非TO C。这类客户的决策特点是理性、复杂性和团体性。不管你是请明星代言，还是请明星入职，对他们的决策影响都不大。所以，"明星员工"为企业赚得不一定多，但是企业为明星付出的一定不会少。

善于搞定一切关系的蒋正杰，在第二次被拒之后，没有一丁点的心灰意冷。他在各种适宜的时机和场合，不停地给牛祎"洗脑"。最后牛祎实在受不了了，只好通过这个方案，但同时也提出了三个条件：

第一，艺人的岗位是"产品质检合伙人"，主要工作是为智熊科技的产品质量代言，提升客户口碑，树立公司良好形象。产品质量问题，也是当前公司亟待解决的。

第二，艺人每天可以不上班，但必须要有细化的KPI考核。

第三，先签一个月的短期协议，后期看效果，然后再评估是否续签合同。

这三个条件，蒋正杰满口答应，只是"产品质检合伙人"这个名称，听起来着实有些土，就像流水线上的质检员一样。他又请示了一番，最终头衔名称定为"产品体验合伙人"。

女明星名叫巩妮，英文名叫Joni，之前出演过几部科幻电影，做过女主角，也发过几张滞销的唱片，年近三十，一直处于娱乐圈的三四线。在这个网红横行、造星工业化的大趋势下，明星的价值不再像以前那样稀缺，三十岁以上的女星生存尤为艰难。

Joni应该也是认清了这种现状，态度特别谦逊，工作特别卖命,不像其他的"就业艺人",挂着虚职,拍几张海报,发几条微博就算了,公司可能都没有去过一次。Joni可是拿出了进剧组的姿态,全力配合智熊科技的各种宣传和表演,可能是她的通告确实不怎么多吧,也可能是她特别珍惜这次机会。

Joni的工牌上写着"产品体验合伙人",实际干的却是"首席代言人""首席客服""首席公关"的工作。

每天至少发布十条企业宣传微博,然后是录制商家关怀视频,拍各种海报和广告,还自制剧情小视频,喊着圈内好友一起转发。

每周至少接听二十个客户电话,尤其是售后投诉电话。遇到特别难搞定的或者大客户,蒋正杰就带着她亲自拜访,陪酒卖笑。

不仅如此,她还直接坐到了公司为她精心准备的工位上,虽然不用考勤打卡,但每天都会露面。

贾向阳,你应该也没有想到吧,整个公司二百多人,将近三百个工位,为什么蒋正杰偏偏把Joni的工位,安排在了你边上。

可能因为你曾经也是个"网红博士",你有话题,有流量基础,勉强算是半个圈内人。你俩坐一块儿,一个邋里邋遢的男工程师,一个光鲜亮丽的女明星,形成了强烈的反差效果,用表演的话说,就是"戏剧冲突"。

作为一名专业演员,Joni把这个炒作点发挥到了极致。她拍了大量关于你的照片和小视频,有正经的,有恶搞的,还有偷拍的;有你认真工作时的样子,有你发现被偷拍时讶异的表情,还有你遭到同事嘲讽时不知所措的窘态。

漂亮女艺人从高高在上的舞台走下来，去到真实又平凡的工作岗位上，像个普通职场人那样辛苦工作，跟同事打成一片。这种没有节目组精心编排的职场励志真人秀，立刻引发了众多网友的好感和共鸣，大家好像从中看到了自己的影子。还有一些人，透过热闹看门道，把它当成现实版的"楚门的世界"。而贾向阳，你就是那个楚门。

关注度持续走高，话题讨论量破百万，你们还上过几次热搜。Joni决定趁热打铁，玩起了名字梗，嗑起了CP。

智熊科技要求每个员工都有一个英文名，你的英文名是John。刚好跟Joni比较接近。但是，英文跟中文不同，不能因为字母相似，就说成是失散多年的亲兄妹，这也太侮辱网友的智商了。

经过几天的挖空心思和搜肠刮肚，终于找到了一首美国乡村音乐 *Don't Cry Joni*。这是一首1975年发行的男女对唱老歌，由父女两人一起演唱。歌词大意是，十几岁的Joni一开始爱上了年长七岁的Jimmy，可Jimmy不答应。多年以后，Jimmy后悔了，回来找Joni，却发现Joni已经嫁给了自己最好的朋友John。

这首歌怀旧伤感，歌词质朴，旋律朗朗上口，歌中包含了Joni、John两个名字，更关键的是Joni最终嫁给了John。此歌，实在是太适合拿来嗑CP了。

于是，Joni不再称呼你"贾博士"，而是亲切地喊你"John哥哥"。

不解风情的你，很快在自己粉丝已有十几万的微博上，发布了另外一首英文歌曲 *A Dear John Letter* 作为回应。这首歌主要讲的是，二战时期，美国男人们应征入伍，被派往海外，短则数月，长则几年。他们的爱人不愿独守空闺，很多姑娘都选择了移情别恋。Dear John就是分手信的代名词，通常是写信人另有所爱，又不好意思直接告知对方，采用的一种委婉表达。

你本来想通过这种方式，来传递你拒绝被CP绑架的态度。没想到网友们只看歌名，不看歌词，把它当成了一封爱意绵绵的情书，还以为你"官宣"了。

一不小心，你们又上了热搜。

经纪公司和智熊科技看到你们这么高的话题度，决定火上浇油，添柴加薪。不能只转发外国歌曲，咱们又不是没那个实力？Joni好歹也是出过几张专辑的人，于是，一通合计，最终确定推出一首原创歌曲。

参照《给电影人的情书》，新歌的名字定为《给织网人的情书》，作曲可以请专业人士制作，但歌词必须由CP组合原创。歌词既要大气，要高级，要有科技感，还要兼顾对互联网从业者的关照。

Joni虽然每天微博发得不少，内涵段子一个接一个，但是真让她写歌词，尤其是原创，还是太难为她了。

而贾向阳，你就不同了，你几分钟就把歌词写好了。

看着你的歌词，蒋正杰气得半天说不出话："这哪里是《给织网人的情书》，你这分明就是《给全网人的挑战书》！你这歌发出去，不挨揍才怪呢。"

"或者叫《丑陋的织网人》也行。"你还以为蒋正杰在跟你讨论作品。

"重新写！这个肯定不行。要大气，要有情怀。"

"蒋总，也不是哦，现在的所谓大歌，卖情怀、卖惨，早就行不通了。一定要剑走偏锋，怎么俗怎么来。我觉得这个就挺好，有噱头，保准儿能火。"Joni对歌词大加赞赏，"只是我一个人可能唱不了，需要John哥哥的配合。到时候我们再弄一个组合，就叫'JJ组合'。"

"绝对不行。我五音不全。"你不假思索地拒绝。

"这话说的，好像我五音就全了一样。没事的，你只要张口发声就行了，有修音师。"

正如Joni所料，《丑陋的织网人》一经发行，瞬间火爆全网。

那怼天怼地怼自己的歌词，那不断重复、反复强化的曲调，都让它成了名副其实的洗脑神曲。

《丑陋的织网人》

聚光灯，造富神话，上亿用户，百亿市值……

跟你有关系吗？

真的有关系吗？

你不过是两千万织网人的一分子，

你不过是35岁就滚蛋的打工仔。

割韭菜，精神鸦片，困于系统，罪大恶极……

跟你没关系吗？

真的没关系吗？

你可是十亿网民背后的织网人，

你可是一个改变世界的织网人。

织网人，我说你作茧自缚，

织网人，我要你破茧成蝶。

织网人，我说你画地为狱，

织网人，我要你冲出囚牢。

How much is your time? 真正的清仓真正的甩货。

How much is your life? 买不了吃亏买不了上当。

How much is your dream? 买啥啥不贵拿啥啥便宜。

How much is your soul? 对不起，这个真没有。

歌曲是火了，但是你也彻底得罪了蒋正杰。

从Joni刚坐到你边上，第一次单独请你吃晚饭时，你就开始替她瞎操心："所谓'产品体验合伙人'，说白了就是和产品质量绑在一块儿的，这份工作可不好干。"

甚至你还委婉地暗示她——远离蒋正杰。

Joni笑着答应了，后面果然不怎么和蒋正杰在一起了，整天围着你这个John哥哥转。她为了跟你组CP，不惜得罪蒋正杰——蒋的英文名叫Jimmy，恰好是*Don't Cry Joni*中，那个被抛弃的对象。

在讨论《丑陋的织网人》歌词时，Joni也是毫不犹豫地站在了你这边。

她成功地把你们这个"JJ组合"的热度，一次又一次推向高潮。

我曾经问你，有没有对Joni动过情，你坦诚地回答："爱情就像蜂蜜，即使不喜欢，心里也知道有了它会感到甜蜜、快乐。"

然而，很快你就快乐不起来了。

Joni一个月的协议即将到期。虽然在"试用期"的这段时间，她非常敬业，也做出了很多成绩，但是智熊科技才是拥有绝对话语权的甲方。大老板牛祎一直反对明星营销，即便从生意的角度来说，Joni确实提升了企业的正面形象，带来了良好的收益，可是这也不符合"做B端、G端的业务，必须要低调"的基本原则。是小名小利重要，还是生存重要，孰重孰轻，牛祎比谁都清楚。

所以，Joni能不能续签合同，命门就在蒋正杰那里——由他去撬动牛祎。总不能把希望寄托在嗑CP上，何况，贾向阳，她早就受够你了。

你只不过是她蹭热度的第一步，有了热度，转化成现金和资源，才是最根本的——这也是她的第二步，显然你给不了。"你养我啊？"《喜剧之王》里的这句话，她说都不会对你说。

你也不要难过，觉得她欺骗了你。你又不是没有得到好处？微博上你也收割了几十万的粉丝。只是很可惜，你不懂得如何靠粉丝挣钱。

甩掉了你这个伪CP，Joni开始频繁出入蒋正杰的办公室。两人有说有笑地去高档餐厅吃饭，开着超跑出席各种商业活动。你瞧，人家才是一对般配的真CP。CP的名称依旧叫"JJ组合"，女主角Joni没变，只不过男主角从你的John，变成了蒋正杰的Jimmy。兜兜转转，Joni最终还是跟Jimmy好上了。

有时候隔着办公室厚厚的玻璃，都能听到他们在里面肆无忌惮的欢声笑语。

这些欢声笑语中，一定包括了对你的无情背叛和出卖，甚至是冷酷的踩压和打击。你曾经出于好心说出的那些话，不可能到不了蒋正杰的耳朵里。否则，他也不会打算把你开除掉。

六、箭靶

Joni成功续签了合同，还成了公司参投的一部科幻电视剧的女主角。她的头衔从"产品体验合伙人"摇身一变成为"首席产品官"，只是她很少再来公司了。之前的那个工位，也被搬走了。

甲之蜜糖，乙之砒霜。蒋正杰向你和Joni抛出过同样的机会，人家是好风凭借力，扶摇上青云；而你呢，昨夜西风凋碧树，今天差点被解雇。

人和人之间的交往都是相互的，你对人家怎样，人家也会对你怎样。蒋正杰好心提携你，向你抛出橄榄枝，你却当成烂菜叶。或许有些老板会喜欢有个性的员工，但蒋正杰这样的职业经理人，绝对不会容忍不懂职场规则的下属。对于他来说，有个性，真膈应。

再说了，他一个CEO，开除一个员工是再简单不过的事情了。他甚至都不用亲自动手，只要跟钟羽娇暗示一下就行了。

钟羽娇是个漂亮又性感、情商和智商都很高的女强人，又很懂得利用女性的特质办事。她的功利心特别强，为了往上爬，不惜通过身体进行权与利交换，对像蒋正杰这样的领导和靠山，当然是各种巴结讨好，前倨后恭，极尽谄媚之能事。

但是她也很清楚，在职场上，只靠身体和拍马屁是走不远的，也是走不久的。职场人，不管男人还是女人，最重要的是要懂权力结构，谁不能惹，谁可以忽略，必须要了如指掌。眼下"网红博士"的关注度那么高，又是大老板牛祎直推进来的，谁敢提辞退？

而且，钟羽娇不会不知道，在她的部门里，专业能力最强的，最任劳任怨的，就是这个"网红博士"了。不管多大的领导，如果不依赖业务熟练的下属，都是很难成事的。

所以，不仅不能开除，还得想办法保下来。

就像当初蒋正杰为了保下Joni，三番五次地向牛祎争取，钟羽娇这次也是做出了很大的努力。

贾向阳，你也不用太过感动。保你，是为了让你干活。一个人，一件事，只有对钟羽娇有了功能性，她才会愿意投入时间和精力。她对下属的感情，深不到哪里去。对你的关照，也是浅薄的，是趋利性的。如果她确定无法保住你，一定不会持续以下犯上。她只是试探性地多张了几次嘴，没想到居然成功了。

你更不用感谢蒋正杰。没有跟你太过计较,是因为你不值得他追究到底,不值得因为你,就打破了某种权力平衡。又或者,就像牛祎答应Joni的明星入职一样,蒋正杰也只是听烦了钟羽娇的"谏言",随便就同意了。

是的,就是这样随意。公司的很多决策,都是这样做出或取消的,并没有经过严谨的论证、调研、分析和推演。有时候,你多争取几下,多烦领导几次,没准领导就批准了。不过,你不能太烦人,要不然很有可能就适得其反了。

工作是保住了,但是经过"偷内衣""女厕所偷窥""女明星"等事件,你几乎得罪了整个办公室的同事。纵使你每天像一尊雕像那样,老实本分地活在自己的世界里,很少主动与他们交流互动;纵使你像一个没有感情的机器人,不知疲累地工作,一个人承担了绝大多数的工作量,他们也没有停止对你的嘲讽和捉弄,反而越发肆无忌惮,变本加厉。

你主导的项目,获得了东吴市高新技术奖励,他们说你形象不行,就换了长相帅气的陈震替你去领奖。领来的奖金,也被钟羽娇擅自做主,只分给你少部分,大头都用作了部门活动经费。而部门活动,你又是极少参加的。

有客户来公司提案,或者上面的领导来视察,从来不会把你叫上。除非是慕名而来,特来一瞻你这个"网红博士"的风采。这时,他们才会把你从座位上请出来,就像从动物园的牢笼里牵出一只慵懒的河马，或丑陋的疣猪，以供来访者近距离地观赏。

去年中秋节，金诺、冯泰和骆云扬代表部门去行政部领取过节礼品。本来一共九人，可是不知道怎么回事，偏偏只领取了八份礼品。后来钟羽娇找行政部的同事核对，名单上确实写着九个人，而且金诺在领取表上签过字，白纸黑字已经签下，少的那一份，行政部肯定是不会再补的。

分发这八份礼品时，大家默契一致，每个人都领到了。只有一个人除外，当然，这个人就是你了，贾向阳。

去年万圣节，钟羽娇请大家吃晚饭。部门里每个人都精心打扮了一番。巫师、僵尸、小丑，各种妖魔鬼怪；绷带妆、骷髅妆、杀手妆，各种争奇斗艳。看到你没有装扮，付钰直接送了你一双丝袜："把这个套头上，绝对符合你的气质和形象。只是丝袜是新的，没有穿过，你可能不一定会喜欢。"

你没有往头上套，甚至从头到尾都没有触碰过那丝袜。最后还是我实在看不下去，伸手拿起它扔进了纸篓里。

当晚的狂欢，你也没有参加。知道你不参加，钟羽娇便把蒋正杰请来了。蒋正杰没好意思"盛装出席"，穿着一身西服，迫不及待地赶了过来。

去年光棍节，周四中午，办公室一群同事刚吃过午饭，闲着无聊，就聚在一起唠嗑。先是分享了"双11"都花了多少钱，买了什么好东西，然后又聊到部门里谁是单身狗，以及谁连恋爱都没有谈过。

别人有没有谈过无法考证，但是，你肯定没有体验过爱情的乐趣，对于这一点，大家坚信不疑。

不知道是谁起了个哄，趁着你仰在椅子上午休，偷偷把一只避孕套，放在了你的桌子上。

你醒来后，看到这个东西，居然没有一点儿恼怒，就像对待那双丝袜一样，无动于衷，不管不问。

我都替你感到尴尬，私下给你发信息："赶紧扔了吧，它又不会自己凭空消失。"

看到我发给你的信息，本来没有一点儿羞涩的你，忽然红了脸。你难为情地用纸巾包着那个东西，丢进了带盖的垃圾桶里。

我就知道你一向的若无其事，都是装出来的。你习惯用沉默来对抗奚落，用表面虚假的安然若素，来掩饰内心真实的抗议和愤怒。

而我只是打破了这种沉默和虚假的表象，让愤怒不至于变成仇恨，让抗议不至于上升为报复。

可是，我终究未能成为你命运走向岔道后的扳道工。

虽然你经常说："天道无亲，常与善人。纵然生活苦涩，纵然天地无私，也总会降福和保佑善良之人。"又说："即便世间藏污纳垢，人心难以揣测，也要用温暖对待叵测的人性和冷漠的人心。"还有："爱出者爱返，福往者福来。"但是，如果一个人从未被社会善待，又如何指望他善待社会？一个从小没有感受过幸福的人，怎么会有健康阳光的心态？一个从未被尊重过的人，怎么可能会尊重别人的权利和生命？

独峰山爆炸案之后，有人说你是反社会人格，对生命毫不留情，滥杀无辜，不分男女，不留一个活口。有人说你是情绪型犯罪，在那辆载满生前做过恶事的亡灵前往地狱的中巴车上，你受到了所有人的欺辱，一怒之下，才将他们送往深渊。

而那些受害者家属，是不会分析你的犯罪动机的，他们只知道你是罪恶的化身，魔鬼与幽灵的合体，地狱的象征。是你，这个徘徊在墓园、与黑夜媾和的杀人犯，掠走了他们的至亲，并给他们带来了噩梦般的苦难。

可是人们并不知道，或许也不愿相信，其实这是一个"罪与罚"的悲剧。恶魔之所以得到成全、罪行之所以得以实施，恰恰是因为每一个受害者，都从不同的角度参与其中。在这个惨痛的悲剧中，可能并不存在什么纯然的"受害者"，每个人都是施害者，并为此付出了生命的代价。

贾向阳，你就像一个箭靶，所有人都向你射了一箭。有的是诬陷之箭，有的是偏见之箭，有的是落井下石，更有的是恶意欺凌。他们个个都是神箭手，百步穿杨，箭无虚发，每发必中要害，发发直击心脏。

刺激，最怕的就是一来二往地持续发生。一个刺激还没过去，第二个刺激又来了。就算一个人习惯了被人欺负，但内心深处的卑贱感，一定是会存在的；就算刺激事件过去了，那些生活感知与情境画面，依然会留在心底，挥之不去。

这一个个事件，一次次刺激，慢慢建构成了心魔。这从未得到表达和宣泄的、日积月累的负面情绪，已经逼近了危险阈值。你的心脏插满了他们射下的箭，到最后，心里已经没有了抑制区。

一旦找到机会，你一定会发泄，一定会以牙还牙，不遑多让。

你是典型的被动攻击型犯罪。

你已经慢慢挣脱掉善的规训的囚笼，你吁吁的喘息中已经透出了死亡的冰冷。

贪嗜鲜血的撒旦，开了冒着火的车子，悄然赶来，很快就要把九个罪恶的灵魂，打入万劫不复的恐怖炼狱。

独峰山爆炸案进入了倒计时。

遗憾的是，被报复者往往意识不到报复的存在。

七、陪酒

因为疫情的影响，公司2021年的企业年会，延期到今年3月份才举办。地点选在了好门岛。好门岛是岱湖中最大的岛屿，地形椭圆，周长约六公里，曲岸悬壁，水阔天远，是休闲度假的好去处。

岛上的商业开发已经非常成熟，有星级酒店、高端餐饮，还有形式各样的运动、休闲项目。甚至还有地产商计划在岛上开发别墅。

智熊科技的企业年会，顾名思义，就是宴请企业客户的一次饭局，而不是面向内部员工的年终联欢会。既然是款待金主，高端大气上档次的好门岛，便是不二之选。

为了这次企业年会，智熊科技几乎是包下了整个酒店，预订了一百零八间客房，七个VIP包间，还有一个宴会大厅。

在富丽堂皇的会场上，牛祎和蒋正杰分别上台致辞，回顾过去，展望未来，更重要的是对衣食父母表示感谢。大明星Joni唱了两首歌，一首原创歌曲，另一首也是原创歌曲——她特别强调了这一点。只是不知道出于什么原因，那首《丑陋的织网人》没有被演唱。

其实坐在台下的观众，根本无人在意Joni唱的是不是原创歌曲，或者有没有唱《丑陋的织网人》，也没人计较她是假唱还是真唱。因为大家早就忙成一团了，销售们忙着劝酒，忙着算计怎样才能续签合同，或者再卖个什么东西给客户。而金主们则忙着挡酒，忙着保持清醒，智熊科技的产品质量太他妈差了，这次一定不能再被忽悠了。

一场场的颁奖活动，一轮轮的抽奖互动，一次次的有奖竞猜，让每一位参会嘉宾都收获了花样百出的奖项，以及各种不实用的奖品。奖项有倾心支持奖、风雨同舟奖、志同道合奖，还有黄金客户奖、尊荣客户奖、星级客户奖，等等。奖品有价值9999元的AI解决方案大礼包，有最新版的小智机器人，还有智熊科技的抱枕、台历等周边产品。

这种乏善可陈的套路、小打小闹的活动和小恩小惠的奖品,自然无法满足那些高级客户。那些身价不菲的大老板,或身份敏感的各方领导,被安排在了VIP包间,由各个部门的负责人,以及信得过的美女同事负责招待。

研发部门也被分配了陪酒任务。魏依依、金诺,还有我,一共三人,被钟羽娇安排到了"桃花源"包间。

金诺调侃说:"这个客户不会是喜欢和少妇聊天吧,居然找我们三个已婚妇女……"

魏依依接话道:"你俩才是少妇,我刚结婚,不算。要我看,没准客户喜欢生育过的年轻妈妈……"

"别开玩笑了,如果客户真是个变态,我们得保护好自己。先说好了,万一有问题,我们要联起手来,一起对付坏人,谁都不能独自逃跑。"我建议道。

"当然,大不了就辞职!这种公司,给再多钱也不能干!"她俩一齐答应,"不仅辞职,还得曝光!"

客户是一家知名连锁超市的区域负责人,圆脸、小光头,戴着一副近视眼镜,体型偏胖,衣着讲究,看上去憨态可掬,却给人一种斯文败类的感觉。客户名叫汪炬,钟羽娇称其为"汪哥",而我更愿意喊他"胖蛆"。

"桃花源"的包间里,除了坐在主位上的胖蛆,还有另外两个陌生的中年男人——应该是胖蛆的下属,以及一个有些眼熟但叫不上名字的西装男子——应该是智熊科技某个部门的销售主管。

不过,大可不必去认识他们了。因为刚刚喝完一圈,他们就都借故出去了。前后脚走出包间的,还有金诺和魏依依。她俩离开时,神色匆忙,垂着头,连瞧我一眼都不敢。

整个包间只剩下胖蛆、钟羽娇,还有我。

看到形势不对,我打定了主意,无论他们怎么劝,我都坚决滴酒不沾。为了不让客户太没面子,我主动套近乎,忙前忙后地斟酒倒茶。

我已经三十多岁了,做事自有分寸,不会直接摔门而出,得罪客户,也不会丢弃底线,放弃一个女人的尊严和操守。但是,我没有注意到,我的一些"亲昵"客户的举动,被钟羽娇拍了下来。

胖蛆也会错意,以为我是"投怀送抱",趁着酒劲,直接在包间里,就对我动手动脚。钟羽娇见势,忙起身说要去隔壁的"菊花香"包间坐坐,临走时,还悄悄地把门关上了。

我自然是拼死反抗,争吵声引来了酒店的工作人员。见到有人来了,刚才还精虫上脑、喝到神志不清的胖蛆,一下子就清醒过来,赔笑解释说:"我们是情侣,有点小矛盾,没事的。"

工作人员看向我,我不想把事情闹大,便未置可否。

我以为我已经脱身,马上就可以回到自己的房间。这是正规酒店,胖蛆再有本事,也无法擅自闯进来吧。

可是万万没想到,就在我熟睡的时候,这间安全的客房居然被打开了。一坨臭烘烘的烂肉,蛆似的拱进了我的被窝,压在我身上，强行对我实施猥亵。

愤怒中，我直接用脚猛踹他的裆部，而且连踹了好几下。接着，我拿起手机，拨打了报警电话。

警察还没到，酒店的保安、公司的各个领导就都赶来了。闻讯而来的，还有你，贾向阳。你以"网红博士"的身份，参加了这次企业年会。不管你有多不受同事待见，总归也算公司的一面招牌。

然而，这是一件非常乌龙的事情。胖蛆说，是我先勾引他、先挑逗他，他才一时鬼迷心窍，没有经受住诱惑，甚至还拿出那张亲昵的照片，作为证据。

酒店前台说，是我先承认了情侣关系，他们才会把房卡给到我的"男朋友"。在开房卡的时候，酒店登记了客户的身份证信息，并没有违反任何规定。

一时之间，大家陷入"罗生门"，各说各的理。

公司领导也在不停地安抚我："并没有发生实质性的侵犯，而且人也打了，气也出了，这事儿就到此为止吧。都别追究了，闹大了，谁脸上都不好看。"

不争气的我，眼泪扑簌簌地流下来。我想给家人打电话，但是这种事情，说出来，我的老公会相信吗？

房间里十几个人、二十多双眼睛，齐刷刷地望着我、盯着我。好像所有人都在期待，我能作出符合所有人利益的明智决定——这句话中的后一个"所有人"，当然也包括我自己——但是前一个"所有人"，应该没有我。

我还是拨通了老公的电话。他作出了与他们相同的决定——取消报案，他说："我早就说不让你去参加什么企业年会，我太了解这些男人了。把你们弄到妤门岛，开了房间，还陪客人喝酒，傻子都能想到会发生什么事……现在说这些都晚了，万幸你没出事。既然没出事，就别再搞事了。这个社会就是这样，就算你把那个孙子弄进去，你的名声，我的名声，还有咱儿子的名声，都会受到影响。我们一家人，从此就都抬不起头了！能私了，就私了，最好是赔点钱，都别声张，这事就翻篇了。我也不会计较，更不会对亲戚朋友讲……"

实在受不了这个男人的啰唆，没等他说完，我就挂断了电话。

这时，我在人群中最不起眼的角落里，看到了最不起眼的你。你气得脸色铁青，浑身颤抖，但又努力克制自己，一句话没说。

当听到我坚决要走法律程序，决不取消报案时，你毅然从那个昏暗的角落里，快步走到我身边，振聋发聩地斥责道："你们这群人，只会欺负一个女人！为了利益，就可以眼睁睁地看着自己的同事、下属、员工，这样任由别人欺负吗？还有你们酒店，生怕事情曝光出去，为了掩饰，连客人的人身安全都不顾了吗？你们这些人，连一句关心的话都没有说过！"

民警来了，进行了一番调查和询问，然后直接就把胖蛆带走了。

民警离开时还问了我，要不要跟他们一起出岛。当时已经是夜里2点多钟，妤门岛的班艇游船早就停航。

我没有半点犹豫地拒绝了。就算出了岛，我还能去哪里？

等所有人从我房间离开之后，我锁紧房门，关好窗户，拉上窗帘，然后忍不住放声痛哭，越哭越觉得委屈，越哭越觉得孤独无依。

有人说，毁灭一个男人，就给他掌控不了的权力；沉沦一个女人，只需给她无法驾驭的美貌。

我没有那么漂亮，却也见识过两个男人的卑劣低贱。

十八岁那年，我刚读大一，我的助教就强行与我发生了关系。我知道那种事是很羞耻的，一旦声张，不管我多有理，也都说不清楚了。

我不敢跟家人讲，不敢和朋友说，不敢报警，不知道如何面对肮脏的自己，不知道怎样继续苟活下去。我想过退学，想过逃离，想过隐姓埋名。我甚至自暴自弃、自残自杀。

那个男人救下了试图轻生的我。他不仅拯救了我的肉体，还"救治"了我的灵魂——不断给我洗脑，让我相信那种事情其实是很美好的，没有那么龌龊，也没有那么恶心。在他的"精心照顾"下，我硬生生说服自己，让自己"爱"上了这个施暴者。

二十岁，刚到法定结婚年龄，我就嫁给了刚离过婚、大我八岁的老师、情人，还有施害者。从此，我卸掉了已经背负两年的小三骂名，成为毁掉我一生的男人的合法妻子。

那个男人，对我，也从恣意的亵玩，变成了甜蜜的恩爱，又理所当然地发展成平淡的日常。

　　我以为我的人生就是如此了，我为那个男人洗衣做饭，对他跟前妻生下的孩子视如己出。就算他不想再生一个，就算我没有自己的亲生骨肉，我也觉得这样的三口之家，已经算是圆满了。我百般宠溺他的宝贝儿子，幻想着等我老了，这个孩子也一定会念着我对他的好，孝顺我，为我养老送终。

　　可是没几年，那个受人尊敬的大学教师、总是以一副翩翩学者风度示人的好好先生，就染上了赌博的毛病。可能是老师的工资太低，满足不了他招蜂惹蝶的癖好。也可能是拈花惹草的时候，被那些女伴解锁了赌博的新技能。

　　刚开始的时候，他还很谨慎，给自己定了底线，输到十万元，就不再玩了。但是，纪录都是用来打破的。看到别人一天赢了上百万，就想着自己本钱少，否则是不是也能赢个几十万呢？

　　确实也赢到过，如果一点儿甜头都没有，谁还会去赌呢？可是，久赌必输，赢得总比输得少，一天赢十几万的时候有，但更多的是几个小时就输掉三四十万。

　　房子卖了，车子卖了，还是欠了一屁股债。我第一次知道赌徒是如此疯狂和可怕，除了还债做不到，他们简直无所不能。身边的家人、同事、朋友，基本上被他害了一遍。

　　紧接着，他教师的工作丢了，父母也懒得管了——就是有能力都不会再管了。他绝望过，闪过一了百了的念头，可是看到不离不弃的我，还有刚上小学的孩子，只能被动戒赌。

戒赌之后，他就拼命赚钱。日子过得紧紧巴巴，但起码有了盼头。

我曾幻想他已经戒赌成功。谁知道赌博这东西，一旦沾上，就没有回头路。最主要的原因是，它来钱太快了。有一次孩子生病住院，急需一笔钱，那个男人已经借不到任何钱了，于是，很自然地想起了比抢银行来钱还快的途径——赌博！

赌博需要赌资，搞不到钱，就去找地下钱庄。他说他很快就可以解决孩子的医疗费，不仅如此，他还可以把之前输掉的钱，全部赢回来。他说我们很快就可以过上有钱人的生活，再也不用为钱发愁。

然而，赌博，怎么可能来钱快？它只会让钱去得快——绝不是来得快！

上次的窟窿还没堵上，我实在无力承受新的窟窿出现。我通过母亲借到了一笔钱，帮儿子支付了医疗费用。仁至义尽之后，我提出了离婚。

我感谢他没有任何纠缠便同意放手。这或许是他对我最大的恩惠、对我做过的唯一一件善事。

终于是解脱了。

想想这几年，我简直就是活在地狱里。有时候我会暗自反思，我是不是患了斯德哥尔摩综合征，要不然我一个受害者，怎么可能跟施害者一起生活这么多年？

我当了他两年的小三，三年的妻子。我操持家务，相夫教子，我幻想着给他生个孩子，我臆想着白头偕老。在家庭债务危机爆发之后，我遭受亲朋好友的冷眼，还有上门追债者的各种欺辱与骚扰，但我没有想过大难临头各自飞。生活极度贫瘠，衣服舍不得买，零食舍不得吃，信用卡透支，银行征信被拉入黑名单，但我依然坚持共同面对，相信早晚都会渡过难关。

可是，这场婚姻从一开始就注定是畸形的。人家说，错误的婚姻，彼此就是对方的刀和伤口。而我说，在我的婚姻中，从来都是人为刀俎，我为鱼肉。

日子苦，我从不惧怕；生活难，我便迎难而上。我怕的是没有尊严，没有希望。我只想找一个真心对我好的男人，就像我的父亲那样。

小时候，我的家庭条件还算不错，20世纪80年代，家里就有小轿车。每次爸爸从国外回来，都会给我带一箱子的零食、玩具。这些零食和玩具，都是小伙伴从未见过的，他们特别羡慕我有一个有钱又宠爱我的父亲。

爸爸就像一棵摇钱树，给我们摇来了钞票和富足的生活，却也摇来了别人不怀好意的妒忌和莫名其妙的愤恨。后来，爸爸死于一场看上去很像是意外的交通事故，家里的摇钱树一下子就倒塌了。从那以后，我和妈妈的生活便跌入了苦难的深渊，妈妈一个人把我拉扯大，每当快要坚持不下去的时候，她总是对我说："你长得漂亮，以后一定会嫁个有钱人。"

没想到，我的第一段婚姻，竟嫁给了那种男人！

可能是老天爷怜悯我，想要对我作出补偿，让我认识了现任老公，一棵喜欢我又很有钱的新的摇钱树。

新摇钱树是我的大学同学，长得浓眉大眼，读书的时候，就曾向我表白过。但因为我当时已有"男友"，他不仅求而不得，还被"男友"——我们共同的老师——狠狠教训了一顿。

后来听同学说，他做生意赚了不少钱，但一直没有结婚。当他了解到我窘迫的处境后，便通过其他同学，试图慷慨解囊，救我于水火之中，不过被我婉拒了。

后来我离婚了，他也就没有了任何顾虑，对我展开了疯狂的攻势——不只我，连同我的母亲，他都没少下功夫。

妈妈看到了他的诚心诚意，当然也看到了他的豪车别墅，他的出手阔绰，他的社会资源带来的种种优待和便利。这种摇钱树哗啦啦的响声，这种久违的钞票的味道，都给了妈妈一种似曾相识的熟悉感。她对我说："你终于找到了一个有钱人。"

结婚后，我搬进了偌大的房子，给他生了一个可爱的儿子，做了几年不缺吃不缺喝的家庭主妇。似乎我确实嫁给了一个有钱人，确实找到了一棵新的摇钱树。

可同样是摇钱树，爸爸是无私奉献，这个男人却是有条件的。

在疫情的影响下，他的旅行、餐饮、教培等产业，都受到了很大的冲击。全市二十多家门店，已经关掉了一大半，剩下的也是苦苦耗着。尝试过的几个转型方向，皆以失败告终，钱是砸进去了，可最后连个水花都没看到。

他总是抱怨压力大。而压力大，就需要排解。于是，他回家的次数越来越少。我是二婚，娘家又没有后台，有了委屈只能揉碎了嚼烂了往肚里咽。

我不敢也不想再伸手向他要钱。我受够了他施舍时的那副嘴脸，让人寒心又恶心。但是就算我可以不吃饭，孩子也要喝奶粉。

我小心翼翼，谨小慎微，我不敢大声讲话，更不敢问他："你不回家，在外面都干了些什么？"

慢慢地，我才发现老天爷从来都没有垂怜过我。同一片天空下，别人是响晴薄日，我却是大雨滂沱，而且下的还是污水、脏水。

那个男人，长得浓眉大眼，但干的都是些贼眉鼠眼的事情！读书的时候，他不顾我有"男友"，依然向我示爱；被教训后，仍不死心，一直暗中窥伺，蠢蠢欲动。

他从来没有真心喜欢过我，他只是在满足大学时未能得到我的遗憾，以及对教训他的老师的报复！

可能我就是一个绝缘短幸的女人。

我不再乞求别的摇钱树，人能摇的只有自己。我不再伸手要钱，不再把希望寄托在别人身上。

性、婚姻、男人，给我带来的只有无尽的耻辱、屈辱和侮辱。除此之外，别无他物。

我不是地母，不会再任由他们肆意折磨和索取。雌性对雄性的慷慨和宽恕，我涌动不出；弱势对强势的悲悯和包容，我也贡献不了！

八、桂男

我独自待在房间里，胡思乱想着，越想越疲累，却又怎么都无法入睡。

我来到窗边，拉开窗帘，抬头眺望夜空。黑暗的夜空中挂着一轮冷月，月光皎洁而明亮，宛如一面明镜。

我想起了京极夏彦的小说《桂男》，自古相传，长时望月，即有桂男相招，使人殒命。书上说，桂男就是受到严惩，被罚到月亮上砍桂树的男人。如果这样解释的话，那全天下的男人，岂不是都要登月伐木？

那幽静的、令人炫目的圆月，此刻浮出了一抹阴翳，宛如一只蠕动的魔爪，在向我召唤。

忽然，一个可怕的念头钻进了我的大脑，随即我变得无比轻松。好像一切的烦恼都烟消云散了，好像我沉重的灵魂终于得到了解脱。那些耻辱、委屈、折磨、疲惫，都如飘浮流云，了无迹痕。

这轮浑浊的冷月，正在发出恐怖的死亡之光。月光下，好门岛的湖水暗流涌动。

在我的记忆中，这座岛好像还没有人跳湖自杀。

我把所有的资金，都转到了母亲的账户。脑子里反复想着还有什么要交代的事情，却一件也想不出来。人活着的时候，忙忙碌碌，不停地占有，贪得无厌，欲壑难填，可走到生命的尽头，才发现就像出生时的一丝不挂，离开时也不过是两手空空。

我彻彻底底洗了个澡，把脸上的泪痕，还有身上的污秽全部冲刷掉。换上干干净净的衣服，涂上绯红色的口红，最后把我的东西整理摆放到一块儿。

当我平静地打开房门，准备出去时，看到了门口蜷缩成一团的你。贾向阳，你已经在我的房门外，守了几个小时。

我们都没有说话。我冷冷地往前走着，你默默地跟在后面。

暗黄的路灯，生锈的拱桥，流浪猫沙哑的叫声，还有像生命一样一浮一沉的湖水。

坐在冰冷的石阶上，吹着刺骨的寒风，凝视着死一般沉寂的夜空，你讲了很多关于你的故事。

可能你们很多人都觉得我身上有一种卑贱感，我逆来顺受，任人欺凌，从不反抗。你们可能还会说，我的卑贱感源自我的出身，源自我的曾经以乞讨和拾荒为生、只有一条腿和一只胳膊的残疾养父。或许你们还会认为在这种非正常人类成长规范下存活的人，人性一定有缺失，心理一定会病态。

曾经我也苦恼过，大家都是在生命的舞台上跳舞，可不管我如何用力和挣扎，我的舞姿总是与别人不同，总是显得笨拙、丑陋，总是要被嘲笑、伤害。

但是当我看到我的养父，当我看到资助的几个孩子，我的生命体验便发生了彻底的转变。

我的养父贾大强，一生悲苦，亲人一个个离去，要过饭，捡过破烂，种过山，这个万丈光芒的繁华世界，好像从来都不属于他。

但是，穿过荆棘，他找到了安宁；踏过泥泞，他一身净洁；走过黑暗，他一心向善；经过大浪，他波澜不惊。他在无尽的苦难中，依然坚守着人性的光辉。

他没有读过几本书，但是他教会了我很多大道理。

他告诉我，人活一世，最大的意义就是要给世界留下礼物。所以，我做了一个网站——乌托邦社区。

他告诉我，人生最大的债务就是受恩。做人要有感恩之心，否则枉在人世走一遭。所以，我不再以有个"半边人"的养父而感到羞耻。那样一个孤苦伶仃的善良老人，能够成为我一生中唯一的幸福底色，他让我在孤寂冷清中体会到一些幸福，是我最大的荣幸。

当我遭人欺辱、嘲弄、奚落、谩骂时，我也会觉得马善被人骑，人善被人欺，为什么要做个善良的人？人们只会向善而欺。这个时候，我的父亲就会告诉我，人和人之间总是会有矛盾的，但不论在什么样的情况下，都要清楚自己的底线。情绪再大，再愤怒，也要知道有些事是绝对不能做的。人的情绪修养，是最为重要的。他还说，如果这个社会让你变得越来越冷漠，你以为你成熟了，其实你没有。成熟是变得温柔，对全世界温柔，知世故而不世故，才是真正的成熟。

就是这样一个可爱的老头，去年罹患了癌症，现在只剩几个月的时间了。我即将失去这世上唯一的亲人了。有他在，家就在，他走了，我的家也就没了。我连停歇、疗伤、补给的地方都没有了。

父亲说，不，你还有那五个资助的孩子，以及乌托邦社区。

经历过死亡的人，才更明白生的可贵。缺少爱的人，也最能识别爱，最珍惜爱。

通过一个关爱创伤儿童的公益组织，我资助了五个可怜的孩子。

第一个孩子，名叫麻琪，今年八岁，是一个流浪女孩。2018年，也就是麻琪四岁的时候，一个长相畸形的四十三岁流浪汉，对麻琪实施了惨无人道的侵犯。这个流浪汉是真正的最底层，不仅物质贫困、生理贫困，心理也贫困。当他有了男人的需求时，只能欺负比他更弱小的流浪儿童或幼小学生。根据警方公布的数据，这个流浪汉一共做了十五起案件。麻琪是最后一个，被发现时，肚皮都被剪开了。

第二个孩子，名叫洪亮，今年十三岁。九年前，他住在一个特别偏僻又极度贫瘠的地区，洪亮的母亲，婚后五年生育三次，共生了四个孩子。洪亮和哥哥洪明是双胞胎。因为低保被取消，感到生无希望的母亲，心理有了扩大性自杀的倾向，先给四个孩子喂了毒，紧接着自己也投河自尽了。经过抢救，只保住了洪亮一条性命。

第三个孩子，名叫谢超，今年十二岁。他的父母在一个村庄出了车祸，撞死了一个人。父亲想要逃逸，母亲不同意，结果夫妻二人，被受害者家属活活打死，谢超也成了孤儿。

第四个孩子，名叫王琳娜，今年五岁。逛商场时，被一个十岁的小哥哥从电梯上推了下去。其实，这不是小哥哥第一次"作案"了，一年前他就将一名婴儿从高楼上推了下去。可是，我国的《预防未成年人犯罪法》，只有对罪的规定，缺乏相应罚的方案。如果没到刑法规定的责任年龄，除了少年犯管教所，基本没有其他措施，而少管所的最低年限是十四周岁。

第五个孩子，名叫张文蔚，今年只有三周岁。因为争抢停车位大人们发生了冲突，女童被一个中年男子从婴儿车内举起来重摔在地，颅脑重度损伤。

但是，创伤儿童远远不止五个。还有很多父母未婚先育然后惨遭遗弃的婴儿，以及被幼儿园、小学老师，或农村鳏寡老人伤害的无辜孩童。再往大了说，还有几千万的留守儿童，可能一个玩具、一个糖果就把他们哄骗了。

现实远比想象的要残酷，能够得到救助的，永远是少数人。我的能力有限，每月给父亲治病，已经花掉了大部分的工资。我精打细算，左抠右省，一个月也只能拿出两千元。

可能两千元，对很多人来说都不算什么，连个包，连个手机都买不到。可是我知道这钱于孩子而言，是可以救命的，也是可以改命的，尤其是那些失学女童。要知道女性是人类的母亲，一个民族、一个国家的整体素质，一定程度上取决于这个民族和国家中每个人出生时母亲的修养和教育。最不该放弃教育的就是女孩，如果一个贫困家庭只能供一个孩子读书，那也应该是女孩。

遗憾的是，我能做到的毕竟不多，我除了每月资助两千元，每年可能也就是两三次见见面，其他方面真的有心无力了。

后来我就想到可以建个网站，让这些可怜的孩子得到更多人的关注，网站的名字叫乌托邦社区。可是，没多久就有不少家长劝阻我，说公开这群特殊孩子的信息，只会让他们受到二次伤害。

我理解他们的顾虑，也尊重他们的决定。只是我依然觉得相比尊严，能够活下去才是更重要的。如果活都活不下去了，谁还会管它是二次伤害，抑或是几次伤害呢？

也有一些家长和孩子，出于对我的信任，在网站上发布了个人信息。可信息发布之后，压根就没有人关注，网站一点儿流量都没有。于是，我就开始四处推广，自学SEO（搜索引擎优化）、到别的网站上发广告帖、频繁更新微博、求朋友转发，还把链接撒到各种群里。为此我的账号经常被封，很多交流群、学习群、同学群都把我踢出去了，就连我们网站的链接，也被社交平台禁止访问了。

公司的司机巫子铭，曾经做过SNS（社交网络服务）的创业项目。他对我说，做社区类的网站一定要满足三个关键词：玩法、黏性、传播度。简单来说，就是要有吸引人的玩法、用户活跃度和留存率要高，并且用户还愿意主动分享。

巫子铭见我似懂非懂，直接为我指明了方向："可以考虑做个圆梦的功能。鼓励大家在平台上发布愿望，然后自己努力去实现，别人可以围观监督，也可以提供帮助。这个功能开发起来并不复杂，但是玩法却很吸引人，而且用户黏性高，网友之间的互动性也很强。"

我听取了巫大哥的建议，在乌托邦社区新开了一条产品线，取名叫"追梦计划"。"追梦计划"的开发很简单，我一个人花了十几个晚上就搞定了。

上线之后，我邀请了朋友们体验产品，收到的反馈都非常好。他们再推荐给身边更多的人，通过这种口碑传播的方式，没花一分钱，产品竟然奇迹般地火爆了。用户注册量、发布梦想的条数、互动频率等，都在不断刷新纪录。为了提供更好的用户体验，我还升级了服务器，又做了几十次的bug修复和功能迭代。

与此同时，我趁热打铁，对乌托邦社区做了大改版，将整个网站分成了四块业务：

第一个是"护幼计划"，就是呼吁网友帮助创伤儿童。这是我建站的初衷。

第二个是"寻人计划"，这个是根据众多家长的反馈新增的版块，旨在通过这个版块，让那些走失的、被拐卖的孩子，都能找回亲人。"寻人计划"的1.0版本，暂时只能提供发布信息的功能，希望以后可以接入相关数据库，利用图像识别等技术，高效率地对孩童和家属进行匹配识别。

第三个是"追梦计划"，提供一个圆梦的平台。

第四个是"一碗鸡汤"，也是一个新增的栏目。我在做网站SEO优化的时候，发现资讯类的产品，特别有助于引流。所以，我开设了这个内容平台，目的是给广大网友带来一些正能量。

这四大业务模块,后面两个是引流产品,前面两个是核心产品。第一、二、四项业务,都由我亲自负责运营,尤其是第一和第二,必须要经过我严格的审核之后,信息才可以发布出来。

唯一一个UGC(用户生成内容)的业务,就是"追梦计划"。这个爆款产品线,目前已经承载了网站70%以上的流量。

可是,我越来越发觉"追梦计划"的实际使用情况,跟我当初的设计理念有非常大的偏差。

起初这条产品线的定位很简单,就是给有梦想的人,提供一个圆梦的平台。用户可以在这个平台发布梦想,然后让别人监督自己的追梦过程,或者也可以求助别人帮忙完成梦想。

我本以为用户的梦想,都应该是考上好大学、学会某项技能,或者看一次日出、去一次某个地方……可实际上,大家的愿望却是:见到自己的Super Idol(超级偶像)、参演偶像的综艺、上一次电视、做一次整容……

或者,挣到一百万、买套大房子、买辆豪车、买一只名牌包包、买一台苹果电脑、买一部新款手机、坐一次头等舱、坐一次豪华游艇、坐一次高铁商务座、住一次五星级酒店、住一次别墅、拥有一家自己的上市公司、拥有一座海岛、当一次霸道总裁、收到红色高跟鞋、收到昂贵手表、收到大金链子、购物车被清空。

或者，跟陌生人接吻、跟岛国小姐姐约会、跟学姐一夜情、包养一名帅哥、被富婆包养、被同性告白、高考后裸奔解压、文身、抛弃内衣、穿露背装、女扮男装、换老婆、参加老公的葬礼。

还有，名垂青史、长生不老、和美国总统吃饭、见一次外星人、在人生巅峰安乐死、在自己的葬礼上请朋友吃烤串……

可能我是一个浅薄的人，这些梦想的99%都是超出我认知的。我不愿称其为梦想，顶多算是胡思乱想。

我以为，所谓的明星，不值一梦。我觉得，用几个月的工资甚至贷款去买名牌包，也是无法实现阶级跨越的，反而体现了对当下生活的极端不自信。我相信，梦想是一种美好、向上的追求，绝对不是法外之地或道德洼地。

"追梦计划"不知道怎么就变得乌烟瘴气，好像成了攀比和约炮的平台了。可就是这样的一片污浊，却得到了好几个投资人的青睐。他们愿意投资我，鼓动我辞职创业，把乌托邦做大做强。还从商业利益的角度建议我，除了"追梦计划"这个版块必须保留，其他三条产品线，即"护幼""寻人""鸡汤"，全部砍掉。

他们给出的理由是，砍掉的这三条产品线，只有社会价值，没有商业利益，而且以后还会涉及政策、法律等风险。整个互联网都在利用人性弱点赚钱，可我却反其道而行之。如果我能按照他们的方案调整，这些投资人有信心把乌托邦打造成一个百亿市值的上市公司。

调整倒是调整了，但是我调整的版块不是他们要砍掉的那三个，而是他们寄予厚望的"追梦计划"。我在系统里灌入了五千多个敏感词，用户发布梦想时，只要触及这个词库，将会自动阻拦。另外，我还每天抽时间进行人工审核。

投资人看我不识趣，扼腕离开。因为我的整治，"追梦计划"版块的活跃度也下降了很多。

这并没有什么好遗憾的。我们做选择的标准，不是能不能带来财富或荣耀，而是这件事到底对不对。我没有那么大的能量，也没有那么大的志向。每天下了班，看一看"护幼"和"寻人"上是否有最新动态，审核一下有时正经有时又让人哭笑不得的"追梦计划"，或者在"一碗鸡汤"上发布几篇励志的文章，我就挺满足了。

可能不是所有的创伤孩童都能得到关注，可能不是所有丢失的孩子都能找回亲人，也可能不是所有的人都有梦想，但这三个"可能"中，只要有百分之一的确定，我认为都是值得去坚守的。

并不是所有的出发，都是为了到达。也并不是所有的付出，都会要求回报。伸手摘星，即便一无所获，也不至于满手污泥。

九、畸恋虐缘

听着你的讲述，我宛若置身于虚构的世界。好像从我小学毕业之后，就再没见过如此宏远炙热的理想，如此高洁丰沛的心灵，还有如此温良敦厚的人性。

这一切都让人有种不真实的震撼感。

但是在漆黑的夜空下，我分明看到了一股真诚而坚定的力量，浮在你那饱经风霜的脸上。以往我以为你是个怯弱、卑贱的男人，没曾想你比任何人都要勇敢和高贵。你以不屈的精神对抗命运，又用悲悯的人格敬畏生命。

你淡淡讲述着，我静静聆听着。我是你的听众，却在你的故事中，听到了我自己。

你说，人生再苦，心中也要有光，不然穿不过眼前的阴影。

你说，让一个人继续走下去的，可以是家庭的温暖，可以是爱人的甜蜜，也可以是物质上的刺激，或精神上的寄托。但更多还是要靠自己，只有自强，才能自立，才是唯一的生存之道。

你说，我们并不是为事情所困惑，我们只是被自己对待事情的看法所迷惑。如果只盯着一个点看，很多小事都会被无限放大，但倘若跳出来，站在人生的高度和时间的长度上看，就会发现这件事根本微不足道。

你说，这个社会是多元的，如果没有做错，那么对于别人的误解，就不必害怕。因为总有人会相信的。

你还问我有没有梦想。那一瞬间，我差点脱口而出——我多希望早点儿遇见你。你身上弥散着奇异的、如同我父亲那样的温暖，已经让我暗生了一种莫名的、好似对待亲人般厚实的情愫。

东方的天空，已经有些皓白发亮，罩在湖面的那层缥缈像纱幔一样的白雾，轻轻散去。

早就冻得发抖的我们，一前一后地回了酒店。跟来时不同，这次你前我后。

刚进酒店大堂，那明亮的灯光，便把你照得有些尴尬。可袭来的那股子温暖，仿佛又撩动了你心底的原欲和冲动。

走到我的房门处，我笑着对你说："你不必再蜷缩了。"

你回答："嗯。"

愣怔半晌，我问道："来我房间坐坐？"

片刻踌躇，你吐出一个字："好。"

打开空调，脱掉外套，细屑的沙粒散落在地板上，发出轻微的声响。我同样听到的，还有你胸腔里心脏的跳动。

对于我这样的女人，如果你问我什么是风花雪月，我可能会回答那只是一个成语而已。所以，当你羞涩地握着我的手，久久舍不得松开的时候,我没有拒绝,也没有迎合。

我感受到了你发烫的嘴唇,你强有力的双臂,还有你那消灭"童真"的迫切与亢奋。

可是,你的激动情绪,因为我持续的静默,很快就平复了下来。

你真切、克制、羞愧,又眼带泪花地望着我:"对不起,我这就回去,对不起……"

没等你说完,我就抱住了你。

爱情是世间最美好、最纯洁的东西。但情欲不是。

不管你对我是出于恋爱的欢喜,还是性欲的冲动,抑或某种恋母情结的牵引,这都是一种超越世俗规范的情感。同样,纵使我的婚姻已经行将就木,名存实亡,这种行为也必然是婚内出轨。

我十八岁遭老师性侵,二十岁以"小三上位"的名义嫁给施害者。后来又好似帮人圆梦一样,跟曾经苦苦求而不得的"舔狗"结了第二次婚。

说来我自己都不相信,结了两次婚,我都不知道爱情究竟为何物。不过,虽然我不知道何为爱情,但我想我应该十分清楚男人都是些什么东西,这群雄性动物,见到漂亮姑娘就走不动,从没见过一个坐怀不乱的男人,哪一个不是为了那几分钟的兽欲,就四处寻花问柳、偷香窃玉?

所以,贾向阳,你的真切、克制、羞愧又眼带泪花的模样——

哪怕只有短暂的一会儿，也让我至今难忘。

我做好了离婚的打算，你也准备寻找新的工作。我们约定换个地方，重新开始。

荒诞的起点，难逃悲惨的结局。这是我后来才知道的。那晚之后，你生命倒计时的运行速度更快了。

第二天，蒋正杰打来电话，先是虚情假意地安抚了我一番，然后才说出了他真正想要表达的东西："昨天晚上我跟牛总都不在岛上，听说你跟客户之间发生了一些误会，汪炬还被警察带走了。我想既然是误会，解释清楚就行了，没有必要把事情搞大。汪炬的领导和家属，也给我打了好几个电话，我实在也是……"

"昨天晚上10点钟，我还看见你跟牛总在喝酒，那时候妤门岛早就没船回去了吧？你们昨晚不出现就算了，现在又何必撒谎，自讨没趣！还有，这件事是不是误会，我相信司法会有公平公正的判决。如果那条肥蛆的领导和家属给你带来了麻烦，你可以直接让他们找警察啊！最后，我们之间隔了好几级，你有事，让那个叫钟羽娇的经理直接找我就行了，用不着您亲自给我打电话。"不知道哪里来的勇气，我把蒋正杰怼得哑口无言。

刚把蒋正杰的电话挂掉，酒店的一个负责人又打来电话："萧女士，您好！对于昨晚给您带来的麻烦，我代表酒店向您真诚地说声抱歉。为表歉意，我们将会为您提供价值588元的房券两张，还有面额399元的自助餐券一张……如果可以的话，非常希望您能忘掉昨晚的不愉快。"

"什么意思，拿东西堵我嘴吗？"我没好气地说道，"我想问一下，现在的酒店都可以未经客人同意，就擅自给陌生人开房卡了吗？"

"但是您先承认了情侣关系，我们才……再说，像昨晚那样的事情，我们也经常遇到。"

"什么事情？请你给我说清楚！"

"您别误会，我是说夫妻之间吵架，老公被赶了出去，或者其他一些类似的情况。"这位酒店负责人慌忙解释道，语气中夹杂着一种令人难以忍受的虚假和轻薄。

这时电话那边传来他同事七嘴八舌的议论声："这女的昨晚出事后，还跟另外一个男人出去了，好几个小时才回来，然后一起进了她房间。""对，我也看见了，女的是真漂亮，但那男的贼丑，有疤，个头比女人还要矮半截。""经理，不行的话，您就给她多送几张房券，她肯定用得到，哈哈……"

实在听不下去了，我挂掉电话。可能见怪不怪的他们，早就把我当成了出台小姐，只因昨晚的价格没谈拢，或者服务不到位，才跟客户发生了争执。搞定了第一单生意后，我又接到了第二单。现在，已经退房了，还想着占酒店便宜，多弄几张房券。

第三个电话是妈妈打来的，问她的账户怎么多了一笔钱，还是分批次转入的，该不会是遇到网络诈骗了吧？

我毫不避讳地告诉她："钱是我转的，我准备离婚了。离婚前先把我的个人财产转到你名下,你可一定要替我保密,不能告诉任何人,尤其是你那个缘分将尽的第二任女婿。"

刚半真半假地哄过了妈妈,她的第二任女婿就打来了电话。

"我原先准备过些日子再跟你讲的,不过我昨天想了一夜。有点难开口,但我还是想说,我们离婚吧。"他说。

"好。"

"好?我去!我就说昨天晚上你肯定……算了,不计较这些了。你知道我现在的情况,离婚后,我没有多少财产给你……"

"除了孩子,我其他什么都不要。"

"不可能,孩子不可能跟你。"

"为什么?孩子是我生的,凭什么不跟我!"

"你非要我说得那么明白吗?婚内出轨,你还想要孩子的抚养权?"

"……"

"如果想打官司,随便你。但我劝你别浪费这个时间和金钱了。已经有好几个人对我说,你给我戴了绿帽子,一开始我还不相信!"

真是讽刺,这个常年不回家的男人,现在要以外遇的名义,剥夺我对亲生儿子的抚养权。可我又无话可说。我没有他在外面寻欢作乐的证据,他却掌握了我婚内出轨的事实。如果真到了通过司法途径争抢孩子抚养权的地步,这个落井下石、毫无夫妻情分、大难临头各自飞——临飞还要踹一脚的男人,一定会想尽办法调取酒店监控。那时我不仅面临败诉，还会身败名裂，更让儿子在同学面前抬不起头。

来到公司，同事们无不用讥笑的神情看着我，还在不停小声议论，说什么的都有：

"那天晚上萧希喝了好多酒，在酒桌上当着一群人的面，就对客户投怀送抱。"

"没错，当时我也在场，确实是萧希先勾引的客户，还发生了性关系。"

"嗯，我听酒店人员说，后来贾向阳还在萧希的房间里待到了天亮。真厉害，她也不嫌累。"

甚至有人自以为幽默地拿苍蝇和蛆来举例："酱油生虫，苍蝇惹的祸，胖蛆背了锅。"——显然胖蛆是汪炬，而我就是那只苍蝇。

很多时候，一个人，尤其是女人，刚成为受害者，整个社会突然就变成了新的加害者。他们持着受害者有罪论和看热闹不嫌事大的心态，时常会对受害者进行一番道德伦理上的"评判"。不管他们的评判是肆意污蔑，还是恶语相对，你都无法反驳。你不仅解释不清楚，还只会越描越黑。

看热闹是人生常态，同情只是稀缺的例外，更别说有人会施以援手了。

我向公司领导寻求帮助，领导表示这事不属于工作范畴，管不了。我又向人力资源部反映问题，HR说警方已经介入调查，他们不便插手。

就在求助无门的时候，公司内网出现了一条帖子。帖子有几千字，文笔犀利但毫无偏颇，措辞激烈却有理有据，不仅将那天晚上的真实情况写了出来，还怒批了同事们的麻木无情，以及公司的冷眼旁观。

其实，就算帖子不是实名发表，我也知道出自谁手。

贾向阳，除了任侠仗义、爱管闲事的你，估计整个智熊科技不会再有第二人挺身而出了。那些人的良知，早就在日复一日的麻木工作中、在领导的压榨中、在公司的剥削中，消失得无影无踪。他们当初为了美好而工作，结果却因为工作，抛弃了全部美好。

但是，就像你所说的，这个社会是多元的，如果自己没有做错，就不必害怕，因为总会有人相信的。后来，不知道是谁，也不知道是出于什么样的目的，总之这个帖子被转发到了各个媒体平台，引起了无数网友的关注和热议。

终于在舆论的压力下，智熊科技开除了一名销售主管，以及两名不作为的人事经理，永不录用。此外，公司成立了妇女保护委员会，由CEO蒋正杰亲自担任负责人。牛祎也多次在社交平台上表态，坚决清除公司毒瘤，肃清企业文化。

为了抚平我的心理创伤，更重要的是平息我的负面情绪，公司给了我两周的带薪休假时间。

这两周的时间里，我办理了离婚证。虽然没能拿到孩子的抚养权，但在下学期出国前的所有周末，孩子都可以跟我在一起。想到儿子即将到国外生活和学习，我虽有不舍，也只好勉强接受。

接着，贾向阳，我就陪你四处面试。你还带我去了你的家里——一个堆满饮料瓶、废纸箱的出租屋，见到了你的父亲——一位躺在床上气息微弱的癌症老人，还有你资助的五个孩子——五名直击心灵的可怜天使的面容。

你们父子俩，在一个老旧小区租了套一室一厅的毛坯房。房子位于一楼，阴暗潮湿，又充斥着挥散不去的霉臭味。

躺在床上的贾大强，瘦削惨白的脸上爬满了风霜雕琢的痕迹，一只枯手和一只朽脚毫无血色。浑浊无光的眼神，好像在诉说着对生命的无可奈何。

第一次见到这位"半边人"，我的眼泪就忍不住掉了下来。

老人用孱弱的声音替你辩护："他每天都担心我想不开。他的爷爷奶奶就是为了不拖累我们爷儿俩，一时没想开，走掉了。其实我已经想开了，父母在，人生尚有来处；父母去，人生只剩归途，我是他唯一的亲人了，再大的病痛我也能咬牙坚持。只是治病的钱，就不要再糟蹋了。人都会死的，这是生命的常态，我已经七十了，没什么好遗憾的……看到向阳第一次带朋友来家里，还是位仙女下凡一样的漂亮姑娘，我还能再向老天爷要求什么呢？好丫头，你别嫌弃，家里是穷了点儿，孩子也丑了点儿，但都是我拖累的，我没多少日子可活了，等我走了，你们的美好生活，一定会抬头向东,指日可待。"

老人坚持让你扶起他,拄着单拐,颤颤巍巍地从一堆废品中拽出一个小木匣。他一只手费劲地打开盖子,将里面的纸币和硬币全部倒了出来,接着把零钱重新收进去,然后拿着所有的百元大钞,小心翼翼地数了一遍,说:"好孩子,我没什么钱,也没什么好东西,这九百块钱,你拿着,当见面礼吧,你别嫌弃……一直说把这屋里的瓶子和箱子卖掉,可总是没机会,要是卖掉,还能多点,起码凑个一千块的整数。不过九百也很好,长长久久。"

不容我推辞,老人就把钱硬塞给了我,然后紧紧攥着我的手。那股子力量,好像代表着某种尊严,让人实在挣脱不了。

老人艰难地撑着身子,坐在床沿——而不是躺在床上,然后慈祥地看了看我,又笑着盯了你一会儿,缓慢开口说道:"向阳,抽个时间去趟医院,把你脸上的伤疤处理一下,别让人家姑娘太过委屈……2000年独峰山的那场大火,烧光了价值百万的树木,还把我们爷儿俩弄成这般模样。这些年你一直活在自责中,觉得那次意外是你引起的,觉得是你把我烧成了这样,所以你不愿意去医院治疗。但那时你才八岁,什么都不懂,总不能因为小时候的过错,就一辈子活在负罪中吧。我们这样的人,可以不在意形象,但是总不能让身边的亲人也被人嘲笑吧?再说,你们以后有了孩子……"

"您平时一个月都说不了这么多话,怎么今天就停不下来了,回头您再累着……"你扶着老爷子在床上躺好,"爸,你休息一会儿,我还约了孩子们视频通话。"

你带着我来到窗边的书桌旁,打开了自己组装的台式电脑,然后十分自豪地讲解了乌托邦社区的各种功能,又跟资助的几个孩子通了话。

你和你们,都给我带来了一次又一次的震撼。作为一个父亲去世多年的女儿,和一个被剥夺了孩子抚养权的母亲,当见到生命垂危又自尊可敬的七旬老人,还有最小只有三周岁、最大也不过十三岁的创伤儿童时,我内心深处感到异常悲伤和压抑。

贾向阳,你也跟我以前认知的那个网红维权博士、偷内衣的猥琐男、女厕所偷拍的变态狂判若两人。

你孝顺,有担当,有爱心,更重要的是,不管生活有多暗淡,你都永远心向光明。

因为八岁时的那场意外大火,烧光了十几年种下的所有树木,父亲也被烧成"半边人",你就拒绝治疗脸上的伤疤,不管它给你带来了多大的麻烦,你都默默承受。

可能相较于"整容",你更在意的是"整心"。

为了给父亲看病,为了资助五个可怜的天使,为了维持乌托邦网站的运营,你忍受了智熊科技的各种诬陷和屈辱。

不过,你相信美好的生活,很快就会到来。就像你父亲所说的,抬头向东,指日可待。

十、化身博士

你已经找了将近两周的工作，每天面试，但每次都卡在这个环节。好在你已经解开心结，愿意去医院做医美手术。

同样释怀的，还有你对父亲的愧疚和担忧。你抚摸着他那只枯手和朽脚，你们彼此了解，愿意为了对方承受所有爱与痛。

我帮你买了几身新衣服，把出租屋打扫干净，将你的网站介绍给认识的朋友，还给那群孩子买了文具书籍。

你说，等找到新的工作，等你彻头彻尾地改变自己，你就向我求婚。

你说，结婚的时候，要请那些天使做花童。你还问我介不介意请那么多的孩子，而且还是奇数。

你对我说，也对你的父亲说——幸福的生活，很快就会到来。

两周的休假结束了。

回到公司，同事们并没有停止风言风语，反而你的那条怒骂他们麻木无情的帖子，更加惹恼了他们。他们变本加厉，尤其是看到我跟你走得似乎越来越近，各种难听的、戳心的话，都毫不掩饰地张口就来。

互联网的圈子很小，你私下找工作的事情，很快就被公司领导知道了。这正好给了他们赶走你的完美理由。经过这一次次的事件，偷内衣、偷拍、举报信、女明星、实名发帖……已经没人敢跟你做同事了，因为不知道什么时候，行为卑劣、擅长举报的你，就在背后捅了他们刀子。

钟羽娇也自知保不住你，虽然整个部门数你能力最强，但你已经影响到整个部门，你的功能性已经消失了，那就只好赶紧发布招聘信息，尽快寻找替补。

局面到了如此紧张的境地，任谁也坐不住了。你打算裸辞，一分钟都不愿再待下去。可是刚刚被你搞走两名人事经理的HR部门，找各种借口搪塞，拒不给你开具离职证明。

无法证明正常离职，很多公司是不敢雇你的。

面对公司毫无底线的刁难，一怒之下，你说出了要炸死他们的话。他们确实欺人太甚，换作是我，可能早就忍不住了！

但是气愤之后，还是要把问题解决掉。你仔细查阅了劳动法和公司章程，按照规范提交正式的离职流程。离职的每个环节都透明公开，指向具体的对接人，因为有了责任归属，个体就不敢再推诿塞责了。

你虽然又一次合法维了权，可是跟公司的关系，已经很不好了。

刚好那时牛祎为了彰显企业对女性员工的关怀，让智熊科技CEO、兼任妇女保护委员会负责人的蒋正杰，定期开展一系列主题活动。蒋正杰把任务下派到各个部门，于是钟羽娇就组织了一次去绿藤市泡温泉的团建活动。

想不明白，泡温泉跟关怀女性有什么关系，是要通过一起洗澡,来展示男女平等吗?

而且已经4月1日了,春暖花开,不再寒冷,一群男男女女还去泡温泉,这种团建我真的不想参加。

同样没有参加的,还有你。与我的不想参加不同,贾向阳,你是因为已经在走离职流程,压根就没有被邀请。

不过,你说做人做事都要慎始善终,虽然入职智熊科技不算"慎始",闹到现在这步田地,也很难"善终",但你还是想缓和一下与同事之间的关系,毕竟你永远喜欢与人为善。你态度坚定,我执拗不过,又想着以后终究还是要在这一行儿干,于是跟钟羽娇商量了一下,把我的出游机会给了你。反正酒店和门票已经订好了,没人去也是浪费。再说了,你好歹是个网红博士,互联网的圈子就那么大,没必要搞得你死我活,凡事留一线,日后好相见,于是钟羽娇便答应了。

我还给你买了一些零食,让你分给同事。

可是,我怎么都想不到,你会把他们全部杀死!

你竟然真的把他们全部炸死了!
你自己也成了全国通缉犯!
我不愿接受,也无法理解!
你那么有善心,怎么就会成为善良的反义词?
被你害死的九名同事,虽然让你遭受了无尽的职场暴力,但这些人不过是讨口饭吃的打工仔而已。很多时候,他们只是逢场作戏，或者身不由己，你又何必非要取人性命啊！

你极端的报复行为，给受害者家属带来了如同刀剜肝胆、剑戳身心的痛苦和绝望。更严重的，你坍塌了他们对人性的信念。你报复了他们的至亲，他们未必不会把仇恨和暴力转嫁给其他人。

你炸死的，不只是九条人命，更是九个家庭的希望和信念啊！

你让那五个创伤孩子怎么想？他们至今都不相信你是杀人犯，还哭喊着要替你申冤，帮你报仇。

他们已经被社会伤害过一次了，难道你以身作则地告诉他们，遇到不公正对待、被社会抛弃时，只有报复社会、以暴制暴、不遑多让，才是唯一的解决方案？

你对得起你父亲吗？自从独峰山爆炸案之后，他就毅然回到了山脚下的老宅，然后艰难地在事发地附近搭了个棚子，独自宿歇，日日烧纸，告慰亡灵，替你赎罪。

可是他所做的这一切，并没有得到受害者家属的谅解，也没有获得社会民众的同情。受害者的家属，在谴责、诅咒你的同时，也把你父亲捎带上了。为了获取你的行踪，他们在老宅安装了监控，还强逼你父亲随身携带定位器，想着当你与这位癌症末期的老人偷偷见面时，他们就能第一时间发现。

我去过你老家几次。破旧的房子已经被砸得不成样子，暗黄的灯光下，你的父亲瘫坐在冰凉的地面上，老泪纵横，心中哀恸，口里长吁短叹："我的仁义好性的孩子，你怎么就成了杀人犯？算命先生让我远离你，我当初怎么舍得……谁能想到你长成了祸害！老天爷啊，宁可叫我死了，来抵这孩子的罪。我也不久于世了，平白活着，还有什么意义？！"

有一次，我还没进屋，就听到有人在里面激烈争吵。走进去一看，原来是你资助的两个从外地赶来的孩子，看不过爷爷被人欺负，跟受害者家属打了起来。

亲人没有参与犯罪，也不希望出现这样的悲剧，可在受害者家属那里，就是得不到一丁点儿的理解。有人把孩子跟大人撕扯的视频发布到了网上，引来了网友一片的声讨和斥责："一魔已逝，众恶犹存！这些野蛮孩子，长大后肯定又是杀人犯！"

在刑法史上有两种理论：一种是报应论，主张对犯罪人进行报复，认为只有绝对的报应，才是真正的正义；另一种是以教育改造、消除社会威胁为主。显然，大多数人都是报应论的忠实拥趸，不仅要惩罚犯罪人，连犯罪人的亲属也不能放过。

这些人，非蠢即坏，大多是坏。

他们不仅自己坏，还希望你足够坏。你坏得越彻底，就离一个真正的杀人犯越近。他们也就心安理得地让你、让你的亲人接受最大的惩罚。

可是你偏偏又不够坏，你资助了五个孩子，创办了乌托邦社区，你孝顺父亲，还是个充满正义感的维权博士……

闹腾了几天之后，可能是良心发现，也可能是消退了愤怒和悲痛，慢慢地他们就不再找你父亲的麻烦了。

然而，树欲静，邪风不止。受害者的家属开始频频出事。

首先是司机巫子铭的老婆祁嘉美,在东吴市的AI蜡像馆被机器人砍杀,一尸两命。

紧接着是祁嘉美的父母,即巫子铭的岳父岳母,因车祸双双丧命。根据调查发现,出事车辆为新能源智慧汽车,支持遥控驾驶。

而这一家的灭门惨案,幕后的凶手就是你,贾向阳。AI蜡像馆的技术解决方案,是你对接开发的项目。遥控智能汽车,于你而言,更是易如反掌。

四处藏匿、躲在暗处的你,一定是看到了父亲被人欺凌,才把罪恶的触手,伸向了受害者的家属。

你的残暴程度,让人发指,更加让人恐惧。不仅将欺负过你的同事悉数杀死,连这些人的家属都不放过。

巫子铭跟你的交集并不多,他一个老实巴交的司机,又是怎么得罪了你?他不仅没有得罪你,还帮过你两次,一次是为你的乌托邦社区出谋划策,一次是通过他在医院上班的老婆,帮你病重的父亲联系了床位。

你已经走火入魔了,你打开了心中压抑三十年的魔鬼之门。内心潜伏的阴兽已然失去控制,以反社会的人格,对生命滥杀无辜。

或者你也是一个"化身博士",拥有双重人格,一方面善良自律,另一方面邪恶放纵。在你的潜意识中,在你的幽暗深邃的内心角落里,善与恶是并存的。你表面上越是不遗余力地做善事,内心就越发猥鄙和扭曲。终于,你人格心性中的罪恶力量,冲破了外在伪善的约束，化身毫无人性的杀人凶手。

我曾以为我是了解你的。

好门岛的那个夜晚，我听到的是一个孤独凄苦的灵魂，在命运中几经挣扎沉浮之后所发出的心灵告白。我听到的是善良正义、宏大梦想。我听到的是阳光战胜黑暗的声响，而不是刚好相反。

一年不到的相处，你让我看到的是屡遭冷眼，却依然坚守底线、浑身充满正能量、始终盛开着的向阳花。我看到的是身处黑暗，却面朝光明，而不是刚好相反。

我本以为我的世界已经一片幽暗，是你，让我这个寒冬夜行人，有了温暖的慰藉；我本以为我的人生满是歧途，是你，鼓励我在荆棘中开辟道路，采拾鲜花。

如果不是遇见你，我可能早就把生活拒绝了。

你说，人这一辈子最难的，不是别的，恰恰是在无数压迫、困苦的打击中，仍能守住心中的那点幽光。这点幽光，是不被命运打败的光明，不向现实妥协的良知，和越挫越勇的生命意识。

可是，你的那点或许并不强大的光亮，已经彻底熄灭了。你口口声声的光明、良知、生命意识，彻彻底底地沦为了黑暗深渊的杀人狂魔。

我以为你是绽放的向阳花，岂料你是怒放的恶毒花。

你可能不会知道，不，你肯定知道，我是会答应你的求婚的。

你说要为我彻底改变自己，换工作、整容，涅槃重生。你说结婚的时候,要请五个孩子当花童。你对我说,也对你的父亲说——这一切很快就会到来。

然而,我刚刚怀上对美好未来的无限憧憬,你就亲手打破了这份来之不易的幸福。

我们的关系算什么?你也跟那些男人一样,对我,只是情欲的发泄?

我自责过。我怪我自己,我觉得是我害了你。

4月1日的团建,我没能拦住你。我的一时心软,竟将九个家庭推进了无尽深渊。

你从中巴车下来的时候,曾给我打了电话。你气愤地说,你不打算去团建了。我问你发生了什么,你沉默不语。

都怪我。我当时没有意识到问题的严重性,没有及时安抚你。我还让你把提前准备好的零食,给他们送过去。

我甚至想过,你这样做,是不是因为我。你可以忍受自己被欺凌,但是你接受不了自己喜欢的人遭到嘲辱。为了替我出气,你才制造了独峰山爆炸案。如果真是这样,我不仅不会因为你的在乎而心生欣喜,反倒更加觉得自己罪孽深重。

这些天,我感觉到有人在背后偷偷尾随。不仅尾随我,还跟踪我的孩子。

贾向阳,这个人一定就是你吧。

不管你是出于什么目的,你是想杀掉我,跟你做伴也好,还是单纯想跟我说说话,抑或有什么需要我的帮助,你都可以冲着我来。

我不怕死。但是求你放过我的儿子。求你不要再滥杀无辜了。

为了气息奄奄的父亲,为了五个孩子,为了依然爱着你的我,贾向阳,请你早点儿认罪自首!

第二章
我是凶手

一、三起血案

是的，我是凶手！

我炸死了智熊科技的九名员工，我设计砍死了身怀六甲的孕妇，我还谋杀了一对年过花甲的老夫妇。

这一切都是我干的，我就是那个罪魁祸首！

不过，我不是贾向阳，而是巫子铭——没错，你没有看错，我是巫子铭。

我犯下了三起杀人血案，残害了十三条无辜性命。不仅九名同事惨遭我的毒手，我连自己的妻儿、岳父岳母都没有放过。

我不清楚我到底是泯灭了人性，还是大发了兽性。我是否像贾向阳那样，被逼到绝境之后，以恶报恶，以刑去刑？抑或是我有"绝种基因"，自灭满门？

我不知道。我唯一可以确信的是，我的心理没有扭曲，我的精神也没有问题。不仅没有问题，我还异常清醒，从未有过的清醒。

萧希应警方要求写给贾向阳的那篇"劝降书"，洋洋洒洒数万字，都在试图分析贾向阳的作案动机。

当然，现在已经沦为地下亡魂的贾向阳，是不可能看到了。如果他能看到，我想，他一定会被萧希的煞费苦心所感动。因为萧希看似在不断揭示贾向阳的犯罪原因和动机，其实都是在为他寻找脱罪的理由和借口。"偷内衣""女厕所偷拍""女明星""女员工陪酒"等事件，表面上是在揭露，实则是在洗白。

这哪里是劝贾向阳认罪伏法，分明就是一堆正话反说的开脱之词。

可惜萧希白写了。贾向阳那个"冒牌杀人犯"用不到，而我这个真正的作案者更是不屑一顾。

她大费周章地探究犯罪者的心理，她那看似对人性深刻的剖析，在我看来，不过是些浅显空洞的臆测。她根本不可能走进罪犯的内心！她数万字的鸿篇巨制，仅仅是废话连篇的冗词赘句。

只有真正的杀人犯才会明白，杀人就是杀人，何需找那么多的借口！何必再做无谓的解释！何苦再妄想得到社会的同情，或法律的从轻量刑！即便你是一个惩恶扬善的义士，你也只是借正义之名掩盖纯粹犯罪的事实；就算你的杀人是由被害人一方的过错所引发的，你同样要用自己肮脏的生命来告慰死去的亡灵。

仿佛我对我的杀人行为，并无愧疚之心，也无悔过之意。

其实并非如此。

我已经失去了尽孝送终的父母，也没有要扶养的亲生孩子，可我能够想到，多少个无辜的家庭因为我这个噩梦一般的存在，痛失了亲人、家人，还有爱人。我深知自己罪有应得，死不足惜，我不做任何辩解，我不乞求任何人的原谅。没有人可以代替死者原谅杀人犯，也没有人可以慷死者之慨。

法律之所以不极端地惩戒强奸犯，不是为了罪犯，而是为了受害人。有时候，原谅别人，并非为了原谅别人，而是为了放过自己。

原谅，是待人重新为常人，不再为敌人。原谅需要信任的勇气。

试问杀人者，配吗？杀人者，如何视他为常人？受害者家属，如何不把他当成敌人？法律，又怎么可能信任一个已经犯下三起血案的人会悔过自新，不再作案？

杀人者必须处以极刑，以命偿命。

只有萧希这样的正常人，才会幻想着与魔鬼共情。

她还傻傻地为一个"杀人犯"辩护，岂知他们早已失去了活的理由，现在更不需要生的机会。她对杀人者的强行解读，并不构成万分之一的他们。

除非，萧希，你也杀死一个人。遗憾的是，你应该没有这个机会了，因为我的下一个目标就是你。

独峰山爆炸案中，我炸死了包括贾向阳在内的九名同事。媒体报道说，由于现场太过惨烈，受害者的身份一时之间难以确认。

媒体总是喜欢夸大事实。具体多么惨烈，我不想多说，不过死者的身份辨识，实在不是一件困难的事情。

这次的团建出游活动，公司很多人以及受害者家属都是知道的。车上有哪些人，一问便知。无非就是蒋正杰、钟羽娇、付钰、魏依依、陈震、金诺、冯泰、骆云扬，以及贾向阳，还有我这个司机。将这十个人，跟九具尸体一一匹配，只需通过DNA技术便可轻易实现。

当然，DNA鉴定虽然科学严谨，是警方刑事侦查过程中的主要手段之一，但它有一个前提条件，那就是"比对"。并不是每个人的DNA都在警方的数据库里，我们这十个没有犯罪前科的良好市民，是没有被采集过DNA样本的。所以，确定九具尸体的身份信息，只有一个办法，就是跟中巴车上十个人有血缘关系的直系亲属做DNA比对。

幸运的是——当然对贾向阳来说实属不幸——我和贾向阳，都已经没有可供比对的家人了。

我只需把案发现场伪造处理一下，就完成了两者之间的身份替换。我将我的随身物品留下，将贾向阳的带走，再把他那本已面目全非的身体，进行二次破坏和充分焚烧。短时间内，完全炭化是不现实的，但让人无法认出，就已经足够了。

我身高一米七，贾向阳一米六左右，虽然彼此相差约十厘米，但是烧灼性损害，会让人体组织出现一定程度的卷缩。当然，严格来说，如果只有贾向阳一具尸体，这种偷梁换柱的成功率会大打折扣。

就像推理小说中的经典桥段那样，比如，爱伦·坡的《被窃之信》中，隐藏某物，就把它放到类似物里。或者《断剑的象征》中，布朗神父所说的："聪明人将一片树叶藏在哪里？树林里。可如果没有树林，他会做什么……他会栽一片树林藏它。"那些碎屑，也成了我瞒天过海、金蝉脱壳的完美遮蔽物。

按照我的原定计划，独峰山爆炸案之后，我就会畏罪潜逃，然后伺机灭掉祁家满门。就算被警方识破，我也有机会在被缉拿归案之前，与祁嘉美一家同归于尽。我没有想到的是，贾向阳给了我可以利用的漏洞，以及腾挪转圜的余地，让我看到了一线生命的微光。

另外，我也不必担心有孕在身的祁嘉美，会去做胚胎期亲子鉴定。她不仅不会通过产前亲子鉴定来确认我的身份，反倒会草草认尸——甚至为了达到这一目的，而刻意隐瞒怀孕的事实。因为她比谁都清楚，我并非她腹中胎儿的亲生父亲。

于是，我这个被官方、被家属认定为"已死之人"的杀人犯，得以顺利地完成了第二起和第三起的谋杀行动。

从这个角度来说，是祁嘉美害死了她自己，也害死了她的孩子和父母。

对于祁家，我本来打算迅速毒杀，因为下毒是最容易操作的，毒药我都准备好了。人类虽然掌握了高新科技，医疗水平也得到了前所未有的发展，但人终究还是那副血肉之躯，和大多数生物一样，中了毒还是会死亡的。而且毒药并不难找到，很多有毒的东西，都是实用的。就算禁掉了一些，也不能禁绝全部。

可是现在，那场并非有意设计的"偷梁换柱"，竟为我带来了意外的幸运，我有了更隐秘、更安全的身份。于是，我决定升级作案手法。

我并不是变态地追求仪式感，也无心体会犯罪所带来的释放、宣泄和兴奋。我只是以牙还牙，让祁嘉美一家付出与之所犯下罪恶等量的代价。

东吴市的AI蜡像馆，定于今年的五一假期正式对外开放。在这之前，媒体已经铺天盖地地造了一个多月的势，将其炒作成新的网红打卡圣地。蜡像馆也适时向社会发放近千张的免费体验券，一时一券难求。作为核心技术的提供方，智熊科技也是好不容易才弄到了几十张体验券。

独峰山爆炸案发生之前，公司曾分给我一张，现在在祁嘉美手上。体验券的免费参观日期是4月14日，星期四。虽然不是周末，但我想，一向爱慕虚荣的祁嘉美肯定会去。哪怕她的老公刚"死"十三天，尸骨未寒，也不会影响游玩的心情。不仅去，她还会跟同事、朋友炫耀，毕竟这是整个东吴市都抢不到的"丹书铁券"，用钱也买不来的"内部资源"。

既然她兴致那么高，那我就让4月14日成为她的忌日好了。

我曾为了找工作，自学了人工智能相关的技术，还多次跟贾向阳请教交流。他可谓知无不言，言无不尽，有些抽象概念，他还时常不经意地拿正在开发的项目举例说明。所以，AI蜡像馆的那些机器人，我并不陌生。

有了蜡像馆技术负责人的言传身教，再加上智熊科技所做的产品，并没有什么复杂的业务逻辑，很多底层模块都是通用的，最终，我顺利黑进了他们的程序系统。

我冒用智熊科技员工的身份，混进蜡像馆，将机器人武松手里的假戒刀，换成真的。然后篡改应用程序，上传祁嘉美的照片，预设目标人物的距离范围，以及挥舞戒刀动作的速度和力度。

4月14日上午10点，因为是试运营阶段，AI蜡像馆的人并不多，只有几十个持体验券入场的游客，以及十来位工作人员。祁嘉美像是享受到某种特殊的优待，一副神气活现的样子。她拿着手机，开着直播软件，为她那少得可怜的几千个粉丝做现场直播。

只接受过九年义务教育的祁嘉美，显然做过大量的功课。她用她那辨识度极高的沙哑、粗粝的嗓音，跟直播间的"家人们"侃侃而谈："东吴市AI蜡像馆，一共展陈了80位经过群众投票得出的历史人物或文学形象。蜡像采用高仿真的硅胶技术，生动逼真，栩栩如生，同时嵌入了智熊科技的智能语音系统，通过语音识别、自然语言理解的科学运用，让历史名人和文学中的人物形象'活'了起来。观众可以与他们进行身临其境的互动或穿越时空的对话，家人们，一定要来体验一次哦，尤其是家中有孩子的……"

一边直播，她一边四处观望，不断搜寻粉丝可能会感兴趣的话题，来到青牛背上安然闲适的老子身旁，还不忘开个玩笑："你们知道老子为什么写《道德经》吗？因为老子愿意！哈哈哈……"

来到孙武边上，她又自以为机智地调侃："有一天，一个人跟孙武说：'我写了本《新孙子兵法》。'孙武问：'为何写？'此人答曰：'因为你的《孙子兵法》不够孙子！'哈哈哈……"

祁嘉美连说带笑地四处溜达着，终于来到了活灵活现的武松附近。她与机器人四目对视，脑子一转，并没有找到好玩的段子，正欲离开，却被喊住了。

"你——好——祁——嘉——美——"机器人武松一字一顿地说道。

"啊？"祁嘉美吓了一跳，茫然地望着武松，随即就雀跃着大步走了过去。她觉得，工作人员应该是提前把参观者的身份信息输入了系统，让机器人跟游客产生趣味互动，考虑得真是贴心周到。

刚走到一定距离内，前一秒还是威风凛凛的武松，仿佛顷刻之间变得怒目圆睁。他挥舞着手中的双戒刀，朝着目标人物的头颅，直接劈了下去。

随着"啊"的一声惨叫，出轨者应声倒下。整个过程干净利落，祁嘉美一生最后发出的两声"啊"，相互间隔最多不到十秒钟。

直播间围观的几千粉丝，以及现场的参观人群却用了将近一分钟，才反应过来发生了什么。工作人员一会儿徒劳无功地拨打急救电话，一会儿又张皇失措地直接报警；参观的人吓得慌不择路，一边尖叫，一边逃离展馆；祁嘉美的直播间，更是因为血腥暴力，直接被平台禁封掉了。

一直躲在暗处的我，亲眼看到祁嘉美毙命，便立刻赶回家中。她的父母，跟着我们一起生活。我要在这老两口获知女儿被害并准备驱车去往案发现场之前赶到。因为突如其来的噩耗，会让人方寸大乱；而悲痛欲绝的情绪，又会使人放松警惕，忽略掉日常生活的众多细节。这将为我的行动提供巨大的帮助。

AI蜡像馆与小区的距离不远,只有十几分钟的车程。来到小区后,我偷偷潜入地下车库,通过手机里的汽车APP应用软件,打开了年前刚给岳父购买的新能源智慧汽车的车门。

向四周望了一圈,无人注意,我迅速钻进了车内,将提前准备好的麻醉药物喷洒在车中,然后关上车门,躲在一旁,窥伺老两口的到来。

蒋正杰曾经分享过经验,说诸如乙醚、七氟烷等麻醉药品,其实不难搞到。尤其是七氟烷,无色澄清,易挥发,不易燃,吸入后一到两分钟就能产生奇效。它还没有明显的刺激性气味,不像乙醚特别容易被人察觉出来。

在医院上班的岳母,应该想不到有一天会被这种"禁药"麻痹了神经中枢,继而命丧黄泉。

等了没多久,这对年过花甲的老夫妇,就慌慌张张、跟跟跄跄地相互搀扶着走了过来。待他们坐进车内,启动汽车发动机,我便在六米以内的隐秘处,通过手机对车辆进行了遥控。

我先是锁闭车窗,然后打开空调,设置为内循环,让麻醉药更快挥发。通过汽车的千里眼功能,我实时查看车内情况。在两个老人进入昏迷之前,我要保持跟车辆六米左右的最大可控距离。

三分钟过去了,车内老人已经彻底"睡着"了。我便使用智能遥控驾驶功能,将汽车开出车库,并行驶到马路中央,等待时机的到来——等待水泥罐车、渣土车、栅栏车或超长货车等各种马路杀手的降临。

虽然遥控驾驶最快只能行驶20码,但所幸工作日的地下车库没什么人,且出了车库十几米就是事故易发地,我的父母就是在那里丧生的。

终于,一辆夺命大型翻斗车缓缓驶来,在它刚要往右拐进施工工地的时候,我操控着小轿车,朝着翻斗车的右前车轮冲了上去。两车相撞之后,我还让小车一直加速往前挤,直到翻斗车发生侧翻、将小轿车彻底盖住。

二、两张面具

看着鲜红色的血液从毁坏严重的汽车内渗出来,我早已不再有心惊肉跳的感觉了。我既没有铸成惨剧的罪恶感,也没有害怕被警察抓住的恐惧感。毕竟这是短短半个月里,我犯下的第三起杀人血案了。

4月1日,独峰山爆炸案,那巨大的轰鸣声在空气中回荡,震耳欲聋,我却宛若置身于一个人的寂静之中。爆炸物产生的浓浓硝烟快速升腾,覆盖着整片天空,灰色的云朵,像是被某种力量牵引,不断下压,几乎垂到了触手可及的高度。强压之下,我的精神濒临崩溃,压抑的心脏猛烈敲击着胸腔,似乎要"夺门而出"……

不知过了多久,被炸蒙的大脑苏醒了过来。我渐渐意识到自己杀人了。杀人这种异常行为，会让人产生肾上腺素，血脉偾张，心跳加速。我的那双遥控无人机的罪恶之手，此刻也在抑制不住地颤抖。

不过，身体所能记忆的杀人证据，好像也仅限于此了。抬头看看眼前这个世界，还是跟之前一模一样，没有任何异样。

我深吸一口气，再呼出一口气，不停地活动着身体，让大脑保持清醒和理智。当我重新以正常人类的目光凝视这个宇宙的时候，我才万分惊恐地发觉，就在我那悠长的一吸一呼之间，在那漫长的一睁一闭之间，已经有很多东西发生了翻天覆地的变化！

世界还是那个世界，可我已经不是原来的我了！

事已至此，已然没有回头路。容不得多想，只有快速、清醒地权衡当下局势，才是最明智的做法。

我在脑子里反刍，行车记录仪在我下车前，就已经关闭了，即便存储卡没被炸毁，恢复出来的数据，也看不到我的犯罪过程。

我又在盘算，接下来还有恶仇要报。原打算跟祁家同归于尽，现在或许也不必了。

随即，我伪造了案发现场，带走了贾向阳的东西，又留下了我的物品。就像《X的悲剧》《火车》里那样，我也完成了偷天换日，实现了身份替换。

乌云散去，我眯着眼，奢侈地望向炫目的阳光，以后我就要躲到无尽的黑暗之中了，过着隐姓埋名、东躲西藏、亡命天涯的日子。

清晨凛冽的寒意褪去，取而代之的是阳春的温暖。一股和煦的春风吹来，我扬起脸，贪恋地享受着春风带来的真实且清新的感觉。往后余生，我都要藏在另一个人的面具之下了，以彻底告别我这张熟悉面孔的形式，开启新的生活。

巫子铭已经死了，彻底地从这个世界消失了。认识的人，不能再联系；过去的一切，都要切割干净。甚至对我造成威胁、阻碍我继续存活下去的人，我必将统统铲除。

我以贾向阳的身份，杀掉了死不足惜的祁嘉美一家。即便是我将要杀掉的萧希，贾向阳的苦命恋人，由贾向阳的身份去动手，也丝毫不会引起任何人的怀疑。这都要感谢萧希的那封"劝降书"，她已经把暗中跟踪她的尾随者，认定为贾向阳了。

想来好笑，同样作为亲密爱人，萧希就可以对贾向阳说出："不管你是出于什么目的，你是想杀掉我，跟你做伴也好，还是单纯想跟我说说话，抑或有什么需要我的帮助，你都可以冲着我来。"

可祁嘉美就不会对我说出这样的话。

是祁嘉美，成就了他们一家子的"齐全"和"美好"。

不过，一切都要结束了。等解决掉萧希，所有的事情就都处理干净了。那时，我将故技重演，以贾向阳的名义，再次盗走一个根本没人在乎的流浪汉的身份。

我会先把流浪汉杀掉，然后对尸体进行毁坏和处理，让警方误以为死去的这个人，就是贾向阳。死亡的方式，可以伪造成畏罪自杀，也可以是突发意外。不管什么方式，流浪汉这个"2号替死鬼"一死，所有的罪名，就都由贾向阳这个"1号替死鬼"独自承担了。

而一直躲藏在影子里的我，只需撕掉贾向阳这个旧面具，换上流浪汉的新面具，便可迎来最终的、干干净净的新生命。

此生的恩怨已经了结，接下来该为活命而努力了。

萧希的劝降书中提到贾向阳从中巴车下来之后，曾给她打过电话。虽然没有详细说明通话内容，但是不排除萧希已经知道了些什么。我已经偷偷跟踪萧希好几天了。我有过多次暗杀机会，可是最终我改变了计划。

这跟我半个多月的逃亡生活有关。自然，我没有被警方发现行踪，也没有让接触到的普通老百姓产生怀疑。事实上，对于过着普通生活的普通人来说，是无论如何都无法想象自己会碰到杀人犯的。

让我改变谋杀计划的，是逃亡生活所带来的生存压力。我成功盗取了贾向阳的身份，却盗取不了赖以生存的金钱和物资。我在光天化日之下犯了三起重大刑事案件，却实施不了偷盗、抢劫这样的非法占有行为。

人们早已不再使用现金，网上转账又有记录可查。就算躲过了密布大街小巷的监控探头，还要应对随处可见的安保人员。杀人事件因为不常遇见，反而会让人掉以轻心；可私有财产的保护意识却是根深蒂固，针插不进，水泼不入，人们看得比生命还要重要。

爆炸案之后，我便不可能再使用信用卡、银行卡或手机支付，也无法到银行ATM机提取现金，否则一定会给警方留下致命的线索。虽然身上有一些现金，但我不敢随便租一间房，更不敢回家——只能睡在臭味熏天的烂尾楼里、阴冷潮湿的桥洞底下，或偏远郊区即将坍塌的破屋之中。没有被子，就随地取材，找些废旧衣物或破烂纸箱盖在身上，抵御风寒。

从来没有睡过一个安稳觉，不是被冻醒，就是被惊醒。不敢在同一个地方连日停留，狡兔尚有三窟，我也只能不停寻找新的可供栖息的地方。

有一次，我在画满"拆"字的城中村里，找到一处老旧不堪但结构还算完整的铅灰色砖房。木质窗枢已经腐坏，夜晚冷风毫不留情地从窗口长驱直入，整个屋子就像冰窖一般。屋内有一张生了锈的铁床，其中一条腿还用铁丝缠绕固定住。坑坑洼洼的水泥地面，留下了昔日房屋主人经年累月的足迹。斑驳的墙壁上，印刻着岁月流逝带来的点点污垢。

但这对我来说，俨然就是一座"豪宅"了！

冷冽的月光变得柔和，四周静谧无声，听不到汽车的鸣响和路人的脚步声，这让我感到安全且放松。躺在吱吱作响的铁床上，抬头望向窗外，几片落叶正被大风裹起，绕着一棵枯树飒飒扑腾。

我不由出神，看看自己，又何尝不是在命运的旋涡中周旋、挣扎的枯枝残叶？我已经孑然一身，如同过街老鼠，在这个繁华喧嚣的世界里东躲西藏。

食不果腹、居无定所、暗无天日、担惊受怕、精神几近崩溃……逃亡的生活，简直就是万劫不复的人间炼狱。

即便杀掉萧希，铲除掉世上最后一个可能知道我还活着的女人，即便我又一次成功盗取某个被社会遗弃的畸零者的身份，我也无法完完全全重获新生。我不能像常人那样工作挣钱、购房买车、娶妻生子，一切需要验证身份信息的乘车出行、办理银行业务、网上购物，甚至是去医院看病，我都会面临随时被发现的危险。

就算机关算尽，我这个踩着堆积的尸骸的杀人犯，也早已注定此生都将奔逃辗转、颠簸无常、永无宁日。

这种情形之下，现金就显得尤为重要了。就像影视作品中，那些穷凶极恶的歹徒常说的："干完这票大的，兄弟们就可以退休养老了！"没有巨额的现金储备，任何恶人都不可能停止作案。

我盘算过对于我这样的犯罪人，还能有哪些赚钱渠道。我想到了去工地干临时工，专挑那种不要身份证，还可以日结的；我想到了偷盗东西售卖，只偷贵重的金银首饰，不记名，好出手；我还想到了收废品、捡破烂，甚至想到了威胁或敲诈独峰山爆炸案中的九名受害者家属……

可思前想后，这些挣钱方法，要么来钱慢，要么风险大，没有一个可行的。

富长良心，穷生奸计。为了应付以后没钱寸步难行的逃亡生涯，一个比杀人还要可怕的念头闪过了我的大脑——为何我不干一票大的？

于是，我想到了绑架。我决定绑架萧希的儿子。萧希已经离婚，且没有什么钱，但是她的前夫家境殷实，就算因为疫情，产业受到了影响，可几百万的现金还是不难筹到的。

以贾向阳的身份，绑架他的恋人离婚后没有抚养权的孩子，然后再杀掉恋人及其前夫……关系错综复杂，但犯罪动机也能解释得通，无非就是一个"情杀"，或熟人作案中典型的谋财害命。

我制订了周密的行动计划，思索着如何弄到绑架用的绳子、面罩等工具。我不希望因为我身份的暴露，就去撕票。虽然我残害了十三条人命，可要对一个无辜孩童狠下杀手，还是有些于心不忍。

然而，这已是我最大的善意了。

倘若行动出现差池，不管谁的原因，一旦我的身份信息被暴露，或人身安全遭到威胁，我只能果断选择自保。与自身利益相比，其他的一切都可牺牲。

三、0和1

通过连续几日的暗中尾随，我了解到萧希的前夫名叫栗运泰，他们的儿子今年七岁，就读于东吴市师范附小，姓名为栗源，班级为一（4）班。

栗源平时跟着父亲一起生活，但是每到周五放学，萧希就会把孩子接到自己家里，母子俩一起过周末。这跟她在"劝降书"中的表述基本一致。

4月23日，周六，萧希陪着儿子在公园玩耍。

那天公园里的人不多。道路两旁的树枝震颤不休，让树枝发生震颤的，除了横穿整个公园的冷风，还有枝上的乌鸦。

显然，乌鸦不是报喜的使者，而是死亡、恐惧和厄运的代名词。

我戴着口罩、深色棒球帽，背着双肩包，拉着偌大的行李箱，佯装成一个旅人的模样。我躲在厕所附近的隐秘角落，远远盯着这对母子，准备伺机而动。

当然，完美的犯罪，都是没有截止日期的。这一次没有下手的机会，我就静候下次，一定不能着急。绑架不同于激情犯罪，最需要的就是耐心和细心。蛰伏着等待时机，早晚都会成功。

小孩子的快乐就是那样简单，栗源已经在人造沙滩上玩了一个多小时，一会儿挖沟渠，一会儿用铲子堆城堡。萧希则坐在石头上，低着头玩手机，浑然不觉身边潜伏着危机。

成排的白杨树伸着枝丫，迎风招摇，好像在和游玩的人们打招呼。几只流浪狗，正在草坪上奔跑嬉闹。一阵轻风携着泥土的清新气息，拂面而来。公园里一片醉人的暮春景色，烟水葱茏，草长莺飞，让人怎能无视风花的蹁跹，不睹杨柳的妩媚？

可能是因为太久没有这种闲情逸致，我紧绷的神经也慢慢舒展开来。

"这个名叫栗源的七岁孩童，与你无冤无仇，为什么要绑架他？"我的耳边好像有人在低语一样。

随即我便联想到祁嘉美，以及她肚子里的孩子。如果那个孩子是我的，可能所有的一切都不会发生吧？我可能会优先考虑眼前的幸福，哪怕她的出轨已成事实，我也会选择原谅吧？

然而，那个女人没有给我，也没有给她这样的机会！

不要再想了，这种无益的妄想还是适可而止吧。

当我把目光重新聚焦到那对母子的时候，却发现身旁站着一个人，正笑嘻嘻地看着我。

原来是一个拾荒老头，他谄笑着望向我，又看了看我跟前不知是谁扔下的饮料瓶。

我会意，点了点头。老头高兴地捡起瓶子，笑着说了声"谢谢"，然后心满意足地离开了。

谢谢？居然有人跟手握十三条性命的杀人犯说谢谢？居然有人对正在伺机作案的绑架犯笑着说谢谢？

那一刻，可能也就几秒钟，我冰冷的决心，仿佛微微动摇了一下。虽然幅度很小，但我十分清楚今天的这种状态，实在不适合犯罪。况且，刚才跟拾荒老头的对视，可能已经让他对我产生了记忆。如果今天有小孩在公园里被绑架，那么，戴着口罩、鸭舌帽，背着双肩包，拉着宽大行李箱的我，一定会被列为重点排查对象。

回到满目疮痍的城中村，因为即将拆迁，这里破败不堪，空无一人。但出于安全考虑，我没有去"豪宅"，而是换了一个更加岌岌可危又方便逃脱的废弃破庙落脚。

古人说"宁睡坟头，不进破庙"，就是宁可在乱坟岗留宿，也不能跑进破庙。这并不是说庙里有青面獠牙的吃人妖怪，或娇艳欲滴、勾人魂魄的女鬼。真实的原因是，古代的破庙通常是盗匪寄居的地方。《水浒传》里水泊梁山整日吃肉喝酒的情况，现实中压根不会存在。被官府通缉、落草为寇的人，只能活得像只野狗，四处逃亡。逃亡的过程中，他们往往会把既能遮风挡雨，又地处偏僻、香火稀少的破庙当作栖身之所。

带着丰厚盘缠的赶考士子或行走商贾，本来就引起了盗匪的觊觎，何况他们又是直接送上门来，自然会羊入虎口，在劫难逃。

想到这里，我不由苦笑了一下。那些被官府通缉的寇盗，跟我这个被警方追捕的杀人犯、绑架犯，有何不同？我们都是同类，一丘之貉，同道中人！在古代，他们把破庙当成安身之所，甚至是作案窝点，而现在，我又何尝不是？

庙里空空荡荡，唯有一扇倒塌的木门。我找来纸箱，铺在门板上，然后坐在上面，一个人喝起了酒。

逃亡的生活，连喝酒都无法尽兴。我必须枕戈待旦，24小时保持警醒的状态，做好随时随地奔走逃命的准备。哪怕是在睡梦中，也不能掉以轻心，更别说是饮酒作乐了。

但是，我又深感筋疲力尽，亟待酒精的麻醉。

我控制着自己，不让自己喝多，可是一两不到，我就已经开始恍惚了。很多时候就是这样，醉，跟酒没有关系。

半醉半醒之间，我好像出现了幻听，听到一群追兵正从四面八方涌来。我又仿佛产生了幻觉，看到我这个被恐惧噬咬的怯懦之人，慢慢蜕变成一个猖狂凶恶的狮身人面兽。

接着，我做了一个噩梦，梦境是一幅地狱受难图。十三只厉鬼正在发出穿云裂石般的悲鸣和哀号，那巨大的声响，好似要把地狱炸开一样。当看到我出现后，十三个面目狰狞的恶魔，居然伸出了千万条舌头，每条舌头都在向我蠕动，不将我吞噬，誓不罢休。霎时，三起血案，十三条人命，重现眼前，沉睡的恐怖记忆开始复苏……

我被这可怖的梦魇惊醒，醒时已是夜晚。我不由汗毛直立，吓出了一身冷汗，比起噩梦，毫无防备的熟睡更加让我后怕。

市中心的熠熠灯火，将整片夜空映照得无比璀璨。可是现在的城市，早已让我们变成了失根的草木。

就像一辆汽车，无论内饰再怎么豪华，性能再怎么强大，人们也不可能在车里生活。汽车只能是偶尔地乘坐。

城市，便是一辆大型公共汽车，每时每刻都在发挥它的机能性，高效且冰冷，你我皆是到站下车的乘客。没有人会把"汽车"当成家，也不会把随时可能迁移的、唤不起任何归属感的城市当成故乡。

那农村呢？农村更是变成了无法扎根与生存的土地。它失去了泥土味，失去了烟火气，它不仅留不住人，还让人想回回不去。只有那些老弱病残，还在无尽的孤独中苦苦挨着、盼着。这片无法耕耘、将记忆丢失的蛮荒之地，又怎么能算故乡呢？

不知道我这种悲观厌世的情绪，是因何而来，又从何而起的。我仿佛还能记起，曾经的我，也是一个有着炽热梦想、像燃烧生命一样激烈活着的人，可后来不知怎么就变成了唯唯诺诺、浑浑噩噩的中年废柴。职场混不下去，我就去创业；创业失败，我就去找工作；高薪工作找不到，我便送外卖、给人当司机……

我像个拼命三郎、赚钱机器，每天起早贪黑，努力拼搏。为了挣钱，自尊都可以放下，被昔日的同事、下属称为"巫师傅"，也满不在乎。

可是，我这样换来的又是什么？是老婆的出轨，是父母的意外死亡！我为了生活而奋斗，生活却不断地欺骗我、激怒我……

我拿起身边的酒瓶，迟疑片刻，终于不再抑制，大口喝了起来。

"了不起就是一死！这种日子实在是太痛苦了！今朝有酒今朝醉，老子今天就是要痛痛快快大醉一场，其他的就去他妈的吧！"一个憋屈已久的声音，从我的身体里发出。

可很快就有另一个理智且克制的声音，试图拒绝这种怂恿："时光无法倒退，死者也不能复生，你已经没有挽回和赎罪的机会了！放下酒瓶，保持警惕，活下去，才是你现在应该做的事情！"

"活着？你是说苟且偷生吗？苟活，真的就比死了好吗？"

"你有什么好质疑的？！人这一生，不都是这么度过的吗？"

我就像一台由0和1组成的二进制计算机，身体里的字节在不停跳动，0和1展开了无休无止的激烈争辩。

0："我现在怎么就变成了这个样子！我炸死了智熊科技的九名同事，又谋害了我的老婆、我的岳父岳母……"

1："那是因为他们该死，他们罪有应得，他们死不足惜！"

0："贾向阳呢？他可是一个好人啊！"

1："因为你要逆天改命，杀掉他，你才有活下去的机会呀！"

0："不，他本不该死。我原先只是想要报仇，把蒋正杰、祁嘉美一家杀掉之后，我就自杀，陪着他们一起上路。可是，为了自私地活下去，我居然滥杀无辜，现在就连一个七岁的孩童都不放过。我已经坠入了罪恶的深渊，我已然变成了嗜血的恶魔！"

1："因为你天生就是恶魔啊！还记得那次测试吗？'一对姐妹的父亲死了，在葬礼上妹妹遇到了让她心动的男人，回家后，妹妹就把姐姐给杀了。请问这是为什么？'这个专门用来测试有没有心理犯罪倾向的问题，十几个人中只有你回答正确。你说，那是因为妹妹还想再办一次葬礼，再见一次让她心动的男人。"

0："不，你在蛊惑我！一个测试说明不了什么！"

1："别再自欺欺人了，释放你的天性，直面你内心的邪恶吧！你那一次次堪称完美的杀人行动，没有任何迟疑，更没有半点顾虑，你异常冷静，无比精准，干净利落，不留痕迹……"

0："闭嘴！不要再说了！"

1："在我面前，你大可不必用虚假的伪善来掩饰真正的恶念！莎士比亚都会说：'良心是个懦夫，你惊扰得我好苦！'继续苟活着吧，苟且偷生，起码能够活下去；变成厌恶的模样，起码还有模样——对，就是这种愤怒的眼神，就是这种凶悍的样子，像捏碎命运一样攥紧你的拳头吧！别再冥顽不灵，别再活在错觉里，别再心猿意马，别再有无谓的懊悔和内疚！不是每一次的涅槃都能重生，牢牢抓紧这次机会，勇敢完成你该完成的使命，最终你将重获新生！"

我的脑袋变成了一个战场，一场善恶之争，正打得如火如荼。代表"善"的一方，很快败下阵来，虽然负隅顽抗，仍是节节溃败，眼看就要全军覆灭……

我感到头痛欲裂、呼吸困难，我就要被魔鬼逼成了魔鬼！

还是说，我本来就是魔鬼！

可是，我也有过美丽的心灵、良好的教养和亲切的笑容；我并非成功人士，但也有着坚不可摧的青云之志，引以为傲的赤子之心；我不完美，历经苦难，可我不畏风雨，向阳而生。

我懂人间冷暖，也知人情世故，我也能像贾向阳那样，说出一大堆的心灵鸡汤。

我有过痛苦难抑的夜晚、情何以堪的岁月，但我的家人，依然能够在我的脸上看到笑容，依然能够感受到我温暖且无偿的爱。

任何时候，我都在全力以赴，我坚守信念，一路奋战到底。我的梦想永无止境，永不磨灭。

而且，我也曾有人陪伴，并不孤单。

黑夜给了我黑色的眼睛，我却用它来寻找光明——然而，说出这句话的诗人，同样砍杀了自己的妻子。

夜色渐浓，城市里的璀璨灯光变得黯淡。白天还阴沉的天空，此时斜挂着一弯冷月，月光之下，一片萧瑟。

满满的一瓶白酒，已被我喝光，但我竟没有丝毫醉意，反而越喝越清醒。

忽然之间，我泪流满面。

四、富贵命

1982年，我出生在一个普通的农村家庭。算起来，我比贾向阳整整大了十岁。跟他一样，从小我也是一个成绩优异的学生——不过我们的相似之处也仅限于此了。

成绩优异并不等于品学兼优，在老师和同学眼里，好学生的标配性格——内向木讷、不善言辞，在我身上都成了贬义词。随着年龄的增长，我渐渐体会到这样的评价已经极尽善意了。所谓"内向木讷"，其实是说我性格孤僻、内心脆弱；所谓"不善言辞"，则是说我秉性偏执，甚至有些极端。

大学以前，作为家中独子的我，时刻处于父母的监视范围内，无法信马由缰地野蛮生长。可是，乖孩子和好学生的外壳之下，始终藏着的是一颗逆反的心。我想要冲开某种囚牢，释放本性，按照自己的方式，做自己想做的事情。我不想为了父母的面子，而装出一副懂事顺从、奋发学习且孺子可教的模样。我也不想成为亲戚邻居、老师同学口中的榜样，并时刻以榜样的标准来要求自己。

我打算通过高考的形式进行控诉，我在试卷上胡乱作答，或者干脆不答，以一个超乎所有人意料的低分，宣示我作为一个独立个体的态度。但是一想到父母那令人厌恶的失望眼神，以及好像到了世界末日似的崩溃表情，我就浑身难受、恶心，甚至想死。

死？对啊，我可以高考之后自己了断啊！我全力以赴迎战高考，等我考上最好的大学，我就去死。这样既帮他们完成了梦想，我也不用再被他们烦扰了。

终于，2000年我以全县高考理科第一名的成绩，踏入了中国最好学校的大门。可是，在我准备赴死的时候，意外发现我身上的枷锁，突然间就烟消云散了。我的父母，整日陶醉在状元爸爸和状元妈妈的虚荣之中，以为高考就是一件一劳永逸的事情，考上好大学，儿子以后一定会出人头地，而做父母的已算功德圆满了。

他们不再对我严加管教，反而有些肆意纵容，他们让我在升学宴上喝酒，给我买了名牌衣服和鞋子，不再过问我去了哪里、见了谁、几点回家。

于是，我仿佛一夜之间成了真正的男人。我跟同学一起通宵上网，喝酒唱K，应试教育带来的毒害，都被酒精所麻痹；身心健康遭到的压迫，也在一次次的放纵玩乐中得到释放。

读圣贤书所为何事？十几年来日复一日的寒窗苦读，竟是为了如此这般的享乐？

人活一口气，一旦松懈下来，整个人就会垮掉。

进入大学，身边的同学个个比我优秀，我却早已失去了追赶比拼的动力。我迷失了奋斗的目标，精神一片虚无；我厌倦了书本和课堂，只是单纯地待在学校里，都感到度日如年、芒刺在背。

我经常独自一人在网吧看电影、玩游戏。我的大学生活自由自在，无忧无虑。为了匹配我与生俱来的孤独气质，我学会了抽烟；为了应付考试，我学会了临时抱佛脚，进而又掌握了考试作弊的本领。

只有到了月底，开口向家里要生活费时，我忧郁的灵魂才有一丝愧疚的感觉。但是只消燃上一支香烟，这种不合时宜、一闪而过的不适感，便会随同烟雾，消失得无影无踪。

寒暑假，回到老家，我依然是大家眼中的学霸形象。母校邀请我给学弟学妹分享读书经验，家乡的教培机构更是高薪聘请我为学员们辅导授课。一个假期，我就能赚到几千块。

原来，书读好了，真的可以挣到钱。书中自有黄金屋，古人诚不我欺。

我把挣来的钱，全部用来捐助贫困学生。自然我又落了一个仁义道德的好名声。

几千块，已经可以支付我一个学年的日常开销了。眼睁睁地看着这笔钱打了水漂，我那靠种地为生的父母，一边心疼地计算着要种多少庄稼才能有几千块的收成，一边又在别人的赞美和恭维中洋洋自得。而心疼的成分，还是要大于得意的，却又只能干咽苦水，谁让自己是状元的爹妈呢？享受光鲜的同时，总是要付出代价的。

不过很快就不必再做这种光鲜与代价的权衡了，因为接下来将只有代价，没有光鲜。

靠着十几年应试教育中琢磨出来的那点小聪明、小伎俩，我混过了大一和大二，却终于在大三现了原形。因为旷课次数太多，且考场作弊被抓，学校给了我记过处分。我本该吸取教训，改过自新，可教务处的那张处分通告，搞得人尽皆知，让我脸面尽失。恼羞成怒的我，竟然找到老师，要求学校取消对我的处分。被果断拒绝，外加一顿训斥之后，我直接收拾东西，离开了校园。

我来到网吧，吃住都在里面，再也没有人可以打扰我、约束我、嘲笑我。钱花完了，我就出去找工作，卖过保险、做过各种行业的销售人员、兼职发过传单、在工厂干过临时工。

我没有太多的羞愧感，也没有强烈的落差感，更多的是觉得这种生活新鲜、简单。挣钱不多，但足够一个人的开销了。能够养活自己，我已经心满意足。

对于未来，我并没有宏大的规划。人各有志，可能我就是一个安于现状的普通人，从来都不是什么学霸或榜样。

可是没多久，这种简单的生活就被打破了。同学告诉我，学校的退学通知书已经寄到了老家，现在父母正四处找我。

我能够想象他们收到退学通知书的反应，一定是震惊和恼怒、不可理解和无法接受。他们会一边向街坊四邻隐瞒我被学校开除的消息，一边想方设法地试图挽回局面。不出意料的话，他们已经与校方沟通多次，沟通的时候少不了说些恳求、乞怜的话，或者明里暗里地流露出愿意花钱解决问题的丑陋姿态。

那时我还没有手机，他们找不到我，就只能打电话到大学宿舍。室友电话接烦了，便通过QQ不停地劝我赶紧跟家人联系。

我哪里敢联系？父母见了我，不把我活活打死才怪。我跟他们解释不清楚，他们从来没有问过我想要什么，也从来没有跟我敞开心扉地交流过。他们引以为傲的状元儿子，居然被学校开除了学籍，无论如何也是无法接受的。

我能做的，也是我愿意做的，就是好好打工，每个月争取省下一笔钱，寄给家里。另外，我又加了几个高中同学的社交账号，通过他们随时关注家中情况。

后来，高中同学告诉我："你想多了。你的父母并没有因为你被学校开除就沉郁寡欢，他们现在正拼命挣钱，说要给儿子盖房子、娶媳妇。"

看来我低估了农村人的乐观天性，以及为人父母的大爱无私。人总要好好活下去，既然事已至此，又无法改变，那就只能坦然接受了，除此别无选择。重要的是，多为以后打算，读书这条路走不通，就赶紧存钱盖房，不然以后连个媳妇都娶不上。

春节很快到了，我犹豫了好几天，终于鼓足勇气回家过年。我买了大包小包的礼品，穿上漂亮的新衣服，兜里揣着几盒中华香烟，伪装成成功人士的模样。我自己倒不在乎这些外在的虚荣，但我觉得，这样做或许会让父母脸上有光。

到了家里，父亲见了我，没有生气，当然也没有丝毫高兴的表情。他一句话没说，只是默默接了我递过去的香烟。我给父亲点上，他抽了几口，便转身忙活去了。

母亲把我叫到厨房，一边清理着我爱吃的家养的土鸡，一边眼含泪花地对我说："以后多回家看看。"

简简单单的一句话，却犹如万斤的重量，压得我站立不稳，想要跪在地上，磕头认罪。那一刻，我仿佛看到母亲老了许多，有了皱纹和白发，唯一不变的是那双粗糙丑陋的手；那一刻，我多想扇自己俩耳光。

从来没有做过任何家务的我，好像一下子就解锁了做饭、洗衣、扫地等全部技能。我忙前忙后地帮着父母干活，慢慢地，他们对我说的话也多了起来。

我这才知道，为了存钱，他们除了种庄稼，还要到建筑工地打工。有一次，父亲不慎从砖墙上摔下，腹部直接被一根将近十厘米的铁管捅了进去。医生说，幸好是冬天，衣着比较厚实，要是夏天，或者铁管再长几厘米，性命就保不住了。

父母提起这件事的时候，早已没有死里逃生的胆战心惊，而是一种大难不死必有后福的庆幸和欣喜。他们甚至将这次的躲过一劫，跟我的退学联系到了一起。母亲顿悟似的说道："咱们没有那个富贵命，老天爷让你退学，其实是为了保你爸一条命，咱不亏。"

我是不信这些的。我找到高中同学，质问他们为什么没有把如此严重的事情，及时告诉我。

同学说，你以为只有你在暗中关注家里的情况，事实上你的父母也在通过我们，默默关心着你。他们怕影响你上班，再三叮嘱不让告诉你。

我无法怪罪我的同学。作为儿子，我拒绝和家里联系，结果父亲出了事，难道还要责备别人不把消息告诉我吗？那我在干吗？要我有何用？

年夜饭上，我举起酒杯，敬了爸妈。父亲喝了很多酒，往常这个时候，他都会啰里啰唆地教育我一顿，给我讲很多人生大道理，而我的母亲就在一旁负责垫话和补充。

但是这一次，他们欲言又止，终于什么都没说。可能是觉得他们的儿子已经长大，抑或是担心话说多了，我又要断绝联系。

事实上，我多想再聆听一次他们的教诲啊！可我没有提出这种需求。像他们一样，我也什么都没说，就连夸赞母亲厨艺的客套话和劝父亲饮酒的恭奉话，我都没有说出口。

年过完了，我该回去上班了。离家前，我试探性地提议给爹妈磕个头，没想到他们同意了。

我是一个自尊心极强的人，给父母磕头天经地义，可也总觉有些别扭。我在心底对自己说，以后每年春节都要给父母磕个头，时间久了，自然就会习惯的。

五、程序员文化

我作了决定，我要好好奋斗，努力挣钱，不再让父母如此辛苦。我从外地回到了东吴市，距离老家近一些，方便我随时照看父母。

读书这条路应该是走不通了，不过很多成功人士的学历都不高。何况我又不是考不上好大学，只是不想念了而已。像我一样中途辍学的乔布斯、比尔·盖茨，都取得了惊人的成绩。他们行，我也可以。

我也要，当然，我也一定能干出一番事业。条条大道通罗马，三百六十行，行行出状元，读书能读成状元，其他领域，我也必然能够成为翘楚。待我事业有成，我就在东吴市买个大房子，把父母都接进城里来。他们在农村老家，面对那些风言风语，日子过得多少有些不开心，况且他们都没有了需要赡养的父辈，也没有了相互依靠的兄弟姐妹。老家已经不必留恋了。

2004年，当时正值中国互联网新一轮集中上市收割年。腾讯、盛大、51job、艺龙、金融界等互联网企业纷纷上市，中国的互联网产业，掀起了又一波的收割热潮。

同年，我的大学同学毕业了。计算机专业出身的他们，也都进入了高薪又代表着新兴产业的互联网领域。

当时互联网职场的门槛非常低,竞争压力小,丝毫不内卷,更不会有什么"大数据精准裁员",很多半路出家的人都能找到一份程序员的工作。

我虽然没有拿到毕业证,但好歹有名校背景,又学过三年的编程,终于在同学的内推下,顺利进入了东吴市知名的盛世荣耀网络科技公司。这是一家老牌的互联网公司,成立于20世纪90年代,做门户网站起家,经历过2000年的互联网泡沫,差点破产,后进军游戏领域,赚得盆满钵满。

公司的职场氛围简单且轻松,工程师的地位有时候比老板还高。在盛世荣耀做程序员的几年经历,对我一生的职业素养乃至为人处世的原则,都产生了至关重要的影响。

我在这家公司学到的程序员文化,概括起来有六点:

第一,不看重学历、年龄或者地位,而是技术能力。

第二,不信任权威,提倡去中心化。

第三,不服从管教,具有叛逆精神。对管理者强加的、限制程序员行为的愚蠢规定不屑一顾。

第四,打破边界意识,计算机以及所有有助于了解这个世界本质的事物,都不应该受到任何限制。

第五,崇尚好玩、创新、高智商、探索精神,而不是实用性或金钱。

第六,程序员并不神秘,更不是技术怪人,只是像画家、演员、作家一样，有着特殊手艺和创造天赋的普通人。

  公司哪里都好，有钱、工作环境舒适自由、同事间不会钩心斗角……可最大的问题就是太过折腾。公司最开始做门户网站，看到游戏行业赚钱，就从国外代理了几款火爆网游；"非典"爆发，开始进军电商行业；2004年大洋彼岸的美国，一家日后成长为巨无霸的社交网站Facebook成立，盛世荣耀又踏入社交领域；2005年，土豆网成立，2006年，优酷和酷6问世、Google并购YouTube，互联网进入到网络视频内容元年，盛世荣耀摩拳擦掌，也打算分上一杯羹……

  我在盛世荣耀负责的一直都是SNS业务，这是一条现金流产品线，为公司开疆拓土、进军新业务提供源源不断的资金支持。可公司总是喜新厌旧，出风头的从来只会是新成立的部门。

  2007年，工作三年之后，我晋升为技术主管，一些猎头也开始瞄上了我。其中一家名叫网熊科技的公司，甚至开出了双倍薪资，让我做他们新成立的SNS部门的技术经理。

  很多同事都劝我不要去，说盛世荣耀正在筹备上市，顺利的话，年底就能在美国纳斯达克敲钟。这种天上掉馅饼的机会，几辈子都摊不上一次，你却好，竟然主动放弃。

  还有的说，网熊科技是出了名的"拿命挣钱"，尤其是这种新成立的业务部门，不仅工作不稳定——干不好随时可能会被换掉，而且从0到1的过程是极其艰难的，一切都要重新开始，工程量巨大，加班是少不了的。虽说码农都是不要命的，可他们也是有生命周期的，哪有人写一辈子代码的，通常写到三十多岁就写不动了，不是颈椎病就是腰肌劳损。你好不容易在盛世荣耀站稳了脚跟，眼看到了该收割的时候，又何必傻乎乎地跳槽呢？

然而，那个时候的我根本就是鼠目寸光，连什么是上市都搞不清楚。我只想着快速挣钱，钱拿到自己手里，才够踏实。况且，我总觉得他们是在嫉妒我、嘲讽我，看到我一个高中文凭、只有三年工作经验的毛头小子，居然可以double薪资，title也摇身一变成了技术经理，能不眼红吗？

2007年6月，我从盛世荣耀离职，去了网熊科技。结果当年年底，盛世荣耀就在纳斯达克敲钟上市了！我的很多前同事都成了千万富翁。

网熊科技的老板牛祎安慰我："要不了几年，咱们也能上市。"

听了他的话，我把准备买房的钱全部拿出来，入了公司的股份。占了股，我就更加卖命地工作了。

当时蒋正杰已经是跟随牛祎多年的心腹大将了，也被调派到新成立的SNS部门，负责营销业务。牛祎的心思，我是明白的，毕竟我是个新人，又是技术出身，把蒋正杰调来，一来可以监督我，二来也能跟我在业务上形成互补。

从岗位职责来说，我和蒋正杰应该算是平级，但是网熊科技历来都是以销售为主导的,产品技术相对处于弱势地位。所以,蒋正杰来了之后,根本没把我这个"空降兵"放在眼里。而我在盛世荣耀学到的程序员文化,已经在我的潜意识里根深蒂固。本来就崇尚去中心化、不服管教的我,就是在老板牛祎面前都不会卑躬屈膝,更别说是与肩齐平的蒋正杰了。

两个人就此较上了劲儿,而这正是牛祎想要看到的,后来他还把这种PK升级为赛马制度,光明正大地鼓励内部竞争。

两个人的明争暗斗,说到底拼的还是性格。最终性格更为强势的我取得了全面胜利,而看上去相当彪悍的蒋正杰,却实属外强中干。用牛祎的话说,蒋正杰面对逆境,经常会表现出软弱涣散的一面,同时对待挑战,又显得企图心不强。这种员工通常都会忠心耿耿,但绝不适合领兵打仗。

不过,我跟蒋正杰也算不打不相识,很快成了好朋友。

那个时候的蒋正杰,有着俊俏的外表,运动员一般的健硕体格,衣着光鲜亮丽,头发光泽可鉴。在他面前,我这个矮他半头的典型程序员,被映衬得异常寒酸和暗淡。然而,相处久了,我发现蒋正杰出众的皮囊和过人的魅力之下,藏匿的是一颗自卑脆弱的心。

理工科出身的蒋正杰,刚做销售时也是百般不适应。他木讷实在,不会花言巧语,只能狂灌黄汤,每天都要喝得七荤八素,吐得乱七八糟。处处还得谨小慎微,做错一个表情,说错一句话,可能就要失掉一个订单。

曾经有一段时间,蒋正杰患上了一种叫作"情感失禁"的怪病。无法排解精神上的压力,导致不能有效地控制自己的情绪,会因为细小的事情狂喜或暴怒。他刚跨过滴酒就醉的阶段,又陷入了沾酒就哭的境地。不管是对熟识的同事朋友,还是萍水相逢的陌生人,几杯酒下肚,都会毫无顾忌地哭天抢地。

牛祎不得不让他回家调养。静修一个多月之后,蒋正杰好像是打开了天灵盖,顿悟了什么人生真谛,他开始把自己管理得像个冷冰冰的机器人,每天穿什么衣服、什么时间干什么事情、面对不同人使用怎样的表情,都计划得详尽而周密。他有一个极其严苛的行程表,行程表上规定了黄金时间处理哪些工作,效率低的时候做哪些事情;他还有一套近乎刻板冷漠的情绪管理系统,将他阴郁脆弱的性格潜藏于心而不流于外表。就算是遇到了沟通问题或公关危机,他也能够巧妙自如地应对,并恰到好处地掩饰真实的情绪。

更厉害的是,他还会像机器人一样自我迭代和优化升级。他不断地复盘,不断地完善,即便是遇到与自己价值观相左的"障碍物",也能快速地进行"系统升级",以改变自己的方式,来适应新的变化。

牛祎欣慰地评价:"终于开窍了!年轻人,可塑性一定要强,这样才能前途无量!每个优秀的人,都要经过一段至暗时光。当你重构了自己的世界观,也就重新建构了整个世界。"

经历可以改变性格,时间可以影响人格。就像程序员的经历影响了我的人生,销售的工作,也让蒋正杰彻彻底底地变成了另外一个人。不同的是,我的改变是潜移默化的,而蒋正杰的异化却并非润物细无声，恰恰是一种人为力量的夺胎换骨。

虚伪的自律越严苛，内心形成的空洞就越大，也就越需要替代物的填充。蒋正杰白天有多律己，晚上就有多放纵；工作上有多冷漠，私生活就有多疯狂。他只有通过不断对女性的猎奇与集邮，只有不停歇地一次次推倒和占有，才能平衡心灵上的失衡，弥补精神上的无尽空虚。

然而，不是每个人都会改变——无论是改好还是变坏，有些人就是几十年如一日的"江山易改，本性难移"。祁嘉美便是最典型的一个例子。

做SNS，前期最重要的是灌数据，我批量生成了上百个马甲号，起了各种恶搞的昵称，上传了各种帅哥美女的头像，然后就用这些虚拟账号，大量发布内容。有了基础内容后，再到全国各地的网吧去推广宣传，用户进来了，我便用马甲号跟他们互动。祁嘉美就是网站的种子用户之一。

因为打扮时尚、性格开朗，又异常活跃，祁嘉美很快就聚集了众多粉丝。当时的网站发展势头迅猛，用户体量爆发式增长，那上百个马甲号已经不够用了，我们就打算挑选有粉丝规模、配合度高的优质用户进行合作。公司内部称之为草根达人或意见领袖，跟现在的网红基本是一个意思。不同的是，彼时的网红是要实实在在为平台出力干活的，他们或者承担城市站长的工作，或者负责一个群组的运营维护，虽然没有工资拿，但依然任劳任怨，甚至倍感体面，因为他们具有只有官方工作人员才会有的功能权限，以及别人花钱都买不到的推广资源。

祁嘉美毛遂自荐，并如愿以偿地成了平台的重要合作用户。她虽然读书不多，但确实提了许多有价值的建议。当然，我们也给了她不少的资源倾斜，比如，新用户注册时，会推荐加其好友，成为粉丝；在各个页面、搜索入口等，对她进行了集中曝光。

那些年，互联网公司与用户的关系，相处得都很融洽，并会真正重视用户的反馈意见。相处久了，祁嘉美就冒出了来公司上班的念头。

当时我已经是部门名正言顺的负责人了，但又不便直接拍板，便让HR介入进来，走公司的正常人事流程。看过祁嘉美的简历之后，HR颇感为难，其他的都好说，但是学历栏写着"初中"两个字，未免也太说不过去了。

因为学历就毙掉一个人，这让我有些不舒服。我也只有高中学历，不同样成了部门老大吗？我本来想找人事经理再好好沟通一下，谁知祁嘉美又找到了蒋正杰。也不清楚她是从哪个渠道接触到蒋正杰的，蒋负责的是营销，应该不会有交集，可祁嘉美做事全凭一股子倔劲，又不会放过任何一个改变命运的机会，况且她还能力通天，人脉甚广。

事情发展到这个地步，我就懒得再去管了。用不着我出手，蒋正杰和祁嘉美这两个狠角色，也一定能够搞定。

果不其然，没过几天，蒋正杰就跑来找我商量，说帮我捡到了一个人才,就是学历有些低,但是没关系,他已经成功说服了HR,可以以资深用户的身份入职。蒋正杰甚至替我想好了如何安顿这个人才——不妨让她做网站策划,既能发挥她的才能,同时咱们部门现阶段也比较急缺这个工作岗位。

别看蒋正杰是做销售的,他对互联网的敏锐度可是要超于常人的。所谓网站策划,其实就是产品经理的前身,过去互联网野蛮生长,这个工种通常由老板或程序员直接负责,但是由此引发的问题也是接连不断的。后来行业的竞争大了,要重视用户体验了,要处心积虑地研究如何利用用户心理赚钱了,才把产品经理拆分出来,由专人负责。

六、黑色生命力

起初我对祁嘉美的印象不算好,准确来说,还有点瞧不上。

祁嘉美的个头不高,身材微胖,姿色平平,脑袋空空。她不懂技术,不会写需求文档,就是口头沟通,也经常是费了半天口舌,工程师们依然一头雾水,不知所云。

网站策划这个工作,着实不适合她。

但是祁嘉美有她自己的办法。虽然她学历不高,但情商在线,又擅长打扮,为人玲珑剔透,个性颇有些古灵精怪。只需每天双臂交叠,迈着她特有的轻盈和优雅的步伐,苦眼铺眉地在程序员身边走两圈,就足够让那群技术宅男精神恍惚,宛若梦中了。更别说她那每天早起两小时化下的妆容、喷洒的香水，还有时尚讲究的衣饰。她在我们这些邋里邋遢的程序员之中，简直就是万绿丛中一点红。

当她香气满身地走到某个技术同事的工位，弯下腰肢，垂下秀发，近距离地提出开发需求时，就算是再复杂、再紧急、再离谱的需求，技术人员都不会不答应。

那帮出于性格原因，通常在公司处于相对弱势地位的工程师，面对祁嘉美的时候，忽然秒变责任感爆棚的大哥哥，争着抢着照顾这个小妹妹。他们会优先处理祁嘉美提出的需求，哪怕需求的紧急度并不高；他们会帮祁嘉美补充完善需求文档，没有需求，他们甚至会制造需求；为了和美女多接触，他们还将开发中发现的bug，发给祁嘉美，再让祁嘉美提报他们修复，而不是直接处理。

祁嘉美看似跟程序员相处融洽，其实因为她的存在，已经打破了程序员文化中的某种平衡。需求的开发不再以优先级排序，程序员不写代码反倒帮着产品经理写文档，bug的处理还需要额外周转几个环节……

当局者迷，技术同事没有意识到问题的存在，祁嘉美也一定不是有意为之，大概率她是性格使然。但作为管理者，我是一早就把这些都看在了眼里。不仅看在眼里，我还想到了解决方案。

我的解决方案很简单，就是让祁嘉美转岗，由网站策划转为网站运营。祁嘉美的性格、自身条件，都是非常适合做运营的。

网站策划归我管，而网站运营就在蒋正杰那边了。祁嘉美是他弄进来的,现在再还回去,如此过渡也算平顺。

我把这个想法先跟蒋正杰说了,他自然求之不得。祁嘉美虽然来部门只有几个月的时间,但从她第一天入职起,就注定不会是个普通员工,现在更是成了公认的"女神"。蒋正杰早就想打她的主意了,只是迟迟没找到合适的机会,没想到我竟主动送上门来,当然是满口答应。

可祁嘉美那边,却是出乎意料地,又十分坚决地拒绝了。

也不知道祁嘉美从哪里得来的消息,我还没有跟她提转岗的事情,她就先找到了我。她带个纸箱,门都没敲,便气鼓鼓地冲进了我的办公室。

进来之后,她二话没说,直接从箱子里掏出一沓厚厚的A4纸。上面有些画着各种箭头符号,应该是产品流程图;有些写满密密麻麻的汉字,不时夹杂着几个英文单词,应该是跟技术讨论需求时记下的;还有一些则是网上的材料,整理之后打印出来的。那时还没有产品经理这个职称,相关的书籍也未问世,只能在网上找些零星的材料。

紧接着,她又从纸箱里拿出一台笔记本电脑,打开后,给我看了她收藏的计算机相关知识的网页、下载的学习资料和电子书籍,以及她写下的几十个需求文档。每个文档都按照我的要求,标注了日期和版本号。她让我从最初的文档往后看,我明白她的意思。确实文档有很大的进步,在最早的需求文档中,不仅出现了新人常犯的错误,如不完整、不严谨、不准确、缺少必要的逻辑图示,甚至还有许多错别字。当然,后面的文档就越来越规范了。

我以为这个二十岁不到的小姑娘会大哭大闹,或者直接拍桌子走人,没想到她却不卑不亢,极其冷静,有理有据地说服我她有能力胜任这份工作。

随后,她又开诚布公地表明,如果我是因为对她有偏见,才将她调离的,那么她也没有必要再委曲求全,也无须再调岗了,倒不如直接辞职,起码还能维护一些体面。

我这个比她大六岁的leader,居然一时哑然,心中泛起了一丝歉意。觉得自己既没有作为领导者的担当,也没有身为一个男人的胸襟,当下属的工作出了问题时,不是第一时间去疏导、去解决问题,反倒直接把人家一个小姑娘给踢走了。

但是,我已经事先知会了蒋正杰,他这会儿正满心期待着呢,眼下也只能硬着头皮,试图对祁嘉美再做一次思想工作。可不管我怎么说,说她有多聪慧,有多适合网站运营的工作;说网站运营要比网站策划有意思,不用每天跟臭烘烘的程序员打交道,未来的出路也更广阔,非常适合女孩子……祁嘉美就是不同意,她的态度明确且坚定——不让干,就辞职,决不转岗!

多年以后我才明白,她当时的决绝,并非是出于对这份工作的热爱,也并不像她日后所说的彼时已经喜欢上了我,不想离我而去,真正的原因是她的自尊心在作祟,被调岗,面子下不来。

不管怎样,我还是把她留下了。我有些难为情地跟蒋正杰解释,他却一副无所谓的样子。我又找来祁嘉美,毫不客气地指出了她工作中的问题，祁嘉美态度端正，表示立马改正。

　　经过这一次的小风波，我对祁嘉美开始刮目相看了。

　　往后的日子里，因为工作，我们有了更频繁、更深入的接触。我也慢慢发现这样一个自尊心极强、性格耿直刚烈的十九岁女孩，其实内心是非常敏感脆弱的。

　　祁嘉美十五岁初中毕业，就跟着男友一起闯荡社会了。经历过几年任性反叛的黑暗岁月，抽烟醉酒、打架文身，她活脱脱就是一个女痞子，跟家里也断绝了关系。后来，那个爱得轰轰烈烈的男痞子移情别恋，祁嘉美死去活来地哭闹过几天之后，就独自一人去医院做了流产手术。

　　"在那段最黑暗的日子里，是我自己把自己拉出了深渊。没人救我，我就自救！"祁嘉美聊起那段不堪回首的往事时，曾发出过这样的感慨。

　　有人说，每个人身上都有一种生命力，支撑我们活着，度过每一天。而有一种生命力，是只能在经受过失望、逆境或创伤，并渡过、幸存下来的人才能够获得的。这是一种黑色生命力。拥有这种生命力的人，几乎不会再惧怕人世间的任何苦难，就好像见过地狱的人，是不会害怕魔鬼的！

　　走出深渊的祁嘉美，开始回归家庭。

　　很多人都知道"身体发肤，受之父母"这句话，但可能不清楚它后面还有"不敢毁伤，孝之始也"。人的躯干四肢、毛发皮肤，都是父母赋予的，不敢予以损毁伤残，这是实行孝道的开始。

而既然有了"孝之始"，就必然会有"孝之终"。如果把"身体发肤，受之父母，不敢毁伤，孝之始也"作为前半句，那么后半句就是："立身行道，扬名于后世，以显父母，孝之终也。"

祁嘉美书念得不多，但应该也是听说过《孝经》里这句话的。那次堕胎之后，她就特别爱惜自己的身体，注重自己的形象，每天早起两小时梳妆打扮，周末必去健身房。可这样总归是"孝之始"，只有事业有成，扬名立万，从而使父母显赫荣耀，才是实行孝道的最终归宿。

已经离校多年，重返校园是不现实的，而没有学历，好工作是肯定找不到的，自己创业又没本钱和经验。

正苦思没有出路之际，网熊科技的SNS项目上线了，祁嘉美利用自身优势，成了平台的翻唱歌手。她没有学过系统的声乐知识，唱法非常不科学，简直堪称毁灭性——无论高音还是低音，她全是真音，全凭嗓子喊。偏偏这种声带摩擦还挺有磁性和穿透力，很快就收获了几十万的粉丝。

小有名气之后，不少专业人士建议祁嘉美科学练声，但她依然我行我素。而长期高压力用嗓，已经导致了声带疲惫、出血、长小结等问题。自己的身体出了故障，祁嘉美肯定比任何人都清楚，再这样下去是不行的。可是，她却固执地要使用最真实的声音表达自己，她要对粉丝真诚，真诚到牺牲自我也在所不惜。

她就是这样一个任性又顽强的女人。

互联网是有记忆的，但网民是健忘的。祁嘉美因为坚持使用真音，最终声带耗损严重，音色尽毁，音域大幅度缩短，唱歌时上不去、下不来，还稳不住。这时，她的几十万粉丝就像那个痞子前男友一样，毫不留情地、没有半点踌躇地扬长而去了。

她靠着燃烧自己而爆发出的璀璨光芒，不可能赚取到粉丝们的长久感动。这个互联网，别的没有，最不缺的就是廉价的、片刻的感动。况且一群素不相识的陌生人，何谈忠诚度！

医生都说了，再这样下去，要不了多久，肯定是会失声或失聪的。一边看着粉丝量不断下滑，一边又想起那句"身体发肤，受之父母，不敢毁伤"，祁嘉美不再执迷不悟，既然粉丝无情，那就做一个"操控"粉丝的人！

从平台的网红，祁嘉美摇身一变成了平台的员工。以前她想尽办法讨好的粉丝，现在也成了规则下的用户——而参与制定这个规则的，从今以后，多了一个祁嘉美。

在网熊科技，祁嘉美的年龄不大，但阅历丰富；没有学历，没有背景，却有极强的上进心、事业心和野心。

从最初工作时的用力过猛、不得其法，又颇显吃力，到如今的游刃有余、应付自如，也仅仅几个月的时间。

有了一些工作上的经验和感悟之后，祁嘉美又冒出了写书的念头。她打算写作国内第一本系统化讲解网站策划的书籍，书名都起好了，就叫《织网》，字数粗估在二十万左右。

然而，磕磕绊绊地写了一个多月，才写了不到一万字——还是穿凿附会、不堪卒读的一万字。

我本以为她会知难而退，写书不比需求文档或培训课件，是需要庞杂的知识储备和经验累积的，需要大量的资料搜证，以及花费数月乃至多年的时间和精力。

祁嘉美只有不到一年的工作经验，根本无法全面、深刻地观察和了解这个行业。她也很难有什么独到的见解，顶多算是管窥蠡测，狭窄又片面。

可就算学识有限，能力浅薄，祁嘉美还是顽固而不知变通。

她就是这样一个执着到偏拗的女人，不管做什么，都必须求个结果，不薅下几缕羊毛，不咬下几口肥肉，决不罢休。做个结果导向的人，并没有什么不好，现在的人，哪一个没有功利心呢？但是，方向不对，再大的努力都是白费，祁嘉美就像只无头苍蝇，四处乱冲乱撞，非要撞个头破血流，才知收手。

不过，这样的笨小孩，我还是忍不住想要帮她一把。我把我私藏的几十个G的资料包，全部发给了她，另外，又帮她列了写作大纲。

对于我的帮助，祁嘉美露出了开心欢愉之色，原来的无助、迷茫好像瞬间一扫而空。她的嘴角含着笑意，那对黑色眼睛的深处，浮着令人惊异的熠熠神采。

我建议她不要独自创作，可以集思广益，寻求大家的帮助。互联网精神就是要开放，不能自固封畛。

但这个建议，却让祁嘉美看上去有些迟疑。她目光低垂，摇晃双脚，似乎要甩掉那个名为不高兴的隐形高跟鞋。

"我不乐意，我可不想我的书有那么多人署名。"祁嘉美掠了掠头发，咧嘴一笑，坦诚地表达了自己的顾虑。

"这样啊，敢情我还帮倒忙了，"我双掌相抵，十指交叉，清清喉咙，"我的资料无偿赠送，小美，你不必……"

"您跟他们自然是不同的。"祁嘉美没等我说完，便插话道。她的语气很随意，意思却很明确。

我一时不知如何回应，第一次认真打量了眼前的这个女孩。

这个名叫祁嘉美的女孩，身材娇小，脚上至少七厘米的高跟鞋让她挺直了腰杆。她有着闪闪发光的眸子，小巧的鼻子，粗粗的马尾辫搭在胸口。嘴唇涂着正红色的口红，嘴里飘出薄荷的味道，应该是爱嚼口香糖的原因。粉红色的指甲修得细长，宽松舒适的T恤，裸露着白皙紧致、光滑圆润的肩和锁骨。

她身上的香水味道，不时从她的方向传到我的方向。在我的目光注视下，祁嘉美的两颊红若玫瑰，时而咬着嘴唇，时而目光低垂。

这不是一个风姿绰约的女人，却有着一种特殊的魅力，一种谜一般的美丽，一种让人心生怜悯的特质……

不能再胡看乱想了，这样未免也太没有礼貌了。我赶忙回过神来，喝了一口桌上还冒着冷气的冰镇可乐，轻松地跷起二郎腿，语气也恢复到正常的人际距离。

"书要慢慢写,不着急。有什么需要的,可以随时来找我,我免费提供帮助。"我说道。

"嗯,一定少不了麻烦您的。"祁嘉美的声音温柔而亲切。她的头低垂抵住胸口,凝视着紧紧扣住的十指,胸前挂着的工作牌,轻轻垂荡着。

"好——好,没问题的。"我又吞了几口可乐。

七、错误的爱情

果不其然,祁嘉美隔三岔五地就会找我讨论书稿。我也是竭尽所能地出谋划策。书稿完成后,我还帮她修改校订,甚至重写了部分章节。

《织网》得以顺利出版,并且成为畅销多年的科技类图书,这些都是出乎我意料的。更让我吃惊的是,书的作者署名有两个——祁嘉美和我——而且我居然是第一著者。

古人说:"声闻过情,君子耻之。"这种有名无实、鸠占鹊巢的操作,不仅没有让我惊喜欲狂,反倒使我感到羞愧难堪。

我把祁嘉美找来,让她将我的名字除掉,但书早已付梓发行,署名无法修改。祁嘉美表面答应图书再版时,一定会考虑把我的名字拿掉,可扭头又硬塞了一笔稿费给我。

结草衔环,受人恩惠,不得不有所回馈。难怪有那么多的贪官落马,不是自己不坚定,而是敌人太狡猾。我对祁嘉美更加信任,升职加薪的机会,总是会不自觉地想到她;对她工作中出现的疏忽,也开始放任和纵容。

私下里,我们也走得越来越近。不知从谁那里听到我评价她身材微胖,她就节食减肥;听到我曾说她姿色平平,就越发在意自己的外在形象。每次大老远看到我,就会一脸粲然地冲我微笑;开会的时候,又总是每隔一段时间就看我一眼。知道我肠胃不好,便三天两头给我煲汤;我加班的时候,经常借故陪到最后;下班回家的路上,两个走相反方向的人,又总是能够偶遇。

再迟钝的人,也难免心生疑窦,何况我还是一个内心敏感的人。

我不会因为一位女性有过灰暗的历史,就去轻视她。迷途知返,一世烟花无碍。但我无法对公司里的流言蜚语充耳不闻,不少同事都在传言,祁嘉美跟东沾西惹的蒋正杰关系匪浅。虽然尚无确凿的证据,可我实在无法说服自己喜欢上这样一个女人。

我可以不计较她的过去,也相信她不会重蹈覆辙,但毕竟人言可畏,我的心理素质还没有那么强大,可以完全无视别人的说三道四——尤其这些人还都是我身边的同事和下属。

有一次,一个邻居来东吴市看病,我的父母闲来无事,就陪着一起,顺便也来看看我。

农村人总是这样,很多的决定都是临时起意。父母这次过来,也没有提前打招呼。当时我正在外地出差，他们给我打了好几个电话都无人接听，去了我租的房子，也没有找到我，无奈之下，就直接来到了网熊科技公司。

祁嘉美热情地接待了我的家人，将他们请到我的办公室，像个女主人一样，斟茶倒水，陪着聊天唠嗑。当得知我的邻居此行是为瞧病，因为不会网上预约，现场的专家号又早已挂满，直到现在都没有看上病时，祁嘉美赶忙通过在医院工作的母亲，临时加了一个号。

这种靠关系得来的便利，不仅帮了邻居的大忙——否则他们就要白跑一趟了——更是极大地满足了我父母的虚荣心。自从我退学之后，他们已经好久没有体会到如此美妙的感觉了。

为了表示感谢，他们把从老家带来的一篮子土鸡蛋，全部送给了祁嘉美。祁嘉美倒也不客气，直接就收下了："我们老大特别忙，又是一个人住，平时早餐都不怎么吃的。这些鸡蛋，我先替他收着，以后我每天煮两个，带到公司，看着他吃完。对了，叔叔阿姨，咱们留个电话，以后再来东吴市，联系不上巫总，也可以找我的。"

从那以后，我就连续吃了将近两个月的煮鸡蛋。祁嘉美怕我噎得慌，每天早上又附赠了一盒牛奶。

母亲絮絮叨叨地对我说："你也老大不小了，遇到合适的，就别挑了。趁年轻，早点儿结婚生子，我还能帮你们带带孩子，再晚两年，我就老了……家里的房子倒是新盖的，但估摸着你以后应该会在城里安家。我们还有一些积蓄，这些年你给家里的钱，也都替你存着呢，买房时，全部拿出来，应该差不多的……那个叫小美的姑娘就不错，知冷知热的，又特别会来事儿，人家妈妈还是在医院上班的。上次给你带的一百个土鸡蛋，这丫头可是一个都没吃，每天早上给你煮两个，另外人家还搭进去好几箱奶。咱们是农村家庭，没钱、没本事。你呢，长相一般，个子也不高，难得有人喜欢……"

我自然理解母亲对我的关心和担忧，但每次听到她说出类似的话，我的心就会莫名疼痛。

不知道从什么时候开始，可能是从我被学校开除之日起，一向骄傲自信的父母，就变得自馁、变得穷愚、变得认命，从而变得卑微低下。

我有好多次想要告诉他们也对世人说：我所有的选择，都是自己作的，我从来没有后悔过。

建功立业、飞黄腾达只是小概率的偶然，糊口谋生才是人生的常态和必然。为什么一定要出人头地？为何一定要与人攀比？平凡地活着，并不是玩物丧志，也并非不求上进。

做自己喜欢的事情，只要付出了百分百的努力，平凡也好，大富大贵也罢，都是最精彩的生活姿态。

大多数人依然随波逐流，坦白讲，就是因为他们太过怯弱，无法跳出世俗的囚牢。

我知道，我的父母对我放弃学业这件事一直耿耿于怀。我也知道，不管我说什么、做什么，都无法让他们彻底释怀。

亲生父母尚且如此，更别说其他人了。

可能这也是我一直与祁嘉美心有芥蒂的根本原因，我们无法在价值观上产生共鸣。不过，像我这种不合时宜的人，估计世上难找第二个。

如果有，那一定就是贾向阳了。

或许，我不配跟贾向阳相提并论。

在萧希对他的人设塑造中，贾向阳过于纯净完美。他志存高远，并且矢志不渝。他品格高尚、光明磊落、关爱创伤儿童，道德上毫无瑕疵。他有着定海神针一般的定力，不管人生的浪潮有多猛烈，都不会随俗浮沉、同流合污。

这就是一个头上有光环的高雅之士。

我跟他相比，简直就是判若云泥，一个是天上的云彩，另一个是地下的泥土。

我不会像他那样犯而不校，受到别人的触犯也不计较。他这样一个与世无争、只会忍气吞声的胆小鬼，哪能胜任我这种食肉寝皮、不共戴天的复仇行动。

我也不像他那样可以一直坚守底线。

经历过反叛的退学事件，我以为不再被父母的意见所左右。可事实上，他们对我的影响早已根深蒂固。我的所谓底线，在他们面前不值一提——好像子女的底线，就是用来被父母打破的。

我对祁嘉美再多的罅隙、计较，也抵不过父母不断的加持和背书。

母亲三天两头关心我的感情生活："最近跟小美处得怎么样啦？有没有一起吃饭啊？人家比你小六岁，你还有什么不满意的？男孩子得主动点儿，平时下班没事，就请人家看个电影，或者周末约出去逛个街什么的。感情是要培养的，你都没去尝试，怎么知道不合适？我跟你爸都觉得小美不错，你可不能辜负了人家。"

被催烦了，我只能将自己的顾虑委婉地表达出来。本来不该妄议一个女孩自轻身价、举止轻浮，但让我跟一个男女关系暧昧不明的女性谈恋爱，我实在做不到。

母亲安慰了我几句，说祁嘉美不是那样的人，人家只是比较热情，又很单纯，对朋友、同事没有太多的防备，还批评我小心眼，胡乱猜想："你该向小美学习，性格别太内敛，活泼一些，多交些朋友，以后也能多个朋友多条路。"

也不知道母亲被灌了多少迷魂汤，仿佛早就把祁嘉美认定为她的儿媳妇了。

没多久，祁嘉美就像变了一个人，整天老实本分地待在自己的工位上，不再香气满身地在办公室走来串去。对于同事们的插诨打科，她也只是微笑敷衍，下了班后早早回家，推掉了所有的交际活动。

有一天，我加班到晚上11点，整个办公室空空荡荡，同事们早已走光。我正欲关灯回家,忽然听到一个女人在低声啜泣。走近一看,原来是正在写需求文档的祁嘉美,独自一人,对着电脑屏幕,一边焦头烂额地疯狂输出,一边抑制不住地不停抽噎。

原来她在准备明天的需求会议,平时都会有程序员帮她梳理,但最近她刻意跟大家保持距离,只能一力承担。

我花了几分钟,跟她一起重新整理了文档思路,然后又等了她将近一小时。等她全部完成,我们一同离开公司。

走出办公室的时候,祁嘉美抱了一个大纸箱。沉甸甸的箱子没有密封,里面的东西一览无遗,有精美的护肤品、高档的首饰,还有一些漂亮的小玩意儿。这些东西的包装都没有拆过。

看到纸箱有点沉,我提议帮她拿,却被婉拒:"这些都是要扔掉的,前面就是垃圾桶,没几步路,我可以的。"

"扔掉?"我不由大为惊讶,这些可都是没拆封的。但惊讶之余,我顿时噤声。

"嗯。我也考虑很久了,都是同事,直接还回去,多少显得有些难为情。"祁嘉美轻轻翘起嘴唇,望着我缓缓说道。她的瞳孔映出了我错愕的表情。

"蒋正杰送的?"我大概已经猜到了。

"就不要问出人家的名字了吧。毕竟只是拒绝,就已经让我不知道以后该如何相处了。"祁嘉美低垂着头,视线漂移,眨了一下眼,尴尬地低喃道。

微弱的灯光洒落在祁嘉美娇小的身体上,忽明忽暗,仿佛明月中的阴翳，给人一种净洁的意象，又让人充满遐想。

她的衣着保守整齐，不再浮夸裸露，妆容和香水也是淡淡的，斜挎的皮包结实而实用，脚上是一双舒适简单的休闲鞋。只有一对闪闪发亮的耳环，还在她减肥成功的瘦弱肩膀上微微晃动着。

那一刻，我第一次对这个女人产生了心动的感觉。

朦胧昏黄的地面上，一个俯身而立的倩影，正无声无息地朝我靠近。而我，也慢慢迎了上去。

次日，我找了一个合适的机会，将祁嘉美本来打算丢掉的蒋正杰送来的礼物，悉数还给了他。扔掉，总是不合适的；只有退掉，才能表明态度，也不浪费东西。

蒋正杰难免有些不爽，我这已经是第二次"横刀夺爱"了。第一次调岗失败，尚可以工作原因来解释，而这次就有点"情敌"的火药味了。况且我还是不动声色地釜底抽薪，招呼都没打，就把蒋正杰的爱情火焰给浇灭了。

但他也是一个懂规则的人，毕竟在职场和情场都混了这么多年，输了就要认输，感情不可勉强，霸王硬上弓，只会坏了自己在风月场上的口碑。再者说，就算他对我有怨怒，彼时也不敢直接和我撕破脸。

只是我没有想到，蒋正杰并不像看上去那样气度非凡，而是一个心胸狭隘、睚眦必报的斗筲之人。现在动不了我，不代表以后也拿我没办法。

我同样看走眼的人，还有祁嘉美。用"蛇蝎美人"来形容她，应该是最恰当不过的。

她曾经给我讲过一个故事，说蛇为什么要蜕皮？每次蜕皮都是痛不欲生，比死上一百次还要难受。可即便如此，它们每年还是会至少脱皮三四次。

那是因为蛇一直相信，蜕皮是可以长出脚的。有了脚，它们就可以不用匍匐爬行了，就可以体面地用脚走路了，从而使生命变得圆满而幸福。所以，就算忍受再大的痛苦，它们也是一直向前、奋不顾身的。

祁嘉美就是这样的一条蛇，为了长出那双名为"幸福"的脚，她全力以赴地努力活着，挖空心思地计算着，可每一次又都撞得头破血流、遍体鳞伤。初中毕业后追求所谓的浪漫爱情，文了人家的名字，还怀了人家的孩子，爱得死去活来，结果却以被抛弃然后堕胎收场；做"网红"时，固执地用毁灭式的唱法表达自己，可燃烧自己爆发出的光芒，实在太过短促，粉丝没有半点留恋便弃她而去了。

紧接着，她费尽心机地入职网熊科技，学历不够，就找后门。工作后，自己不懂技术，但她就是有办法让程序员心甘情愿地帮她干活，还写了自己的畅销书。然后，她又有了新的目标，就是我。祁嘉美一定在蒋正杰和我之间，作过仔细的权衡，最终才选择了我——其实也不难选，一个是到处拈花惹草，另一个却连恋爱都没谈过，正常女人都会知道怎么选，何况祁嘉美还是有过惨痛经历的女人。

按照她的性格，猎物一旦确定，就会不顾一切地放手一搏。她不仅想方设法地接近我，连我的家人也一同讨好。衣服、营养品，买得比我还多；逢年过节必通电话，每次都是半小时起步，我的父母从来都没有跟我说过这么多话。

当一个女人决心为一个男人做出改变的时候，铁打的汉子也会被攻破。再加上父母的大力鼓吹和撮合——起码以后不用担心婆媳关系了，我一步步地坠入了祁嘉美精心编织的情网之中。

当然，所有的这些，我都是后来才想明白的。在我落魄时，祁嘉美就开始对我转变态度，变得嫌弃和厌恶；她骗光了我全部的积蓄，连我父母的也不放过；她出轨蒋正杰，怀孕后，又谎称孩子是我的；她和她的家人，还害死了我的父母……

遗憾的是，我没有早点儿看清这个物质、现实、狠毒的女人。"如果命运是块大石头，祁嘉美就是西绪福斯。"这是我当时对她的评价。我以为她是一个可怜的弱小女子，一个历经命运摧残，依然努力寻找人生幸福的坚强女人。

我以为她是让人怜悯的，又是值得尊重的。

刚确认恋爱关系的时候，祁嘉美就饱含深情地对我说："我不是一个幸运的女人，没有出生在有钱人的家庭，长得不漂亮，书读得少，不够聪明，性格执拗，还做过很多愚蠢的决定。你可以说我是一个笨女人、傻女人。但是，我也有追求幸福的权利啊，看到好看的衣服也会心动，看到美食大餐也会嘴馋，看到别人开豪车、住别墅、满世界地旅游度假，我也会羡慕……不过跟这些肤浅的物质追求相比，作为一个女人，我最大的心愿是能够找到一个真心对我好、有上进心的男人。我希望他能够带我一起成长，站在人生的高峰，领略四季的变化。而你，就是那个正确的男人。如果你不嫌弃我又傻又笨，我会把我的全部都给你，毫无保留、死心塌地地陪你一辈子。"

事实上，她也确实做到了。生活上，衣服、床单每天都要换洗，从此我就没有连续两天穿过同样的衣服；以前都是在外面吃饭，现在则是她变着花样地下厨做饭。她对我的照顾，简直无微不至。她会小鸟依人地挽着我的胳膊逛街散步，不时还要凑过来耳鬓厮磨一番。到了公司，她又能立马恢复上下级的关系，保持着适当的人际距离，只有在我劳累的时候，她才会偷偷送来一杯咖啡，或加班熬夜的时候，默默地陪我到最后。即便是两个人的鱼水之欢，她也懂得如何配合男人，并让自己得到满足。祁嘉美，给了我极致美妙的生活情趣。

对待我的父母，她像对待自己的家人一样，毫无隔阂，无比亲近。她不仅尊重、孝顺长辈，还知道如何培养感情。在我和我的父母之间，有很多我无法敞开心扉的话，或者父母不好意思表达的关心，都由祁嘉美这个沟通的纽带负责传递。

那几年，祁嘉美就像一个称职的"贤内助"，把我的大小事情处理得面面俱到，让我心无旁骛地专心工作。她对待生活积极向上的态度，也感染了我，我变得阳光乐观，学会享受物质生活。她还解开了我父母深藏多年的心结，不再为我当年的退学懊恼悔恨。

有人说，无论你是钢铁一般坚强的男人，还是高官、富豪、明星那样的成功人士，只要你跟一个女人上过床，你在她面前就会像个傻子和孩子。她对你，也不会再有任何的敬畏和忌惮。

我对祁嘉美便是如此。我已经对这个小我六岁的女孩——同时又是我的同事和下属——有了完全的信任。我对她无话不说，没有任何保留。开心的时候，我可以在她面前笑得像个傻子；难过的时候，我又能像个孩子一样抱着她哭。生活上的人情世故，我会听从她的建议；工作上遇到了难题，又会请她出谋划策。而她，对于我的这种"依赖"，当然也是颇为自豪的。

我把我所有的积蓄，都交给了她打理。她想买些什么，把钱花在谁的身上，我从来没有过问过。

只是，就算我能够将一切都给她，我能够对她百分百信任，可对于父母的一再逼婚，我还是每次都要回避的。我的内心深处一直有个忽高忽低的声音告诉我："你是否真的喜欢这个名叫祁嘉美的女人？这个女人，真的会是一个合适的结婚对象吗？"

既然尚有顾虑，就能拖便拖。刚刚二十多岁的祁嘉美也不着急，她对我也对她自己说："结婚不能急。男人一定是先立业后成家，不成功的男人，是没有家的。"

八、透支

乌飞兔走，光阴荏苒，转眼到了2016年。

我已经三十四岁，在网熊科技工作了九年。公司依然没有上市，我的岗位也没有任何变化。职场上，尤其是在瞬息万变的互联网行业，长久的停滞不前，便代表着越混越差，随时都会被汰换。

大量年轻的人才加入互联网，他们拥有高学历的头衔，精力充沛，满怀抱负。行业的准入门槛升高，职场的竞争逐渐加剧。曾经写过行业内第一本网站策划类书籍《织网》的祁嘉美，几年前不得不转岗做起了网站运营，可干了不到一年，又被迫辞职，从此一直赋闲在家。

好像祁嘉美全部的斗志和上进心，都是为了遇见我——并且在遇见我之后，立马烟消云散，消失得无迹无痕。如果她是那条相信会长出脚的蛇，那我就是她寻找多年的"幸福的脚"，既然已经找到了，就不必再奋斗了。

祁嘉美的父亲，在20世纪90年代不到四十岁的时候，就被买断了工龄。所谓买断工龄，其实就是安置富余人员的一种办法，企业一次性支付给员工一定数额的货币，从而解除劳动关系，让其下岗自谋出路。

但是，因为知识水平有限，劳动技能欠佳，更主要的是好逸恶劳、贪图享乐，祁嘉美的父亲自此就没再上过一天班，整天沉迷于打牌喝酒，偶尔心情好了，才会出去做个兼职，赚点外快。反正唯一的女儿初中毕业就不再读书，他早已丧失奋斗挣钱的动力了。

祁嘉美的母亲，在东吴市二院上班，看上去体面又多金，可其实就是医院的清洁工——而且还是合同工。她每天的工作有两项，一是打扫卫生、清理垃圾；二是帮亲戚朋友托关系、走后门。

2016年，东吴市的房价已经开始一路飙升，均价突破了两万。原先可以全款买的房子，现在首付都不够了。但这些年，我省吃俭用，按说应该也存下了一些钱，实在不行，差额的部分就向父母借，凑凑总归可以按揭一套房的。

然而，每次我跟祁嘉美商量买房置业的时候，她总是说，再等等，房价肯定会跌的。结果等了好几年，房价不仅没有跌，反倒又涨了两三倍。

现在我终于明白，当时祁嘉美应该也是想买房的，但是她早已将我交给她的钱，挥霍一空了。

她吃穿用度都要讲究品质，爱攀比，好面子，尤其在孝顺父母方面，从来没有输给过任何邻居家的孩子。

我常常有一种感觉，仿佛我就是祁家的提款机。我以一己之力，包揽了他们一家子的吃喝拉撒。

祁嘉美花起钱来，颇有一种"千金散去还复来"的豪迈。反正她又不用自己挣钱，当然不知道"钱难挣、屎难吃"的道理，以为我就是一张信用卡，每个月都有固定的额度。下个月的工资还没发，她就已经想好了如何消费。

可我这个提款机、信用卡，很快就要透支了。

我已经三十四岁，在互联网行业算是高龄员工了。这个行业的特点就是"小步快跑、快速迭代"，需要员工持续地保持高负荷的运作，所以从业者的年龄整体趋向年轻化。

我已经有些干不动了，精力、体力都大不如前。十年前通宵加班，几个小时就休息过来了；而现在再熬夜，可能几天几夜都歇不过来。

更重要的是，我在网熊科技已经待了九年，不可避免地会有疲累和厌烦的情绪。我有想过跳槽，换一个新的环境，或许会重燃工作的激情。但是，我既没有学历，又不再年轻，况且我的技术也已落伍。

唯一可以选择的，就是放下尊严吃回头草，重返前任公司上班。可惜，就是我想回，也已经回不去了。早在去年的除夕夜，盛世荣耀公司的创始人夫妇，就惨遭人投毒，双双不幸中毒身亡。老板的突然离世，让公司的经营状况急速恶化，内部争权夺利，股东套现离场，最终因为虚假交易，被纳斯达克强制退市。

商海沉浮，大浪淘沙，互联网的竞争尤为残酷。

我对工作失去干劲，这事不光我一人意识到了。网熊科技的老板牛祎，也把我叫到办公室进行了一番说教。

"工作就像踢球比赛，你可以休息，也可以不用上场；但如果上场，就必须时刻处于能战斗的状态。场上的运动员，要有进攻意识，每天都要保持体能训练，要有协作精神，更要有想获取胜利的强烈的饥饿感。我们可不能像中国男足那样！"牛祎的这段话，残酷而冷漠，但又让人挑不出任何毛病。

我羞愧地垂下头，明白领导的批评是真诚的。他是在给我机会，用不中听的话语，敲打我，警醒我。

我想做出聆听教诲的认真表情，或虚心认错的懊悔模样，哪怕是尴尬的厚颜强笑也行。我总归是要做出一些符合当下语境的示弱、迎合的反应，既表达自己的态度，又不让领导失望。

可我尝试了一下，最后还是放弃了。

一阵令人窒息的沉默之后，办公室的气氛骤然压抑，好像禁锢了肉身，又封锁了呼吸。

牛祎的脸色有些阴沉，将视线从我身上移开，怔怔地望着窗外的远方。他的眼神中，流露出了一丝遗憾。

"牛总，这些天我也一直在反思。我觉得，既然我已经无法全力地工作，还是不要成为球场上的一名伤员了吧……"我语气平稳地说道。

"呃，我不是那个意思……"牛祎扯了扯领带，又喝了口水，一脸窘态地看着我。

"这个决定并不是一时激动做出来的。我在公司已经干了九年，确实有点乏累了。"

"九年了？时间过得真快。这也是我的问题，平时对你的关注不多，没有让你这个状元学霸得到充分的发挥。"

"哪是什么状元学霸，不过是一个'小镇做题家'，除了会考试，其他什么都不行，最后还被大学给开除了！"

"也不能这样说。现在的大学，学的都是些什么！不是落伍的知识，就是功利浮躁的课程。再高的学历，到了公司也不能直接上岗，还是得重新培训。其实，企业才是最好的学校。"

我想反驳——可是公司招聘时，学历是个硬性条件。如果让我重新面试网熊科技，以我的高中学历，肯定连一面都过不了。而且，同事们经常以认校友的方式——早已不是认老乡——来促进彼此的感情，抱团取暖，拉帮结派。听到比自己好的学校，就会妒忌；遇到不如自己的，又会嫌弃。

可是，我什么都没有说。

又是一阵沉默。

"我马上还有个会议，今天先到这里吧。"牛祎说着站起身，抬腕看了眼手表，"你不要胡思乱想，踏实工作，公司已经在筹备上市了，好日子很快就要到来。你也是跟随我多年的老员工了，这个时候就是你想走，我都不会答应的。"

他嘴上说着不答应，但我在他脸上仿佛没有看到任何不答应的表情。

员工一旦有了异心，便不必强留。就算留住了，也不会再是一条心，更难以成为心腹干将。何况，我还是一只拉不动磨的驴，没准儿公司早就想卸磨杀驴了。

就算牛祎真的垂怜老员工——哪家公司没有几个混吃等死的人呢——我也无法说服自己心安理得地吃白饭。死乞白赖地去乞食，是得不到多少施舍的，更换不来尊严。

我把工作交接给蒋正杰，又把我的股份全部转给了他。在转让股份的时候，他还有些不愿意。最后我以原价出让，他才勉为其难地接盘了。

随即，我就裸辞了。

我没有跟祁嘉美商量，因为我已经受够了她的啃噬。如果她知道我这张信用卡不能继续套现了，一定不会答应。

牛祎又找我聊了一次，例行公事般挽留了一下，见我去意已决，也就不再坚持，只是劝我继续保有原始股，说本来离职员工，公司是会收回股权的，但念在我为公司辛苦付出这么多年，可以让我继续持有。

牛祎让我一定要相信他，九年都等了，还差这一年半载吗？我说我已经把全部的股份原价转给了蒋正杰。牛祎不再说话，眼神中不经意间露出了轻蔑的一瞥，踌躇半响，才发出了肺腑之言："用这钱，赶紧买房吧！根据我的观察，房价还会大涨……呃，你刚才说股份是原价转让的？那买房应该是不够的……不过没关系，你还可以购买贵州茅台的股票。我有内部消息，你买这只股，不会比炒房差。"

果然，2016年之后，房价高歌猛进，茅台的股票也一路疯涨。可是，我却把那笔钱，用来创业了。

我一直有个SNS的夙愿，在盛世荣耀的三年，以及网熊科技的九年，我从事的都是社交网络工作。SNS就是我的职场标签，也是我最擅长的业务，可我仿佛并没有作出过任何成就。我的很多想法，都没有得以实现，我不得不对KPI负责，又不得不对公司和领导妥协，这让我产生了郁郁不得志的感觉。

SNS这条赛道，经过二十多年的发展，已然不是风口，早就成了浪尖。但是生命如此短促，人生或许只有一次机会可以正视自己内心的想法。既然我有这个机会，就一定要鼓起勇气大胆尝试。

贾向阳曾经说过："并不是所有的出发，都是为了到达。也并不是所有的付出，都会要求回报。伸手摘星，即便一无所获，也不至于满手污泥。"但是，我的出发，还是想要成就一番事业的。

我渴望成功，谁又不渴望呢？这是一种积极向上的生存动力。我不求花团锦簇，不贪荣华富贵，也没有让人刮目相看的浅薄心理，我只是觉得凭着自己的努力，或许能够改变一些事情。

我打算做一款婚恋APP，应用的名字叫"心动"，对标的竞品是那些相亲网站。我清楚这个产业存在的问题，也知道他们的盈利模式有多么灰暗。大多婚恋网站一半以上的会员，尤其是那些所谓的钻石王老五、单身白富美，几乎都是托儿。每个员工手里都维护着几十、上百个账号，通过只聊天不见面的暧昧方式，一步步吊着真心寻找另一半的用户，让他们付费升级VIP，或者购买增值服务。红娘牵线一次——并非配对成功——就要近千元；想要查看异性的个人资料，先花钱；想要给对方发送信息，又得花钱。除此之外，还有各种诸如鲜花、戒指、巧克力之类的虚拟礼物，等着用户去买单。

我的"心动"APP，就是想要对这个产业有所改变。平台的用户资料，必须真实可信，实名认证是基本前提；会员的收费标准，一定公开透明，不让用户多花一分冤枉钱。

为了减少人工成本，我做起了"全栈创业者"，产品、设计、前后端的程序开发，我一人全包了。花了半年时间，"心动"APP1.0版本顺利上线，然后我又做起了运营工作。

我把身边认识的单身人士，全部弄到了平台上，并让他们帮忙推荐，又到公园的相亲角，手把手地教大爷大妈如何使用"心动"APP。

很快，这款应用就像婚恋行业的一股清流，在相亲的大军中有了一定的口碑和名气。在这里，所有会员的资料全部经过认证，真实而有效；在这里，没有红娘名为牵线搭桥、实为付费购买用户信息的情况；在这里，查看基本资料、发送信息、赠送虚拟礼物等，都是免费的。

唯一的付费项目，就是获取异性的手机号码。其实这也是在保护用户的隐私和安全，未经会员同意，是不可以直接把如此敏感的信息公示出来的。当用户想要获取某个人的手机号码时，需要先提交申请，待对方同意后，才可进入第二步的付费环节，即支付1

元，然后就能查看该手机号码了。

平台的用户量是越来越多了，但是流量越大，我就越亏钱。就像贾向阳的乌托邦社区，他也是不断把工资往里贴，才得以持续运营。而全职创业的我，已经没有其他方面的收入了，况且婚恋这门生意，算是一个细分领域，受众不可能太多，传统的广告收益几乎可以忽略不计。

我也接触过多家投资机构，可最后都因为我不愿意在商业模式上作出妥协而放弃了合作。

时间来到了2019年，我的钱已经花得差不多了，"心动"项目的资金链随时都有断裂的可能。

也就是在这一年，网熊科技成功在纳斯达克敲钟上市了。我粗略算了一下，按照当时最高的市值，我转让给蒋正杰的股份，差不多可以套现两千万元人民币。

我又忍痛看了一眼贵州茅台的股价，如果当年听信牛祎的话，不去创业，而是把钱都用来炒股，那现在我的身价也已经翻了五倍。

九、披心相付

自从我裸辞没办法继续充当祁嘉美的提款机后，她作为蛇的"幸福的双脚"被斩断了，对我也就不可避免地产生了一种厌弃之情。

但听说我要创业当老板,她又立马重燃了信心,以为用不了多久,那双"幸福的双脚"还会重新长出。而且创业是最有效的造福方法,远比打工挣得多。到时候,别说是脚了,连翅膀都能长出来,不光可以让她在地上跑,还能在天上飞。

祁嘉美一边沉浸在对财富的美好幻想之中,一边又要以老板娘的身份,辅助我创业。当年的《织网》可以一起写,并且大获成功,那创业当然也能复制曾经的辉煌。鹿车共挽,同心协力,财富自由的大门必然会被敲开。

然而,我却断然拒绝了她。她能做的,我都会。她的那点东西,都是我教出来的,我太知道她的真实水平了。何况她已经多年没上班了,知识落伍、技能生疏。初创项目,并不是"1+1>2"的简单算术,人越多,想法也就越多,决策成本加大,行动效率降低,反倒会越帮越乱。

另外,"心动"APP注入了我太多的梦想和情怀,而非一个完全商业化的项目。起码在1.0版本的框架搭建阶段,我还是倾向于独立完成。

祁嘉美见我不想带她脱贫致富,又对我吹了好几天的枕边风,可我仍然不为所动。没办法,她只能使出最后的杀手锏——逼婚。祁嘉美想要通过婚姻的形式,与我捆绑在一起。

在我生日那天,祁嘉美组了一个局,在双方父母的见证下,发表了一番让自己感动到落泪的陈词滥调:"我没什么文化,又没什么特长,长相也不是美到能够靠它吃饭,但是我很幸运,遇到了一个真心对我好又那么积极上进的男人。以前我就说过,我会把我的全部都给他,毫无保留、死心塌地地跟他过一辈子。哪怕没有房子,没有车子,也没有票子,我都不在乎。我现在就想问他一句话——巫子铭,你到底什么时候才肯把我娶回家?"

随后,祁嘉美又坚强地抹掉眼泪,用她那辨识度极高的沙哑嗓音,高亢激昂地演唱了一首日文歌曲。怕我们听不懂歌词大意,她还特意解释道:"这是我最喜欢的一首日文歌曲,歌名叫《不要认输》,由已故歌手坂井泉水作词并演唱。彼时日本经济正处于崩坏时期,进入了长期停滞的'失去的十年',许多人面临失业等压力,《不要认输》便是在这样的背景下诞生的。歌中传递出一种坚韧的信念和精神,成为人们心目中勇往直前、不要认输的动力,被誉为'日本第一励志歌曲',甚至是'日本第二国歌'……我也是苦学了一个多月的日语,才敢在大家面前献丑。希望我们未来的大老板巫子铭,也能够被激励到,马力十足、坚定勇敢地追逐梦想,无论过程多么艰辛,我的心都会和你在一起!"

眼看气氛烘托得差不多了,祁嘉美的父亲便端着生日蛋糕出来了:"我这个傻丫头啊,从小就是我们的掌上明珠、心肝宝贝,我不奢望她以后能有多孝顺,给我们买多少东西,只要她过得开心,就是我们最大的幸福了。巫子铭,你要好好努力了,争取早点儿买车买房,给我女儿一个安稳的家。年轻人只要肯奋斗,一定会前途无量,后福无穷……今天可谓双喜临门,既是一个简单的订婚仪式,也是我这个大女婿的生日。瞧,蛋糕我都给你准备好了。"

祁家的这一套组合拳，直接把我们巫家打蒙了，一点儿招架的余地都没有。半晌，我宽善本分的母亲才尴尬地支吾了一句承诺："我们庄稼人没什么钱，这些年杂七杂八加一起，也就存了三十万，估计连买房的首付都不够。但是，这笔钱，我们一分不留，都给两个孩子。"

我看出了父母的窘迫，又怕这钱砸进了祁家的口袋，赶忙开脱道："感谢小美和叔叔阿姨的精心安排，我虽然不会日语，也不懂音乐，但小美的倾情演唱，还是让我大为感动，也很受鼓舞。照理说，求婚都是男人该干的事儿，今天委屈了小美，是我的不对。我们两个在一起这么久了，携手将近十年，从同事发展成恋人，现在又从恋人升级为家人，难得小美从未嫌我一事无成。我并非一个无情无义的人，你对我不嫌弃，我必然对你不离弃；你对我披心相付、至诚至性，我也定当赤心相待、患难与共。刚才岳父大人讲了，年轻人只要肯奋斗，将来一定会前途无量、后福无穷，我对此是极力赞同的，我也相信美好的日子都是慢慢熬出来的。我父母的这三十万，说少不少，说多也不多，买不了房，置不了业，存在银行又贬值。如果大家信任我，我提议将这笔钱用作我创业项目的启动资金。我要特别说明下，这钱可不是只花在我一人身上的，回头我就拟一份协议，将它换算成原始股份，由祁嘉美持有。总不能一点儿嫁妆都没有，就如此草率地把婚订了。大家可别小瞧这点股份，没准以后就能翻个几十、上百倍。"

祁家听到这番话，喜笑颜开地相互对视了一眼，然后露出了心满意足的表情。那表情像是在说："今天的一唱一和，终于是没有白费！"

就这样，我没花什么钱就把祁嘉美娶回了家。这也是没有办法的无奈之举，谁让我买不起房，又跟自己过不去似的想要创业。当然，我也信守承诺，给了祁嘉美"心动"APP30%的股份。

可股份总归是空头支票，换不来当下的真金白银。没有钱花，祁嘉美不得不出去找工作，找了很久，都没有找到满意的。最后还是她母亲托关系，把她塞进了市二院。

在医院里，祁嘉美负责的是那种谁都能够胜任的杂事，维护一下官网、更新一下自媒体账号等。可想而知，这样的岗位工资不会太高，基本上每个月都是入不敷出，偶尔还要向父母伸手要钱，可双方父母的手头也不宽绰。

日子过得紧紧巴巴，祁嘉美一再推迟了想要成为一个母亲的愿望。她已经二十八岁了，做梦都想要个孩子，但穷苦拮据的生活，让这个再朴素不过的心愿变成了遥不可及的痴心妄想。

于是，我成了她一切的希望和寄托。她翘首以盼，急切地期望我能早日成功，尽快带她脱离贫困的境地。

她逼着我每天食不暇饱、目不交睫地开发"心动"APP，然而，我的筚路蓝缕，并没有迎来想象中的春华秋实。

一直苦挨到了2019年。

我不仅半毛钱没挣,还花光了全部积蓄,连同父母的三十万元,也都打了水漂。

同样是在2019年,网熊科技成功上市,昔日的同事一夜之间都成了身价百万、千万的大富豪。而当天上掉下馅饼的时候,我竟生恐砸到自己头上,像避开陷阱一样完美错过了这次造富神话。

我上辈子一定得罪过财神爷,要不然他也不会跟我开这么大的玩笑。盛世荣耀的上市,我巧妙躲开了;网熊科技给了我二次机会,可我又让它从我眼皮底下溜走了。

牛祎苦口婆心地劝我相信他,不要抛掉股份,我却像甩开烫手山芋一样,把这两千万直接给了蒋正杰。

听说蒋正杰在牛祎的建议下,这些年买了不少贵州茅台的股票,又赶在房价大涨前购置了多套地产,再加上这次上市带来的收益,蒋正杰的身价,保守估计也要过亿了。

强烈鲜明的对比,直接刺痛了祁嘉美的心。她压抑已久的情绪,终于爆发了。

"你这人怎么会如此失败!给你钱,你都接不住!"祁嘉美酸涩、讥诮地指责道。两行滚烫的热泪滑过她白皙的脸颊,随即她的表情变得僵硬,双眼血红欲滴,满含愤恨。

"别哭了,看把你的妆容都哭花了,假睫毛也哭掉了。"我试图安慰她。

"还不是因为太廉价,才会哭掉!这些年,房子买不起,孩子生不起,我上下班连个车都没有,整天风里来雨里去!三年没有出去旅过游,上一次看电影还是去年春节我从医院搞的两张票!护肤品用最便宜的,偶尔到餐厅吃顿饭,人均还得控制在三十块以内!过年去我家,你连瓶酒都舍不得买,只会拎两箱奶,还是'双11'打折买的,眼瞅就要过期……巫子铭,你到底爱过我没有?你都快四十的人了,我今年也三十一了,我请你好好告诉我,这样的日子,到底还要过多久?!"

"对不起,我……"我想解释些什么,或者承诺些什么,但除了卑微的道歉,我不知道还能做些什么。

祁嘉美没有给我斟酌词句的机会,继续愤愤地道:"你说你要创业,还不让我干预。好,没问题,我都听你的。但是你的商业逻辑有问题啊!你有良心、善心,你有改变婚恋行业的理想主义情怀,你有质问整个世界的气魄,但是你别让我陪你一起买单啊!资本万恶,何来的科技向善?有良心,是挣不了钱的啊!这么简单的悖论,你一个从业十五年的互联网人居然不知道!

"'心动'APP好不容易有了一些人气和流量,你也趁热打铁去寻找投资了,但他们抛来橄榄枝的时候,你又固执地将他们拒绝了,什么'不想欺骗会员的感情''不想骗财又骗色'。你为什么不懂杠杆的原理?就算你长到了一米九,已经很高了,但你能再长到两米、三米吗?可如果你有了杠杆,你的影子就可以伸展到十米、一百米!

"你为什么不知道变通?你该清楚,很多成功的互联网公司,一开始做的事都和后来的业务不同。只有先活下去,才有理想可谈！

"我本来对你满怀信心，再苦再难的日子，我也熬得过去！可谁承想，你竟残忍地亲手碾碎了我的希望，还让我跌入了深渊！

"巫子铭，我告诉你，你眼前只有一条路可以走，就是按照正常的商业逻辑，尽快对'心动'APP进行全面改版，然后转手卖掉——你实在不适合创业！再这样下去，'心动'APP就再也救不回来了。不光你的梦想实现不了，你还将再一次与巨额财富擦肩而过！这可能是你人生中最后一次机会了！"

气势汹汹地发泄一通之后，祁嘉美头也不回地转身走开了。只留下羞愧难当的我，在凛冽的寒风中瑟瑟发抖。

但是，我的羞愧感，很快就烟消云散了。

没过多久，好几个高中同学都跑来问我："你家最近是不是出了什么事，怎么连老家的房子都要卖掉，还到处去借钱，亲戚朋友好像已经借了个遍。看你爸妈那着急的样子，就差卖血了……"

不用想也知道，肯定是祁嘉美又给我父母施压了。

我赶忙回到家里，问了半天，父母才面露难色地说了实话："你别怪小美，咱们确实亏待了人家。要怪就怪我们当父母的没能力，连个房子都买不起！可你们城市里的房价涨得太快了，早几年全款都能买的房子，现在把家底掏空，都凑不够一个首付……不过，你不用担心，就算是借高利贷，也得给你弄个家。你今年都三十八了，没房没车，就连正经工作都没有，万一再离了婚，以后谁还会跟你！"

在这之前，我是一个对金钱没什么执着念想的人，内心深处甚至还会不时地响起一个声音，让我远离这个物欲横流、荒诞险恶的世界。

从我2004年踏入互联网算起，到现在十五年的时间，我身边已经有六个人，因为想要赚快钱，闯红灯抄近路，最后身陷囹圄；更有十多个人，因为杠杆加过头，超出自己的可控范围而翻车。盛世荣耀上市不久，就有很多同事由于对自己的运气和能力盲目自信，炒期货炒到倾家荡产，家破人亡。

金钱就是一柄利剑，你可以挥舞它斩断贫困的枷锁，过上优裕富足的物质生活。但倘若你不能约束内心的幽暗，无法抵挡财富带来的诱惑，剑刃便会不受控制地朝着自己刺入，其力度绝对要比斩断贫困时来得更加猛烈。

许多人在议论起我的那段极富悲剧色彩的人生阅历时，都会惋惜我错失了几千万。通往财富自由的道路如此笔直，而我却偏偏踏上了荆棘满布的弯路。

其实不管是弯路，还是直路，都是人生旅程的必经之路。走在直路上的人，固然是幸运的，因为他找到了捷径；但是选择弯路的人，却是阔达的，他多看了几道风景。

做人还是应该脚踏实地。这个世界上，总会有人住高楼，也会有人居深沟。住高楼的未必都幸福快乐，居深沟的也未必都痛苦不堪。

岁月不声不响，却总是让人慌慌张张。我们马不停蹄地追逐财富,却在一次次的追逐中被支配、被奴役。是财富控制了我们,而不是恰恰相反。

我们曾经为了美好的梦想、内心的自洽、人生的意义而努力挣扎,却在挣扎中放弃了一切。我们变得急功近利、铤而走险,我们败坏了商德,违背了人伦,崩坏了三观。苟延残喘地活着,未必都是人,也未必都是鬼,却是没有灵魂的行尸走肉。

"'满地都是六便士,他却抬头看见了月亮。'毛姆的这句话,好像也是在对你说。"

我身体里那个代表"理智"的声音,调侃道。可能每个人的身体里都住着两个小人儿,一个代表理智,另一个代表感性。当感性快要挣脱规训的时候,理智就会启动防御机制,对感性加以遏抑。

"但现在,一个房子就轻易地把我拉回现实。它踩着我高昂的头颅,反复碾轧;它打破了我三十多年的坚持,又让我的理想主义情怀,彻彻底底变成了一个笑话。"

"人生不就是这样吗?用大把的时光坚守,却在某个瞬间忽然幻灭。你总不能看着自己的父母,为了给你在城里买个小房子,而卖掉他们在老家的大房子。你又怎能忍心让大半辈子都没有求过人的他们,为了你而四处借钱。你现在已经别无选择,就像祁嘉美说的,你眼前只有一条路可以走——按照正常的商业逻辑,对'心动'APP进行全面改版,然后转手卖掉。"

十、打醒老夫子

亲手将自己一手建构的世界摧毁,再重新组装出一个让人无比憎恶的模样,人世间最痛苦的事情,莫过于此了吧。

我投入了大半年的精力,对"心动"APP进行重构,然后又花了将近一年的时间,终于把它卖掉。

那段时间,我就是一个没有灵魂的躯壳,在无数个不眠的夜晚,内心的拧巴、不甘、愤恨、耻辱,让我不争气地流下了泪水。

"心动",注定是片刻的,不会长久。

我一边流着眼泪,一边还得感谢2021年"元宇宙"概念的大火。虽然它仅是人类文明的又一次内卷、资本用来圈钱的把戏和骗局,但有了它的加持,"心动"APP确实卖了个好价钱。

可是,这些钱,也只能够在东吴市买个两室一厅的房子。

可能是太久没有攀比炫耀的资本,虚荣心作祟的祁嘉美,非要对外夸大"心动"APP的真实出售价格。并且,为了匹配她口中"惊人的交易额",祁嘉美先是在市中心的繁华地段买了一套120平方米的大豪宅,接着又去4S店连续订了两台车,一台自己开,一台送给她父母。

买房已经严重超出预算,连装修的钱都拿不出来了,哪里还有能力再购车,何况还是两辆!

我及时拦住了有些得意忘形的祁嘉美,给她算了一笔账:"我们眼前的资金，只够全款买个六十平方米左右的房子，如果你想在市中心买大一倍的大豪宅，那只能贷款，每个月估计要还一万五的房贷。这还不算后面的装修费用。我们俩年纪也不小了，该要个孩子了，这又是一大笔的开销。'心动'APP卖掉后，我就没了收入来源，还得重新找工作，目前只靠你一个人的工资，实在有些难以承担其他方面的支出……买车的计划，再往后延迟一下吧？"

"房子是我们的家，必须要买好的。孩子，也得马上生，不然我就成高龄产妇了。至于车子，可以先买一辆入门级的，也没多少钱，这部分的费用我来承担，我实在不想再挤公交车了……不过，你得答应我，今年年底之前，你要给我爸妈买辆车。我已经答应他们了！"祁嘉美看似通情达理地妥协道。

"如果你坚持这样，那我们可能还得多吃几年的苦。"我继续泼冷水，好让她认清现实，尽快从不切实际的美梦中清醒过来。

"苦？还能比以前更苦吗？与其在这里为了金钱而讨价还价，你倒不如赶紧找份高薪的工作。"

我还能再说什么？再说只会自讨无趣，只会显得更加无能。

房子还没交付，贷款已经下来。有了房贷，就不能像以前那样了，可以裸辞，可以几个月不上班，可以慢慢打磨创业产品。现在早上一睁眼，就欠着银行几百块钱。

以前好像对赚钱没什么兴趣的我，如今的生活只有三件事：吃饭、睡觉、挣钱。我变得精打细算，用我这个"状元学霸"的聪明头脑,计算着日常生活中的每一处开销。我又变得分秒必争,用多年养成的程序员思维,把一天24小时安排得明明白白。

白天我就找工作,晚上我便干兼职。我需要一份正常的工作,它能够为我带来相对稳定的工资收入,以此应对每个月都会准时到来的房贷。我也需要多份灵活的兼职,来填补以后只会日益增加的生活支出。

但是,我不断地降低期望,还是找不到合适的工作。最为尴尬的一次是,以前的一个下属现在成了我的面试官。她很尴尬地问我:"巫总,您面试的这个职位属于普通员工岗,不知道您能不能适应?"

我知道她这句话已经是在婉拒了,但我还是抱有一丝幻想地回答:"虽然我已经不年轻了,但我的技术水平没有任何下降。'心动'APP的每一行代码,都是我亲自敲下的。我相信,时代淘汰人的,从来都不是年龄,而是一个人的认知,以及他对世界的好奇心。"

我终于还是没有拿到那份offer。此后,我就不再打算自取其辱了。

2021年,中国有两亿人选择灵活就业。他们可以养活自己,我也同样可以。

我送过外卖,跑过快车,还把我的C1驾照增驾为B1,中型载客汽车也可以开了。经过一段时间的努力,我的收入已经趋于稳定,并不比在办公室上班挣得少。

谁不喜欢体面的工作、轻松的工作？但对于背负巨额贷款的人来说，挣钱才是第一位的。而且通过挥洒汗水赚来的钱，有一种特别的温度，让人感到无比踏实，极具满足感和成就感。

那段日子，我遇到了很多被称为社会底层的人。

老张，2021年的全国跑单王，一年就跑了将近三万单，人送外号"张三疯"。

把老张逼成"张三疯"的，是他那个出轨的老婆。为了不在感情方面投入太多的时间去回忆，老张选择了上夜班。一年365天，老张就上了355个夜班。老张说，半夜上班有个好处，就是很容易困倦，一旦困了，回家倒头就睡，睡醒了再继续跑单。而如果白天上班就不行，因为下了班会有大量的独处时间。长夜漫漫，一个人躺在床上，会空虚，会乱想，会忍不住回忆那些痛苦的过往。老张不怕身体上的劳累，怕的是精神上的折磨。

这个全国跑单王对外卖平台充满了感激之情——不仅让他赚到了钱，还将他内心的苦楚、孤独统统发泄到了工作上。

小李，一个小面馆的老板，他对外卖平台的评价，就和老张截然相反了。老张通过送外卖，每个月有一万多块的收入，而小李的餐馆，却差点被平台压榨得倒闭了。

"以前开饭店，竞争对手是同行，现在打败我的，竟然是这些外卖平台！"小李愤愤不平地说道，然后他算了一笔账，"用外卖平台，每一单的扣点是21%，最低扣三块五。我一碗十五块钱的面,直接就被减去了三块五……如果只是这样,我还能接受,可除了平台扣点,还有配送费,以及各种会员红包、天天神券、满减活动,等等,都在进一步抽走商家的利润。更为可恶的是,他们还搞了一个竞价排名系统,想让顾客看到我的门店,就得花钱。它的规则是价高者得,出价越高,获得的曝光率越高,位置越靠前……我仔细算过,平台的这一套搞下来,每单至少要拿走40%左右的利润。这种情况下,不少商家就开始加价,或者在饭量和食材上做手脚。开饭店的老板没有一个是傻子,都知道这样做会砸了自己的口碑和招牌,可是大家也没有办法啊!有人说,那你可以不做外卖,只做堂食啊?可事实上,平台已经利用它的垄断地位,把消费者牢牢地锁在了家里。外卖平台便捷的服务,让顾客变得越来越懒,在家里动动手就能吃饱,谁还跑去店里消费呢?!"

眼看饭店就要关门大吉了,事情的转机却在一次危机公关后发生了。

外卖平台的配送员,大多采用的是劳务外包模式,所以,就会有一些遇事比较极端,甚至有过犯罪记录的人员,混进了这个行业。这样的人,有了能够进入别人家门的机会,可想而知是一件多么可怕的事情。之前东吴市就发生过一起独居女性被外卖员奸杀的惨案。

小李的餐馆,也遇到了类似的事情,甚至差点酿成了大祸。

那是一个周五的中午,天降大雨,又赶上外卖高峰期,一个配送员一口气接了七单,从出发取餐到全部送到,要在一个半小时内完成。这名经验丰富的骑手，迅速地根据订单位置、送达时限，排列出了最佳配送顺序，通过多次转场，最终以违反八次交通规则的代价，将最后一份外卖送到了顾客手中。

然而，骑手的疲于奔命、以身犯险，并没有跑赢系统。在他到达最后一个女顾客那里时，还是超时了十分钟。

女顾客理解骑手的不易，毕竟这是一个与死神赛跑的高危职业，何况今天又下着滂沱大雨，晚一点儿送到也能理解。只是，那份装在廉价塑料包装盒内的面条，早已坨掉，实在让人无法下咽。女顾客终于没忍住，给骑手打了个差评。

一个小小的差评，骑手就要被平台罚款五十到一百元，相当于大半天的辛苦都白费了。就像女顾客无法咽下的那碗面，这个骑手也没有咽下这口气。多次协商无果后，他变得躁怒，不光威胁、辱骂女顾客，还在她下班的时候，直接尾随到了小区门口。被吓哭的女顾客，不得不选择了报警。最终在警察的介入下，这场风波才算彻底了结。

虽然这件事跟面馆无关，但小李还是一怒之下取消了全部的外卖业务，从此以后只做堂食，哪怕倒闭关门，也不能继续任由平台宰割，更不可以做出伤害顾客的事情。

为了弥补女顾客的精神创伤，小李赠送了她一张价值三百元的会员卡——相当于二十碗面条。而这位女顾客，恰好是一家大型互联网企业的HR，平时公司上千人的加班订餐，都由她负责。于是，经过一番简短的交流，小李的餐馆成了这家公司的"御用食堂"。

双方的下单、接单,不再走外卖平台,而是通过原始的电话、社交软件进行沟通。省去了赚差价的中间商,小李做出的面条,分量更足,食材也更有保障;同时,正是这样的良心和品控,又吸引了越来越多的消费者到店光顾。这家只做堂食的面馆,目前已经在东吴市开了三家分店。

还有王叔,一个跑网约车的老司机。年轻的时候,配过钥匙、修过鞋,还做过十几年的早点生意。吃过别人吃过的苦,却没有挣下别人挣下的钱,辛辛苦苦三十年,也不过存够了一套房子的首付款。结果,这房子一年就涨了两百多万,王叔不知道是该高兴,还是该心疼那三十年的苦日子。

但是,他应该来不及高兴,也没有工夫心疼,因为他的二儿子马上就要结婚了。两个儿子,手心手背都是肉,不能给大儿子买了房,就不管小儿子了。

配钥匙、修鞋的手艺,已经落伍;早点的生意,也干不动了。听说做网约车司机赚钱,他便向大儿子借了十万块,买了辆车。可是,起早贪黑地干了大半年,也没见多挣钱。别说给小儿子买房了,就连大儿子的十万都不知道什么时候才能还清。

王叔的老伴也没闲着,在小区门口摆起了菜摊。物业保安都知道老两口的情况,也就睁一只眼闭一只眼地默许了。但是没多久,互联网又掀起了一波社区卖菜业务,通过惯用的"砸钱补贴""低价倾销"等伎俩,在很短的时间内,就成功将小商贩赶上了绝路。王叔老伴上岗没多久,就被迫下岗了。

　　这个时候,已经在东吴市开了三家分店的小李,伸出了援助之手。他将王叔夫妇请到自己的面馆,手把手地教了一个多月,等老两口掌握了基本的流程之后,又出资开了第四家门店,交由他们打理。

　　新店开业之后,我和老张经常带着一群朋友前去消费。

　　和这些所谓的"社会小人物"接触得越多,我对生活的体验就越加真切。跟他们在一起,我总是会有一种莫名的亲近感。可能我也是一个社会小人物——而谁又不是呢?

　　以前从事互联网行业,只要坐在舒适的办公室里敲敲代码,就能拿到过万的工资。坦白说,现在比之前更累了,可我再也没有患过肠易激综合征——一紧张就想上厕所——晚上睡觉总是能酣然入梦,过去濒死的感觉,也没有出现过了。

　　与此同时,我又开始对互联网进行了反思。互联网一方面像水和电那样,为人们提供了前所未有的便利;但是,它也在资本的裹挟下,不停地盲目扩张,以获取更大的财富。资本从来都是逐利的,互联网人经常挂在嘴边的"用户体验",也不过是挖掘并利用人性的弱点去挣钱。

　　贾向阳作词的那首《丑陋的织网人》,就是对互联网最好的讽刺。可是大家只把这首歌当成神曲来听,又有几个人认真反省过呢?

有一天，我在朋友圈看到同学转发的一篇文章，标题为"打醒老夫子"，作者就是当年将我开除学籍的那位老师。

也许正是因为那么一段不愉快的经历，我才有了打开链接的念头，想看一看这个老师到底说了些什么。

老师在知名大学教了一辈子的信息科学，没想到文章一开始就引用了哲学家海德格尔的话，文章写道：

> 海德格尔说，人类使用技术本来意在扩展人的能力，以便更好地了解和掌握这个世界，结果科技的发展反过来宰制了人类。科技本是人类能力的延伸，现在科技好像有了独立的生命，倒过来支配人类的存在。
>
> 科技犹如魔鬼，给人类一点甜头，反过来就要人类的命。十八世纪末工业革命以后，科技主导人类文化的发展，短短两百年的时间，就超过了以前一两千年的变动。我们不能完全抹杀科技的贡献，也不可以全面禁止科技的发展。但不能因此，我们就认为科学和技术是万能的，是能够解决未来所有难题的。
>
> 事实上，我们看到由西方主导的那些价值取向，已经造成了科技发展、经济增长乃至人类文明失去控制的乱局。人类能不能安全度过二十世纪，曾经引起广泛讨论。现在进入二十一世纪，旧的问题依然存在，新的挑战又层出不穷。气候异常，天灾的频率加快，严重性不断升高。

科技发达,使得武器的威力格外恐怖,偏偏又有人好战成性……

西方那些价值观,经过几百年的发展,证明了它经不起时间的考验,对于日愈严重的各种问题,显得束手无策。我们必须适时调整,才能符合时代的演变。

中华文化源远流长,中国哲学中最大的特色,是从《易经》开始便已形成的以生命为中心的宇宙观。对照西方的机械论宇宙观,我们则是机体论宇宙观。一块黄金切开,变成两块黄金,这是机械论;但是一只小狗不能分为两只,这是机体论。

西方分大于合,我们合大于分,这是基本的不同之处。二十一世纪的全球化,必然要以合大于分的极具包容性的思维,才能顺利完成。

所以,我们在向外学习先进科学知识的同时,更应该正本清源,然后持经达变,才不会舍本逐末,才能够现代化而不失自我。

看到这段文字,我有一种醍醐灌顶的感觉,好像闭塞的思想忽然就被启迪了。过去我也对科技有所深思,但仅局限于诸如《丑陋的织网人》写到的那样。

紧接着,老师又对现代人的处境给出了深刻见解。文章继续写道:

物质可以提供生存的保障，而精神才能让生活更有意义。

人们不停地索求物质，但是我有什么，并不能证明我是什么。"有"代表外在，"是"才代表内在。拥有的外在越多，真正的内在就会越少，因为"拥有就是被拥有"。

《庄子·山木》中说道，"物物而不物于物"。人作为万物之灵，应当掌握万物，而不是被万物所掌握。

现在的真实情况，却是每个人都成了手机的奴隶。倘若通过手机才能认识这个世界，那么人类就会逐渐与现实世界脱节，难以领悟生命的真相。

去做一件没有实际需要或效益的事，这是娱乐的定义。娱乐是生命力有富余的表现。可是现在的人们，整日沉迷于手机里的各种音视频、游戏、社交等娱乐软件。大街小巷随处都是低头族。人与人之间的情感，本该情深义重，如今失去了面对面的互动，变得对人态度冷漠，缺乏怜悯之心。看到别人受苦受难，也难以产生共情，甚至幸灾乐祸。

情感的冷漠，也说明了精神的空虚。现代人的人生态度是享乐为主，当下开心最重要。他们的享乐，只有量的需求，没有质的追求，饱尝一切又厌倦一切之后，还是会感到饥饿。好比半夜觉得肚子饿，跑去厨房找吃的，可翻了半天，仍然不知道想吃什么，最后什么都没吃，又回去睡觉了。

信息化时代，人们每天都会接收大量的信息。这些零星片断的信息，见缝插针般塞满了一天二十四小时。它们分散了人们的注意力，使人不再关注到现实和自己。好像这也正合了人们的心意，因为一旦有了时间关注自己，便会遇到"我每天这样活着，是不是在浪费生命""那么我究竟要过怎样的生活，才会让我这一辈子有价值"等苦恼不堪的人生问题。

中国文化博大精深，其实现代人的这些问题，老祖宗早在几千年前就告诫过我们。《易经》乾卦九四爻的文言传写道："上不在天，下不在田，中不在人。""上不在天"，可以理解为现代人丧失了对超越界的信念。"下不在田"，是指人类在盲目发展科技和经济的同时，造成了与自然界的疏离，以及自然界因为遭到过分开发，在其自我修复的过程中，给人类带来了反噬效应。"中不在人"，象征着现代人与人之间产生了隔阂，彼此不能很好地交流和互动。

如果再加上一句话，那就是"内不在己"，现代人向内已经忘记了自己是谁……

老师的这篇文章，我看了很多遍。一种莫名的使命感油然而生，我决定好好学习中国传统文化，先从群经之首、大道之源的《易经》学起。可是《易经》六十四卦，每卦六爻，卦有卦辞，爻有爻辞，此外还有孔子所作的"十翼"，文字晦涩难懂，夹杂着大量的生僻字词，实在让人望而生畏。所以，为了增加学习的趣味性，我打算先学术数，再读易理。

术数就是占卦，比较好玩，看着网上的视频，我很快就掌握了卜筮的方法。我占的第一个卦是"姤卦"，也不知道是什么意思。都说占卦容易，解卦难，周文王用了七年才将八卦彼此重合为六十四卦，我也不急，以后有的是时间深入研究。

十一、武大郎

我对当下的生活颇为满足。我不仅能够开心地赚钱，还可以兼顾家庭。以前祁嘉美总是抱怨我没有时间接送她上下班，现在有了车，我简直成了她的专属司机。

可祁嘉美却将我的这种改变视作自甘堕落、不思进取。看我每天一有空就捣鼓占卜的筹策，她甚至怀疑我精神是不是出了问题。她逼着我学习AI技术，说这才是未来的大势所趋。她希望我能够找一份稳定、体面的高薪工作——至于轻松与否或者我是否喜欢，倒不是她关注的重点。她还热切地盼望我再次创业，最好是利用业余时间，做出一款上亿用户的产品，然后再高价卖出。可能她已经忘了，曾经有个女人极其严苛地评价我"实在不适合创业"。

她觉得我送外卖、跑网约车、做代驾，太过跌份儿。因为害怕丢人、担心被往日的同事撞见，她甚至不让我白天开工。

我把老张、小李、王叔等人的经历分享给她时，换来的也是一脸的不耐烦。那嫌弃的样子像是在说："我才不爱听你们这些小人物的故事！"

"我靠自己的双手挣钱，不偷不抢，有什么好让你觉得没面子的？如果你嫌我没本事，那你大可自己还房贷。"终于有一次，我受够了祁嘉美的嫌贫爱富、贪得无厌，一股脑儿地将心中的愤懑发泄了出来，"谁让你买这么大的房子，装修的十五万块，还是从我父母那里借的。结果房子装好了，你直接把你爸妈接进来，而我爸妈，都没有在家里住过一晚。你每个月就那么点固定工资，是谁在为你的容貌焦虑买单？单单花在你脸上的钱，每个月就有好几千了吧？为了满足你虚荣的孝心，你还要我给你父母买车，家里已经有一台车了，他们又跟着我们一起生活，哪里能用到车？"

"你终于把心里话都说出来了吗？我就知道你从来没有爱过我！我对你全心全意，你却总以为我别有用心。我在《织网》署上你的名字，你以为我是为了讨好你这个大领导；我陪你加班、为你改变，你以为我在耍心眼；我催你结婚，你把我们一家人的精心准备看成了功利的笑话；我为你学了一个月的日文歌，你竟说听不懂日语，真好笑，是谁把坂井泉水的照片设置为电脑背景的？我们刚交往的时候，我就说过，我最大的心愿就是能够找到一个真心对我好、有上进心的男人……试问这两点，你做到了哪一点？"祁嘉美用泪水宣泄着心中的积郁,脸上写满了失望和后悔。

女人就是这样,吵起架来,从来不会就事论事,只会打感情牌。对于欠我父母的钱,对于给她父母的买车计划,祁嘉美只字不提。

"下周我准备到智熊科技上班了,智熊科技是……"

我还没说完,祁嘉美就一扫刚才失望的表情,满怀期望地盯着我。但紧接着,她的期望又重新变回了失望。

"智熊科技是网熊科技新成立的子公司,蒋正杰是CEO。我前两天做代驾时,正巧遇到了他,他极力劝我过去上班。工资待遇都谈好了,虽然不是太高,但起码有五险一金。而且工作非常轻松,不用坐班,什么时候用车了,会提前通知我,不耽误我其他方面的收入……"

"等等,用车?你不会是去做司机吧?!"

"你又来了!做司机怎么了?"

"巫子铭,你要是敢去,这个婚我就跟你离定了!"

"我已经写不动代码了,又没有其他的本事,我总不能看着房子断供吧!你又要我年底给老丈人买车……"

"你自己没用,别往我们身上扯!……"话音刚落,祁嘉美顿时噤声,意识到刚才失言了。

"什么你们、我们的?什么叫我没用?"我试图克制自己的情绪,但还是脱口而出,"你不是说离婚吗?那就好聚好散吧!反正这些年你连个孩子都生不出来!"

一提到孩子，祁嘉美就像被触碰了底线："你不会真以为是我生不了吧？有问题的是你！我都没有揭穿你，你居然这样羞辱我！我是堕过胎，但不代表我是一个……"话到一半，祁嘉美已经泣不成声，她的脸色煞白，下颌两侧的肌肉不住地颤抖，"你不是说我生不了吗？那我就生一个给你看看！"

错误的婚姻，只会带来相互的伤害。

或许我从未真正爱过祁嘉美。就像身边的大多数人一样，在适当的年龄，我找了一个差不多的女人，一起搭伙过日子。

或许祁嘉美对我的爱，也只是出于自私的依赖。她总是以爱的名义，不停地向我索取——索取情感，也索取物质。

有人说，婚姻是随机的缘分，有些人就是用来错过的。勉强换不来真正的幸福，不适合就要学会放手与释怀。

对的人，你在地狱，她也会陪着你斩妖除魔；错的人，你在天堂，她也要把你拽回地狱。

我已经做好了净身出户的打算。

我还是去了智熊科技上班。在公司里，见到了不少曾经的老同事，他们并不知晓我在这段空缺的时间里都经历了什么，更没人关心我现在过得如何。每个人的表情都是漠然的。

我谢谢他们的漠不关心，省去了我解释的工夫。但是他们一口一个"巫师傅"，而不再是"巫总"，又多少让我有些怅然若失。

我将近一个月没有回家住了,眼看房贷的还款日就要到了,祁嘉美的父母终于没忍住,给我打了电话。但是,我拒听了他们的电话。

第二天,我就在公司里见到了祁嘉美。她正在和蒋正杰低声说话,见我来了,蒋正杰立马转身离开了。

这世界很大,人那么多,如果不是刻意相见,是见不到的。

而我能主动走向祁嘉美,也说明有些东西还没有结算清楚,比如感情。

我们来到了公司附近的一家咖啡厅。因为是上班时间,店里的客人不多。偌大的店面,光线朦胧,空气中弥漫着一股令人尴尬的气氛,双方都想挑起话头,却又暗自揣测对方的心思。

"我爸妈打算把他们那套老房子卖掉,用来还贷。我简单计算了一下,虽然还会差一部分,但每个月的贷款压力应该可以减轻不少。"祁嘉美的表情透露着几分躲闪和几丝戒备,"我妈还狠狠批评了我一顿,让我不要因为一时的冲动,就丢掉陪伴很久的人。她还通过关系,拿到了一个偏方,据说非常灵验……"

祁嘉美啜饮着跟前的咖啡,似乎有点难以启齿。她手上戴着结婚戒指,描画得十分漂亮的双眉间浮现了些许皱纹。

我知道她说的偏方是什么意思,也听明白了她今天来找我的用意。

放弃前嫌,不是因为遗忘——心中有了刺是忘不掉的。不去计较,是因为选择了原谅。祁嘉美已经原谅了我,我本该高兴,可又无法尽兴。我好像听到了她脑中小小齿轮转动的声音。

"马上过年了,今年春节把咱爸妈也接来一起过吧。"祁嘉美羞涩地低着头,有着不像她的温柔。

"可是我写不了代码,找不到高薪的工作,也没有心力再去创业了……"

"没关系,只要你开心就好了。过去是我没有活明白,总是为了太多遥不可及的东西去奔命,却忘了人生真正的幸福,不过是灯火阑珊的温暖,和柴米油盐的充实。"

祁嘉美一边说着,一边将桌上的糕点挪向我,俯身时,胸部也跟着微微晃动。

咖啡厅里响起慵懒闲适的音乐,过去一个月的苦闷和孤独仿佛一扫而空。两个人,终于在桌子底下四足相碰。

重归于好之后,"造人计划"就成了首要任务。在医院上班的岳母果然神通广大,我和祁嘉美于今年的1月份复合,才吃了一剂偏方,月中她就成功受孕了。

与此同时,老丈人把那套"老破小"卖掉,帮我们还了一大笔贷款。我每个月的房贷,从一万五骤降到了七千五。难得祁家这么慷慨宽厚,作为回馈,我也冲动消费了一把,终于在月底,即春节前,给老丈人按揭了一辆最新款的新能源智慧汽车。

然后,我们开着两台车,来到我的老家,把我父母接进城里过年。

那是一个热情洋溢、充满着欢声笑语的春节。除夕夜,已经好久没给父母磕头的我,连带岳父岳母也一起跪拜了。

过完年,父母回老家时,祁嘉美又是大包小包地买了不少礼物。

幸福来得太突然,让我觉得有些不真实,甚至感到了一种莫名的恐慌。

一个午后,闲来没事,我捧起了一本书。书中的一句话,让我出了半天神:"父母健在的话,你和死亡之间有一层垫子;当父母离开以后,你就直接坐在死亡上面了。"

短短一句话,让人哽咽。所谓父母子女,不过是一场美丽的遇见和一场盛大的离别。

今年的3月5日,二十四节气中的惊蛰,民间有"打小人""祭白虎化解是非"的习俗。我老家没有这个说法,只是因为那天的天气较好,父母便带着一篮子的土鸡蛋,又买了很多孕妇用的东西,像往常一样,不打招呼就来东吴市看我们了。

那天是周六,本来我应该休息,却被蒋正杰临时安排短途出差,将几箱橙子亲自送给一个客户。赶巧,那一天祁嘉美也带着她的父母去医院做体检。

家中无人,我父母将带来的东西交给一位邻居后,便怏怏而归了。可谁能想到,就在离开小区不到十几米的地方,他们出了车祸。

等我赶回来的时候,老两口已经停止了呼吸。交警说,事发时，我的父母因为不遵守交通规则，擅闯红灯，不幸被一辆已经停不下来的水泥罐车撞倒了。

今年我已经四十岁了，我的父母也快七十了。我好像一直很忙，忙着摆脱他们的管束，忙着叛逆，忙着退学，忙着跟他们断绝联系，又忙着工作，忙着创业，忙着生活，忙着还房贷……却唯独没有忙着关心他们的一丝一毫。

我从未想过，就在我一路奋力奔跑的时候，我的父母正在慢慢地青丝变白发。

小的时候，我受够了他们的约束，他们从来没有问过我真正喜欢的是什么，以后想过怎样的生活。按照他们的期望，我成了学霸、成了"别人家的孩子"，他们也因此获得了满足、骄傲和对未来的美好希望。

上了大学，我遵循内心的呼唤，开始找寻自我，摆脱种种无形的枷锁，获得一种精神的解放。其实，这不过是一种逆反心理。终于，我的迷茫与堕落，换来了学校的开除处分。

也就是在那以后，我一向骄傲自信的父母，变得卑微低下。可唯一没有变的，是他们对我的爱。他们拼命赚钱，想着为我盖房娶妻，父亲还在打工时出了意外，险些丧命；我结婚时，他们掏光了全部的三十万积蓄；我在城市买房时，拿不出钱的他们，又打算卖掉自己的宅子；新房装修，他们再次给了十五万……

他们是我在世上的唯一亲人，我却一直在索取，从未有过任何报答。

我总是觉得还有时间,却忘了时间的残酷,我已到不惑之年,依然没有能力恪尽孝道。

我总是觉得来日方长,却忘了人生的短暂,忘了生命本身不堪一击的脆弱。

我拼死拼活地努力赚钱,充当取款机,我每个月帮祁嘉美还信用卡,我给老丈人买最新款的汽车,还把他们接进了新家……可我却忘了,我还有自己永远无法报答的恩情。

这世界的遗憾有千万种,可没有哪一种能够超越与父母的分别。

"父母健在的话,你和死亡之间有一层垫子。"我的垫子,已经没有了!我的生我养我的父母,已经离我而去了!

从此,我连家也没有了!为我提供无休止的歇息和补养,无论我去哪儿、走多远,都永远知道只要我一转身就会望见的那个家,已经倒了、塌了!

祁嘉美刚怀上孕,我的父母就离世了。是否一个新生命的到来,却要用两个老人的性命来换?如果是这样,我宁愿不要这个孩子!

由于太过悲痛,我支撑不住,直接晕了过去。

救护车将我拉到了市二院。几个医生一边帮我做心肺复苏,一边小声议论。微弱的意识,让我听到了惊天的秘密。

"这男的是祁嘉美的老公吧？我好像经常见他开车送祁嘉美上班。要不要给她打个电话？奇怪了，今天周末，怎么这两口子不在一块儿？"一个男医生说道。

"哦，这就是祁嘉美的老公？也没有她说的那么不堪啊？看着挺可怜的。听说这人父母刚出车祸，没有抢救过来，当场就死了。"另一位女医生说道。

这时传来一个年轻姑娘的叹息声，像是憋着什么秘密，想说又不能说，忍了半天，终于没忍住："我实在看不下去！你们知道祁嘉美今天干什么去了吗？"

"干吗去了？"

"具体干啥，我不清楚，总之不是什么好事情！要不然她也不会让我们帮她伪造不在场证明了。"

"不在场证明？难道祁嘉美杀了她的公婆？"女医生惊恐地问道。

"你想多了。哪有这么笨拙的凶手，这样的不在场证明，根本就是形同虚设，不仅帮不了自己，反而会节外生枝。"男医生分析道，"莫非是偷情？我早就听说祁嘉美不简单，跟她妈一个样儿。"

"我们也不是第一次帮她撒谎了。她说她老公小心眼，处处管着她，连跟闺密一起逛街，都要问上老半天，因为懒得解释，才让我们帮忙撒谎……可是，有一天我分明看到一个气度非凡的中年男人，来医院找她。那男人举手投足之间流露出一种上流社会的气质，跟她老公完全是两个世界的人。当时我就猜测，祁嘉美没准儿已经成了有钱人的小三。"年轻姑娘鄙夷地说道。

"那她老公就一点都没觉察吗？"

"她老公忙着上班，一个人打了多份工，每天早出晚归，哪还有精力盯着她？其实，完全不需要我们帮她做不在场证明，她老公压根就不会查岗。"

"祁嘉美的妈妈呢？同在医院上班，不会也不知道吧？"

"就她妈那德行，您还不知道吗？简直就是一个现代版的'王婆'！"

"呵呵，你这么一说，我倒真有点听出潘金莲、武大郎和西门庆的故事了。"

"只是可惜了，这个武大郎没有武松那样的好弟弟，现在就连亲生父母也死了！"

"快别说了，武大郎马上要醒了。"

十二、天意如此

出院以后，我想要直接报警。可是任何国家的法律，都不会保护个体的情绪价值。何况，现在我手上又没有足够的证据，所掌握的，也不过是那几个无聊医生的八卦之词。

我要自己去调查！

我先去医院做了检查，证实了我不能生育。为了不被祁嘉美发现，我还特意避开市二院，找了另外一家医院。

接着，我暗中调查了3月5日当天，也就是我父母出车祸那天，祁嘉美和她父母的行踪。

我查了行车记录仪，又偷偷翻了他们手机里的聊天记录、购物订单、地图导航信息等等，可惜都被他们提前清空，或者有选择性地删除处理过了。

明显他们心中有鬼，可这虽然是欲盖弥彰，我也无可奈何。

我又试图通过看似轻松的家常聊天，套取他们的信息。可能是听出了我的怀疑，他们拿出了3月5日的体检报告单，并解释称，本来想去市二院体检，但是网上有更加优惠的套餐项目，而且就在家门口，所以临时改去了这家全国知名的专业体检中心。

随后，我查看了车祸现场、小区周边、体检中心等多处监控设备。

可能是知道我刚失去了父母，物业、社区周边的商家、体检中心的工作人员，以及交警队的同志，都愿意解答我的问题。

终于，在综合了多个监控录像之后，我发现了蛛丝马迹。

我看到了那辆新能源智慧汽车，缓缓地驶回小区。而后面紧紧跟着的，就是蒋正杰的异常扎眼的超级跑车。

但是在进入地下车库之前，两辆车突然调转车头，快速离开。就在不远处，我发现了愣在一旁的父母！

接下来，我又在距离事故现场几十米远的地方，再次看到了这两辆车。在监控中，我甚至看清了超跑中的副驾驶位置坐着祁嘉美。

到这里，我觉得我已经掌握了事情的来龙去脉。但为了确保万无一失，我又做了一次DNA鉴定。

我想办法弄到了蒋正杰以及祁嘉美腹中胚胎的检测样本，证实了那个孩子的亲生父亲，就是蒋正杰！

我将整个事件的经过梳理了出来。

3月5日，蒋正杰随便找了个出差的任务，就把我支开了，祁嘉美也让医院的同事帮忙打掩护。然后祁家三口便和蒋正杰相约，去了一个僻静的地方，商谈一些不可告人的秘密。

这个秘密，当然就是关于如何处置孩子。作为风月场上的高手，蒋正杰肯定是非常小心的，但避孕失败这种事，不是男人一方的仔细就能万无一失的。

祁嘉美在和我冷战期间，一定动过离婚的念头——就像我一样——只不过我没有付诸实际行动。而有钱、有地位，曾经又追求过她的蒋正杰，就成了最佳人选。不管祁嘉美是想通过怀孕来拴住生性放荡的蒋正杰，还是单纯想要完成作为一个母亲的任务，她都成功制造了一出意外受孕的桥段。

得知此事的蒋正杰，自然会千方百计地说服祁嘉美打掉孩子，哪怕是花些钱也无妨。

祁嘉美眼看蒋正杰只是把自己当成寻求刺激的性伴侣，此人靠不住，转而又来找我。可我又无法生育，她便想出"借种生子"的妙计。

3月5日的谈判，应该是蒋正杰发起的。他还在做最后的努力，不能让祁嘉美腹中的胎儿成为以后的定时炸弹。他决计不管付出多大的代价，都要劝服祁嘉美堕胎。

祁嘉美一家人，之所以答应赴约，大概率也是出于金钱的考虑。毕竟如果对方愿意支付上千万的封口费，堕胎这件事，也不是不能考虑，反正也不是第一次堕胎了。意外怀孕干得出，意外流产未必干不出。

他们是否谈拢，已经不得而知了。不过根据两辆车的乘员安排，应该是没有谈好。祁嘉美坐进蒋正杰的超跑里，可能还在继续讨价还价。就在他们驱车驶回小区的时候，万万没想到，竟然会意外撞见了我的父母。做贼心虚的几个人，赶忙调头，匆匆离去。

可能当时并没有产生任何怀疑的父母，还在后面追跑和呼喊，一直追到了车祸事发地，被一辆水泥罐车撞倒了。

几人见状，更是慌不择路地加速逃窜。如果他们没有做贼心虚，或者在车祸发生时，能够下车看上一眼、搭救一把，可能我的父母也不会遇难。

闯下大祸后，他们开始制造不在场证明，删掉手机里的信息、清除行车记录仪的数据，并去了小区附近的体检机构。

掌握了这些铁证，推演出了整个事件经过，我本该寻求警方的帮忙。但是，警方会如何处理？人又不是他们杀的，他们只是出了个轨而已！最多算是民事纠纷，连刑事案件都算不上。

我无法接受这样的结果！

祁嘉美，你可以移情别恋，那我们就好聚好散。

祁嘉美，你可以光明正大地和我离婚，我从未想过死缠烂打，甚至还会净身出户。

两相疏离、彼此过活、相安无事，不好吗？

哪怕你出轨，哪怕你当我是接盘侠、冤大头，也都不会把我逼到绝路。

可你们竟合起伙来蒙骗我！你们竟害死了我的父母，我在这个世上唯一的亲人。从此我就直接坐在了死亡上面。你们要我怎么办？难道要我以德报怨吗？！

杀父之仇，不共戴天！我唯有以牙还牙，让你们血债血偿！

是你们将我逼成了武松——而不是武大郎！

我身体里的那两个小人，此刻又冒了出来。

"杀父之仇，不共戴天！不报血仇，枉为人子！"这个声音，像是念咒语一样，没完没了地重复着这句话。

"从善如登，从恶如崩。行善避恶，是一条艰难的路，越是不易，才越要坚持。否则君子行道，到底是在行什么道呢？和小人又有什么区别？"另一个声音冷静地反驳道，像极了头上有光环的神佛发出的修道箴言。

"别跟我讲什么君子行道！我只知道人死如灯灭，什么都没有，一百年前没有我，一百年后也没有我。一辈子安分守己，修养品德，到最后也不过是一场骗局。那些在利害得失面前将良心放在一旁的人，不是照样活得逍遥自在？"

"你忘了老师说的'上不在天'吗？怎么现在就失去了对超越界的信念呢？"

"不要跟我提什么老师！也不要再扯什么形而上学的东西！我不是贾向阳，不会像他那样，只是一个忍气吞声的胆小鬼，我要报仇！我恨不得食肉寝皮，我要让他们以命偿命！"

"可你父母的意外，跟他们并没有直接关系啊！祁嘉美确实对你不忠，但是她也跟着你吃了这么多年的苦。你不能生育，她都没有离弃……"

"你给我闭嘴！你已经无法说服我了！"

"那么，不如占一卦吧……"

我的精神已经濒临崩溃。占一卦，好，让老天爷来决定吧！

恍惚之间，我用我和父母的生日卜了一个数字卦。

坎下坤上，是师卦；动爻为六五爻。

师卦象征着出师打仗，武力解决。而打仗必有伤亡，所以整个六十四卦的三百八十四爻，仅出现的两次"尸"字，均在此卦。我卜到的六五爻，就是其中之一。它的爻辞是："田有禽，利执言，无咎。长子帅师，弟子舆尸，贞凶。"

"田有禽，利执言，无咎。"天意如此，连老天都在让我报仇！"长子帅师，弟子舆尸，贞凶。"我是家中独子，无兄弟姐妹，所以"贞凶"对我无效！

"老天爷都在帮我，你现在还有什么好说的！"我身体里一个嚣张跋扈的声音叫道。

"仁者无敌，不战而胜……"

"我去你的！我真是受够了你的满口仁义道德！在报仇之前，老子先把你干掉，省着你再叽叽歪歪，坏我大事！"

我的脑子里似乎有两支军队在激战，我感到头痛欲裂。我伸开十指，使劲按住脑袋，尽量平复狂躁的情绪，慢慢地调整呼吸的节奏，然后艰难地挪到床上休息……

父母发生意外后，我就一个人住进了酒店，这样方便我对祁嘉美一伙四人的调查。

现在事情已经全部查清，也该让父母入土为安了。

葬礼在农村老家举行。当天，祁嘉美一家人都没有出现！不只他们没出现，蒋正杰也没来。

倒是钟羽娇带着她的下属前来吊唁了。那时萧希因为陪酒事件，已在休假，贾向阳也忙着面试，除了他俩，整个部门的七个人全来了。可他们哪里是在吊唁，简直就是来休闲度假的，利用工作日跑来农村感受风土民情。他们没有对死者的半点尊重，不是毫无顾忌地聊天，就是低头刷手机。

我的心火急蹿而出。

有人说，如果人类有一天灭绝，那一定是科技干的。智熊科技的这群人，不就是最好的证明吗？

部门经理钟羽娇，一个脑袋里满是坏水、身体里满是脏水的功利女人，为了往上爬，不惜通过身体进行交换。不光自己丢弃女人的尊严和操守，还拉同事下水。她简直就是一个老鸨，把三个已婚女下属推给了有特殊癖好的金主。

偷拿付钰内衣、在其房间自慰的龌龊男人，就是陈震。付钰搬走之后，陈震便跟魏依依独处一室，一来二去，两人居然好上了。

躲在女厕所里偷卖母乳的金诺，不巧被贾向阳撞见，竟恼羞成怒，反咬一口，诬陷贾向阳偷窥。冯泰和骆云扬不仅没有出面解释，反倒故意隐瞒真相，落井下石。

就连公司的CEO蒋正杰，也不过是一头种猪，通过疯狂交配来释放高强度的工作压力。在风月场上、胭脂丛中，蒋正杰凭借资本，可谓所向披靡、无往不利。

这样的公司，这样的员工，能研发出什么好产品？这些人留在世间，只能是祸害！

到了晚上，我孤身一人守着父母的遗像。丧亲的悲恸慢慢减弱，心中的愤怒却不断加剧。

再怎么着，今天祁嘉美一家人都该在场。可他们不仅没有露面，连个电话都没打来！这些天我的调查，可能已经被他们察觉了。如果他们能够坦诚面对自己的过错，拿出诚恳的态度主动认错，也不会彻底把我激怒。然而，他们就是认为我好欺负，从来没有正眼瞧过我的父母。我父母的死，他们一定觉得跟自己没有任何关系。他们谋划着通过冷处理，逐渐与我切割关系，等到时机差不多了，再顺理成章地提出离婚。这样，不仅可以将我甩开，还能保住好不容易怀上的孽种。

甚至，狠心恶毒的祁嘉美还会跟蒋正杰联起手来对付我。按照蒋正杰的性格，一旦出现危机，他是不会坐以待毙的，肯定会先发制人。

果然，没过几天，公司就打来电话，说4月1日研发部门去绿藤市团建，需要用车。

得到这个信息后，我立刻感觉蒋正杰要有所行动了。又一次，我身体里那个黑暗身影浮现眼前，它清晰可见，表情狰狞，看上去异常强大。

4月1日，我早早起床，给父母上了香，又把房间打扫干净，然后带着准备好的一切出门了。

我没有预料到原本不在出游名单的贾向阳会意外出现。因为他的存在，我一直在犹豫。

我一路想着，还没出东吴市，差点撞到一对年迈的蹒跚夫妇。这怎能不让我联想到刚出车祸的父母呢？研发部门的那些人，却自以为幽默地说我是因为昨晚没开车。没过多久，他们又将矛头转向了贾向阳，肆意欺辱那个善良本分的人。

我真替他们感到悲哀。他们是"985""211"的高才生，却开着无节操的性玩笑，透过厚厚的近视眼镜闪烁的目光，看不到任何崇高的追求和梦想，只有对现实世界的钻营和算计。每天，他们就是攀比谁的房子大，谁的车子贵，谁的老婆漂亮，谁又嫁给了大款。他们看到位阶高的会妒忌，看到不如自己的会鄙视，看到面容姣好的会激发邪性，看到长相丑陋的又会产生厌烦。

贾向阳因为把全部的精力都用在了乌托邦社区，以及照顾创伤儿童上，才没有多余的时间让自己受欢迎。这群人就"理所当然"地把他当成了异类，居高临下地欺负他、攻击他。仿佛虐待他们眼中的"下等人"，就可以凸显自己高贵的身份。

贾向阳和萧希，这样一对本该红叶白首的良缘佳偶，在那些人眼中却是畸恋孽缘，最终沦为了一双苦命的野鸳鸯。

贾向阳，长着一张苦行僧的面孔，左脸一道好似圆月中的荫翳的伤疤，右眼有点斜视，难看的嘴巴恰到好处地摆在了丑陋的鼻子下方。身材矮小，看起来非常顽固的脑袋上，胡乱生长着稻草一般的乱发。

这是一张丑到畸形、扭曲到滑稽的面孔，可我却看不到任何猥琐和卑贱。我看到的是有着良好教养的沉稳眼神，以及穷且益坚的积极态度。

可怜之人必有可恨之处。贾向阳，你相信世间美好，可是没人相信你。你把心掏出来给他们吃，人家都会觉得腥。

忍一时不会风平浪静，只会让他们得寸进尺；退一步，也不会海阔天空，却会让他们变本加厉。你过分善良，他们就向善而欺，不会有人帮衬，也不会有人护你周全。一味地忍让，换不来尊严，为何不懂得在善良中带些锋芒呢？

被攻击就反击，被吞食就反咬！面对魔鬼，只有同样变成厉鬼，才能应付；如果不变，就要被杀戮。

萧希，你这个和贾向阳一样的社会畸零者，就像是从命运的指缝里掉落的沙粒，不断地遭人践踏和欺辱。

萧希，你生得漂亮，五官端正，体形修长，即使不怎么打扮，也会让人有一种心脏被踢到的感觉。但是，岁月的摧残，已经在你柔美的眼尾堆起了皱纹，你的眼神不再澄清，你的表情变得空洞而僵硬。与人交际，你的嘴角时常含着笑意，可这种笑容并非发自内心，而是一种苦涩的、麻木的随便敷衍。

你跟贾向阳走在一起，那种反差感，从正面看，就像一个美女傍着一个大款；而从背面来看，却像一个年轻的妈妈挽着一个超龄的儿子。

奵门岛上，贾向阳的连篇废话，对你来说，竟好比教堂里的钟声，催人警醒。他拨开了你眼前的迷雾，及时将你从迷途的深渊边拉了回来。

你以为自己终于找到了一个好男人，被推倒占有之后，不停地从蛛丝马迹中寻找深切的意义，来证明贾向阳是爱你的，你这次没有选错人……

真心话大冒险轮到我提问的时候，我问了那个问题："就像歌里唱的，如果你一直生长在黑暗中，你会不会害怕？还会不会继续开花？"

贾向阳沉默了半响，最终也没有给出任何回答。

而萧希，却给出了看上去颇为合理的解释："你的表情一下变得僵硬、苦涩，然后是久久未能消退的沉郁……你大概是想起了你的悲惨身世，你那种种不堪的过往，还有此刻躺在病床上的可怜父亲。"

但是，我的解读却并非如此。我看到的是"匹夫无罪，怀璧其罪"的孤独和落寞，同时，又夹杂着一种毫不期待有人能感同身受的不屑与轻蔑。

没有回答，已是最好的回答。

我已经没有任何顾忌了。冥冥之中，好像有一种力量牵引着我，一步一步地走向了深渊。

2022年4月1日，我炸死了九个人。2022年4月14日，我杀死了祁嘉美及其腹中胎儿，还有她的父亲、母亲。甚至，我还在4月23日，打算对一个无辜的七岁孩童实施绑架……

十三、破庙

我好像做了一个漫长的噩梦！

梦里有我宽善的父母，被一辆停不下来的大车撞死街头；梦里有一条长脚的蛇，无论我如何挥舞手中的利刃，也斩不断它；梦里还有一个聪明的小孩，做过学霸，考过状元，叛逆过，奋斗过，也迷茫过，挣扎过……

梦醒时分，我的身边已是空空如也，唯有眼前的这座破庙。

春末时分，天气正好，连可怜的野狗都能享受和煦的春风，连孤独的流浪汉都能在温暖的阳光中安然入睡，我却只能躲在这个角落，抱头痛哭。

人们习惯把杀人者视为没有人性的怪物，认为他们精神变态、心理扭曲；认为他们食髓知味，杀人的行为只会越演越烈。

可有几人真正走进杀人者的内心，一窥他的本性，一览他的经历，一睹他的灵魂构成？

没有人天生就是嗜血的恶魔。

"事穷势蹙之人，当原其初心。"一个人到了穷途末路，应看看他当初的本心如何。

你若经过我的苦，你未必有我善良。你若了解过去的我，或许会理解现在的我。

我自己的婚姻一败涂地，却还想做一款婚恋APP；为了遵循内心的真实选择，一次次与财富擦肩而过；沦落成社会"小人物"，却甘之如饴。

我曾像一棵树一样活着，静静地站在那里，感受四季变化，感受阳光雨露。可是，我越是往上生长，根就越要伸向黑暗的地底。

我活了四十年，经历过许多事，感悟过不少人生道理，我以为我会和这个世界越来越近，岂料我对世界了解得越通透，反而离它越远。

长日尽处，你终将看到我的伤疤，知道我曾受伤，也知道我未曾痊愈。

　　弥天的罪过,当不得一个悔字。哪怕犯下弥天大罪,只要能悔过自新,还可以重新做人。然而,我已经没有回头路了。

　　我这个犯下三起血案,残害十三条人命的杀人犯,已然十恶不赦,罪该万死。

　　4月1日的独峰山爆炸案,我不后悔杀掉那八个人。尤其是在看过萧希的"劝降书"后,更是觉得他们死有余辜。或许他们在欺负人的职场上一帆风顺,但他们终将为他们的罪行付出相应的代价。

　　我唯一的遗憾,是害死了贾向阳。

　　我本来想放他一马。事实上,我给过他两次机会,可每次他都没有抓住。

　　第一次,约好了6点10分发车,贾向阳却迟到了。在他迟到的将近十分钟里,我多次催促和施压,希望大家抛下贾向阳,并给出了最后的期限。不幸的是,贾向阳还是赶上了。

　　第二次,贾向阳在孤峰山的北侧下车。那时,我还在想,幸好他下车了,不然,我或许会为了他一个人,而取消今天的整个行动。可谁能想到,下车没多久的他,就背着那个满满当当的大背包又回来了。原来背包里装的都是忘了分给同事的零食,所以他又折了回来。

　　悲剧的是,第二次往往没有第一次那么幸运。彼时我已经将一车人都锁了起来，我的载满炸药的无人机也飞到了中巴车的头顶……

其实，不只是独峰山爆炸案，后面两次案件，我也曾动过善念。

在为机器人武松预设杀人指令的时候，我把行动的有效期限只设置在了4月14日当天。如果祁嘉美不那么迫不及待地跑去蜡像馆，也不至于命丧黄泉。

但是，当时的祁嘉美心情一定非常不错。因为她的老公，还有情夫同时被炸死了，再也没有人知道她的秘密了。她可以继续嫁人，继续长出新的名为"幸福"的双脚，再婚后，也不用担心孩子的亲生父亲，到底是巫子铭还是蒋正杰——反正都不是后爹的。甚或，祁嘉美以后不必再依靠男人，她完全可以凭着腹中的孩子，继承蒋正杰的巨额遗产。

同样，在智慧汽车案中，我也只是对那辆新能源汽车做了手脚。如果4月14日祁嘉美的父母不去驾驶那辆装满邪恶的车，也不用提前去地府报到了。

毕生的恩怨纠葛已经算清，深入骨髓的仇恨也已了结。

我有想过认罪伏法。但是，我的人生已如多米诺骨牌，一旦起了头，中途便无法停止。

对不起，萧希，我不得不对你和你的家人下手。

生存的贪念，还是战胜了怯弱的良心。

第三章
谁是凶手

一、他是谁

"巫子铭,死了!"

"谁?巫子铭?"接到警局同事的电话,东吴市刑警队队长束丽丽泛起了疑惑,"你是说'4·1独峰山爆炸案'的那个司机?他不是早就死了吗?"

"没错,就是巫子铭。当时死的人不是他,而是贾向阳。现在死的人,才是他。"民警费力解释着,但越是着急,越显得语无伦次。

"什么当时、现在的?什么巫子铭、贾向阳的?"束丽丽反问道。她的反问,并不是因为她被绕晕了——事实上,关于案件的一切,早已印在了脑海中。束丽丽只是一时无法相信她所听到的信息:"你是说,贾向阳不是凶手?4月1日的独峰山爆炸案、4月14日的AI蜡像馆案和智慧汽车案,这三起命案都是巫子铭干的?而且,现在巫子铭也死了?"

"对,对!束队,您说得一点儿都没错。"民警的语气中带着一丝欣慰,"没想到我的表达能力那么差,您还是听明白了……"

"案发现场在哪里?"束丽丽没等民警说完,就干脆利落地问道。

"死者被发现在岱湖路北侧一处即将拆迁的城中村,这边有个破庙,您来了就能看到。我已经通知现勘组的同事和法医了。"

"好，保护好现场，我马上过去。"

自从4月1日的独峰山爆炸案发生之后，警方就在第一时间成立了专案小组，由刑警队队长束丽丽亲自负责。束丽丽是东吴市刑侦圈的"三虎"之一，洞隐烛微，心思缜密，东吴市的多起悬案，都是经她破获的，人称"疑案终结者"。

可经过将近半个月的侦查走访，逃犯贾向阳都没被缉拿归案。不仅没有抓到贾向阳，还让他在众目睽睽之下，于4月14日再犯两起血案。这已经严重威胁到东吴市普通百姓的人身安全，专案组承受了巨大的破案压力。经研究决定，警方将这三起重大恶性刑事案件做并案处理。

然而，警方先后调取了独峰山、AI蜡像馆、智熊科技公司、贾向阳所在小区周边等多处监控录像，又对上百名目击者和相关人员进行了详细询问，均未发现身高一米六、年龄三十岁、左脸有疤痕的贾向阳。

在贾向阳的人际关系中，警方重点调查了萧希和贾大强。这二人，一个是其女友，另一个是其养父。贾向阳消失前的最后两通电话，就是打给他们的——打给萧希，是告诉对方他临时取消了去绿藤市的团建；打给贾大强，是告诉对方他马上要回独峰山脚下的老家。经查证，这两次通话内容基本属实，也排除了二人窝藏罪犯的可能。

其实，他们不仅不会隐瞒贾向阳的行踪，还十分积极地配合警方查案。萧希就曾找到束丽丽，表示自己可以给贾向阳写一封公开信，劝其早日伏法认罪。贾大强在独峰山爆炸案之后，还回到山脚下的老房子，去案发现场烧纸、忏悔。受害者家属在他家里安装监控设备——用来监督贾向阳是否回来过——他也没有拒绝，甚至还向一些有良心的自媒体说明，这是他主动要求安装的，并没有侵犯到他的个人隐私。

专案组连续多日调查，均没找到贾向阳。束丽丽不停地在大脑中反刍，中巴车上共有十人，其中九名死者确定了身份，那唯一活着的人，当然就是凶手了。这么简单的推理没毛病啊，可怎么查了这么久，连凶手的影子都没查到？这让她敏锐地察觉，应该是之前哪个环节出了问题。

就在此时，束丽丽接到了民警打来的电话，给她来了一个惊天反转。原来凶手上演了一出偷天换日的把戏，贾向阳早已死亡，巫子铭才是真凶。所以，按照贾向阳的身体特征进行排查，就算翻遍各处，也是找不到巫子铭的。

可是，为什么现在巫子铭也死了呢？他一直安全地躲在黑暗中，警察都找不到他，为何现在要以"见光死"的形式出现呢？他是怎么死的，是畏罪自杀，还是被人杀害？如果是被人杀害，那杀他的凶手又是何人呢？

案件越发地扑朔迷离。

束丽丽抵达城中村的破庙时，刑侦技术相关同事已经开始工作了。警戒线内，法医在对尸体进行检验，现勘人员在对案发现场进行痕迹的发现、提取和鉴定。

死者仰面朝天，胸脯处血迹斑斑，手脚有明显的绑架勒痕。死者的头部，应该是遭到了具有强腐蚀性液体的溶蚀，已经面目全非，惨不忍睹。

尸体边上，一瓶一斤装的白酒瓶翻倒在地，瓶上满是泥土。一沓厚厚的A4纸张，密密麻麻地爬满了打印出来的文字。与常规的犯罪案件不同，此次凶手的作案工具没被带走，一把匕首、一根铁棍、一圈钢丝，赫然摆放在尸体周边。但毫无疑问，这些物件上面的指纹，应该早被擦拭干净。

"你们是如何确认死者就是巫子铭的？"束丽丽盯着死者那完全看不清模样的头部，急忙问道。

"除了身体特征外，还有这份认罪书。"民警小刘指着那沓纸，表情就像刚打了一场胜仗，"认罪书中，巫子铭已经交代得清清楚楚了。"

束丽丽拿过"认罪书"翻看起来，开头第一段就写着：

是的，我是凶手！

我炸死了智熊科技的九名员工，我设计砍死了身怀六甲的孕妇，我还谋杀了一对年过花甲的老夫妇。

这一切都是我干的，我就是那个罪魁祸首！

不过，我不是贾向阳，而是巫子铭——没错，你没有看错，我是巫子铭。

……

但是越往下看，束丽丽的脸色越难看："只凭死者的身体特征，还有这份来路不明的文件，就能断定他是巫子铭吗？我们已经在身份问题上犯过一次错误了，绝对不能再犯第二次。而且，这份万字长文也称不上'认罪书'，完全看不到任何的认罪表现。恰恰相反，他还会继续实施犯罪，继续绑架萧希的孩子。这顶多算是一份'自白书'。"

刑警队副队长马旭赶忙过来解释："束队，您别听小刘的，我看他就是想破案想疯了！独峰山爆炸案的事确实是我们的工作疏忽，当时现场惨烈，很多人体组织都找不到了，只有通过DNA鉴定来判断死者身份。再加上祁嘉美又十分肯定地指认……但是，这次不同，我们已经采集了死者的指纹信息，马上就可以在数据库中匹配出来。DNA没有，但指纹数据我们还是有的。"

"嗯，身份信息是办案的前置条件。"束丽丽的语气缓和了一些，"一个死者的身份问题，就会带来多种可能。首先，如果死者就是巫子铭——这是最简单的一种情况——说明巫子铭应该就是前面三起案件的凶手，而现在他被谋杀了，作案动机大概率是仇杀，嫌疑人也不难锁定，最大的可能便是受害者家属。"她一边思索一边进行推论。

如果死者不是巫子铭，那情况就复杂了，凶手的身份会有四个推论：

1.凶手是巫子铭。这是他犯下的第四起案件，他杀害了一个与自己外貌特征相符的人，即我们面前的这具尸体，提前完成了第二次的身份替换。至于自白书中提到的绑架萧希的儿子，则是他故意做出来的幌子。

2.凶手是贾向阳。贾向阳依然是前面三起案件的凶手，现在则是他犯下的第四起。他杀害了一个与巫子铭体型相似的人，又伪造了这份自白书。

3.当前的死者不是巫子铭，说明他早在独峰山爆炸案中就已死亡，而贾向阳则逃之夭夭。那么，这起案子的凶手，也有可能是贾向阳的家属，与之合谋，或独自策划了这一切，目的是为了帮贾向阳洗脱罪名。

4.当然也有可能，这起案子跟前面的三起没有直接关联。凶手只是为了转移视线，干扰破案思路，才精心布置了这一切。

听完束丽丽逻辑缜密的推理，民警小刘羞愧地半天抬不起头："束队，我马上就去跟进死者的指纹匹配，看看进度如何了。"

"嗯，绝对不能因为身份问题再走弯路了！"束丽丽叮嘱道，接着又转身看向马旭，"说说你们的调查情况吧。"

"好的，束队。今天上午9点钟，我们接到城中村拆迁办的报警电话，说他们在施工过程中发现了一具尸体。接到报案后，专案组成员第一时间赶到了案发现场。目前已经掌握到如下信息：

"第一，死者身高一米七，年龄在四十岁左右，体形偏瘦，基本与巫子铭的身体特征相符。但由于面部已遭硫酸溶蚀，需要进一步的指纹匹配，才可断定死者身份。

"第二，死者的死亡时间，大概在4月24日的凌晨3点到4点之间。致命伤是头部遭到钝器击打，颅脑损伤而亡。胸部有多达十三处的利刃捅伤，但皆非致命损伤，疑为死后所补。而且从创口来看，施害者至少有两人，一人惯用右手，另一人则是左撇子。除此之外，还在手腕和脚腕处，发现了痕迹明显的勒痕。

"第三，物证方面，现场发现了钝器铁棍一根、锐器匕首一把，以及钢丝一圈。另外还有一份厚厚的A4纸张，一个空酒瓶。

"第四，通过对案发现场的缜密勘查，除死者之外，并未在作案工具、地面、墙壁等地方找到第二个人的指纹、足迹或皮屑。"

一番汇报之后，马旭又补充道："这个案子，有三处异于寻常。首先，它不像一般的溶尸案，对受害者全身进行溶蚀，而只是针对头部和脸部；其次，凶手没有带走作案工具，通常情况下，凶手都会把凶器丢弃或埋藏，而不会故意留在案发现场；然后，就是那份文件了，凶手为何写下这样一份不像认罪书，又不像遗书的东西？"

"嗯，还有死者胸部被刺中的十三刀，这数字，也像是有什么象征意义。"束丽丽目光向上，陷入了沉思，"目前死者身份还未确定，不过不影响我们进行推测。这十三刀，应该代表着三起命案中的十三个受害者。那份文件——我们姑且称之为自白书，不管是谁写的，其目的都是在昭示巫子铭的累累罪行。假定死者就是巫子铭的话，凶手溶尸只溶脸，可能是为了以其人之道，还治其人之身，巫子铭不是焚烧、毁坏过别人的面部吗？那现在也让他同样体验下面目全非的感觉。至于把作案工具留在案发现场，又将上面的指纹抹掉，说明凶手对自己的完美犯罪非常自信。"

"这样看来，凶手确实像在报仇……还有一个问题，我没想明白。凶手为什么只对尸体的面部做了毁坏，而十根手指却完整保留了下来。如果他不想尸体的身份被查出，那么应该不会忽略指纹这么重要的线索。"

"没准凶手是有意为之。"

"有意为之？如果这样的话，那尸体真的有可能就是巫子铭了。只溶蚀面部，却保留指纹，八成是纯粹的报仇泄愤。"

"这些都只是我们的猜测。当前的首要工作有两项：第一，尽快确认死者的真实身份；第二，明确这份自白书究竟是何人所写。"

"收到，束队。"

二、无法收尸

"确实是巫子铭！"

民警小刘一脸认真地说道。自从上次挨批之后，他就变得异常严谨了。再三确认过指纹匹配结果，才敢跟领导汇报。

"没错，我也核查过了，死者的身份，正是巫子铭。"马旭接着说道,"那封自白书,经证实,同样出自巫子铭之手。我们问询过巫子铭的同学同事、邻居朋友,还对自白书中提到的老张、小李、王叔等人做过调查,证明了自白书的内容真实可信。能够将这些跨越四十年的生活碎片,如实地串联出来,除非是巫子铭本人,其他人难以完成。但是,以巫子铭谨慎的性格和超高的智商,他是不会主动写这些的,这样无异于自曝身份、自投罗网。所以,应该是巫子铭在遭到胁迫的情况下,不得已才写下了这封自白书。"

"嗯。也可能是巫子铭口述,凶手记录。而且凶手在记录的过程中,还做了选择性的加工处理。"束丽丽意味深长地说道,"比如,描写贾向阳的部分。他多次拿自己跟贾向阳作对比,用他的原话就是'不配跟贾向阳相提并论''我跟他相比,简直就是判若云泥'。"

"所以,凶手是贾向阳的至亲,萧希或贾大强?他们把巫子铭的罪行,通过自白书的方式公布出来,还贾向阳以清白;然后再将巫子铭杀害,替贾向阳报仇。但是,这两人,一个是手无缚鸡之力的弱女子,另一个是病情严重的癌症老人……"

"别忘了,4月23日,巫子铭可是喝了一斤白酒的。"

"哦,明白了。我现在就把他们带过来。"

"等等,"束丽丽沉默片刻,眼神中露出一抹内疚之色,"先把贾向阳的全国通缉令撤掉,然后再将萧希请到警局。至于贾大强,我们后面亲自去拜访。"

正当三位刑警讨论案情的时候,一个民警急匆匆地跑来了:"束队,巫子铭的那封自白书被人发布到网络上了。现在网民都已经炸开锅了。"

"发布者的信息追踪到了吗?"

"电脑倒是找到了,但没有查到发布者的信息。网侦的同事说,发布者是盗用了别人的笔记本,将自白书散播出去的。自白书是重要的物证,警方不会外泄,一定就是凶手干的。可惜凶手太狡猾了,电脑的失主没有看清他的样子。当时失主正在上厕所,一边刷着小视频,一边抽着烟,电脑包就挂在隔板的挂钩上。等上完厕所的时候,发现东西不见了……"

束丽丽等各自打开手机,自白书已经在多个网络媒体平台传开了,网友们纷纷留言评论。

有人谴责巫子铭,说他罪有应得,死不足惜;有人同情巫子铭,同情他遭遇了杀父之仇、夺妻之恨、被绿之耻,他的犯罪都是被逼的。

有人怜悯祁嘉美,说她不过是一个像你我一样追求幸福的普通女孩;有人唾弃祁嘉美,唾弃她是一个爱慕虚荣、自私懒惰的出轨女人。

有人把杀害巫子铭的凶手,夸赞成替天行道、任侠仗义的大英雄;有人认为凶手此举绝非善行,犯了法,就要追究其刑事责任。

而更多的人,则是在替贾向阳鸣不平。

他们要求曾经攻击过贾向阳、贾大强的受害者家属、媒体、无知网民等出来道歉;他们呼吁有关部门通力配合,尽快想办法让贾向阳入土为安;他们还自发捐款,出钱出力,帮助维护乌托邦网站、看望贾大强、给创伤儿童送去温暖。

甚至他们特意为贾向阳写了一首诗:

《向阳花赞》
一身铁骨,一世孤苦。
一心向善,一生磨难。
黑暗中扎根,污泥里生长。
求仁得仁又何怨?
一路泥泞,一尘不染。
一片丹心,一傅众咻。
艰难中坚守,逆境中逆行。
焉知笑靥藏泪痕?
向阳花,生在黑暗不害怕。
向阳花,活在深渊会开花。
一朝花落,一场浮梦。
一世清白,一笑了之。
黑暗中发芽,阳光里绽放。
不悔曾作向阳花。

"互联网真是洪水猛兽,来势汹汹,势不可当。网民既喜欢

'造神'，又擅长'弑神'。而'造神'与'弑神'的交替反转，常常只是因为几个未经证实的偶发事件。"马旭感慨道。

　　隔日，东吴市公安局，询问室。
　　萧希平静地坐在束丽丽和马旭对面的椅子上，表情仿佛一潭死水，不起波澜，不露端倪。
　　"萧小姐，你比上次我们见面时憔悴了不少，最近工作一定很忙吧，听说你还在智熊科技上班……"束丽丽客气地说，似乎她想以相对轻松的语气开始今天的询问。
　　"对，现在部门就剩我一个人。我对业务还算了解，等公司稳定之后，我便会离职。"
　　"我有关注过乌托邦社区这个网站，一直处于更新状态。也是你负责的吧？"
　　"是的。在当下急功近利的互联网环境中，难得有这么一个功德无量的网站，我也只是略尽绵薄之力。"
　　"不仅如此，你还担起了照顾贾大强、继续资助五个创伤儿童的责任。"
　　"这是我应该做的。"萧希神情淡然，但语气中似乎带着某种坚定。
　　"萧小姐，我知道你是一位有爱心和善心，同时又特别重感情的女士。你还曾向我提议，写一封公开信，劝贾向阳……"束丽丽刚想说出"伏法认罪"四个字，马上意识到不对，话锋一转，继续说道,"当然现在那三起案子的真凶基本锁定,可以排除贾向阳的嫌疑。通缉令也已经撤了。"

"既然排除了他的嫌疑,那能不能归还他的身份?"听到警方主动提起了贾向阳,萧希的情绪有些激动,"我想找回贾向阳的骨灰,我要替他收尸。活着不被重视,死了不能连个骨灰也没有。而且,他的父亲快要不行了,老爷子一直相信善恶终有报,就是靠着这股子信念,才扛到了今天。我真怕他怀着对人性的失望,郁郁而终。"

"但是,你知道骨灰已经被祁嘉美……"束丽丽不忍心再说下去。

萧希的脸色立马阴沉下来,表情极度痛苦,却没有一滴眼泪,黑色的瞳眸中流动着几分绝望,几许轻蔑。

很快,萧希裹紧衣服,深吸一口气,继续恢复了冷若冰霜的样子:"两位警官,你们这次找我,应该是为了巫子铭的案子吧?"

"是的,关于4月24日的巫子铭被害一案,我们有些情况想向你了解。"马旭说。

"那请问吧。"

"4月23日和24日,这两天,你都去了哪里,做了什么?"

"4月23日,周六,上午待在家里没出门,下午陪孩子去了公园游玩。24日,补今年劳动节的假期,正常上班。"

"23日下午,你在公园里有没有发现什么异常?"

"异常?"萧希探索着记忆,"没有。我记得那天公园里没什么人，玩到4点多，我们就回去了。"

束丽丽一直在沉默地观察，听到这个问题，不由坐直了身体："萧小姐，人们常说这个世上警惕心最强的，就是幼儿的母亲。你再好好回忆一下，23日下午，你在公园有没有察觉到不对劲的地方？"

"没有。"萧希给出了同样的回答。

"巫子铭被害的案发现场，留有一份万字的文件。其中有一段就写到，4月23日下午，他在公园偷偷跟踪了你们。"

萧希抱住双肘，目光在两位刑警之间来回巡视，眉眼间明暗交织，阴晴不定："想想真是后怕，一直跟踪我们的人，原来真的是巫子铭！我之前还以为是贾向阳呢，自从媒体报道了巫子铭被杀一事，才豁然醒悟……对了，那份文件就是网上传得沸沸扬扬的认罪书吗？束警官，我可以看一下这份文件吗？"

"不好意思，文件是重要物证，暂时还不方便透露。"束丽丽解释道，接着继续询问，"23日下午，你们离开公园后，又去了哪里？"

"直接回家了。"

"家里除了你和孩子，还有其他人吗？你的母亲跟你们一起住吗？"

"呃，我没回自己家。我去的是前夫家。"萧希的神情十分尴尬。

"一夜都在前夫家？"束丽丽和马旭面面相觑。

"对。直到第二天早上7点左右，前夫开车送我上班……"

"萧小姐,我无意打听你的个人隐私,只是我不明白,你这样一个气质恬静、知分寸,又重感情的女性,怎么会在前夫家留宿?"

"束队,正如你所讲,这是我的个人隐私,我应该可以选择不回答。我知道你的言外之意,是想调查我的不在场证明。你们可以找栗运泰进行核实,他能证明我有没有说谎。"

"好的,我们会根据调查的需要,找对应的人了解情况。23日下午,你们去的是哪一个公园?"

"灵石公园。"萧希幽幽地答道。

"好,"马旭记下公园名字,"现在谈谈你对巫子铭的看法吧。"

"我也是这两天看新闻,才知道巫子铭被杀的。我对他的了解不多,虽然我们是一个公司的同事,但不属于同一个部门,工作上也没有任何交集。"

"媒体上总有人拿他和贾向阳作比较,说他俩都有超高的智商,都是互联网从业者,都有过炙热的梦想,也都曾受过伤害。还有人则说他们并不一样,巫子铭跟贾向阳相比,巫的黑夜比白天多!对此,你怎么看?"

"或许他们相似,但绝不相同!"萧希的语气中平添了一层怒意,"他们都是学霸,但一个因作弊而辍学,另一个却在揭示导师的丑陋行径之后,艰难毕业。他们都是互联网从业者,但对于程序员文化的理解却不尽相同,一个不服管教,骨子里刻有叛逆精神,对所谓的管理者强加的、限制程序员行为的愚蠢规定不屑一顾；而另一个压根就没有程序员文化这个概念，只是安分守己，任劳任怨地把分内和分外的工作，都认认真真完成。他们都创过业，但'心动'APP最终卖掉了，乌托邦社区却还活着。他们都为人子，但一个对待亲生父母只有偏隘的孝道，父母出了交通意外，就像报复社会一样残害了那么多人；另一个除了用实际行动侍奉养父，还能做到'事父母几谏'，养育之恩，山高水长，孝顺之心，由内而发。当然，他们都曾受过伤害，但大家都看到了，一个是未曾治愈，心理越来越扭曲，终于变成了杀人狂魔；另一个则是即时化解掉。

"人的眼睛向外长，只看到外面，看不见内心深处。表面说自己放下了，不在乎金钱，可以安于'小人物'的简单生活了，其实只是自我麻痹。有多少人真正做到了过程即目的，本身即结果，当下即一切？贾向阳有没有做到，我不敢说，但巫子铭肯定没有。

"我不会同情巫子铭，同情这个残害十三条人命的恶魔！我认为，他罪恶的灵魂中，并没有良心的一面。如此一个杀人犯，绝对不能用无心为恶来评判，而是怙恶不悛！我想巫子铭是一个极其敏感、自私、边界意识薄弱、有极端倾向的危险人物。"

"看来你对巫子铭也并非一无所知？"

"我看了网上那份独白。而且，最近身边的同事都在讨论他。"萧希道，"自从独峰山惨案之后，大老板牛祎就亲自接管了智熊科技，他也聊过不少关于巫子铭的陈年旧事。"

"牛祎都聊了些什么？"

"他说，当年巫子铭从网熊科技离职，其实是一场误会。因为巫子铭是牛祎挖来的，巫也因此错过了盛世荣耀的上市，牛祎心里是有一些愧疚的。离职前的那次谈话，不仅没有辞退巫子铭的意思，反倒是出于寄予厚望的叮嘱，谁料到巫子铭竟会如此敏感和脆弱，直接就辞职不干了。之后，他的生活，便走向了下坡路，现在居然还杀了这么多人……对于接二连三发生的惨剧，牛祎有时候会感到自责，然后开始反思。终于，本来已经打算功成身退的他，又一次站到了风口浪尖，亲自负责智熊科技。刚接管一个星期，牛祎就对外宣布，智熊科技十年不盈利，将赚到的钱，全部投在科技研发上……"

"好的，"束丽丽打断了萧希，把话题切回到案件本身，"牛祎有没有提到跟案子有关的事情？"

"那没有。"

"好，我们暂时没有其他问题了，今天的询问先到这里。你后面如果想起什么，或者听到同事提起跟案子相关的信息，请随时告知警方。"束丽丽将笔录拿给萧希，"请在这里签个名，顺便写一下你前夫的联系电话。"

萧希熟练地用右手签下自己的名字，又翻出手机，找到前夫的电话号码，誊抄在本子上。

签写完毕后，萧希没有马上离开："束队长，我能请你们帮个忙吗？"

"你请说。"

"还是关于贾向阳身份的事情。我是一定要帮他收敛下葬的。虽然贾向阳的遗体已被祁嘉美误认，但祁嘉美也在14日遇害了，没准儿现在骨灰还在殡仪馆。我本不想麻烦警方，可我就这样无凭无证地去要骨灰，人家是不会搭理我的。"

"所以，你的意思是？"

"我希望你们能够给我开具一份证明，证明贾向阳不是凶手，他在4月1日的独峰山爆炸案中就已经死亡，以及证明祁嘉美错认了，那捧骨灰的主人，不是巫子铭，而是贾向阳……只需证明这些，剩下的事情，我去办。"

"呃，萧小姐，你的心情我们理解。只是……"

束丽丽面露难色，似乎进退维谷，难以决断。目前巫子铭的尸体已经确认了，中巴车上共十人，现在百分百证实了九个人，那剩下的当然就是贾向阳。可是，4月1日被祁嘉美认领的那具尸体，早已火化，再强大的技术，也无法对骨灰进行身份鉴定。也就是说，不能通过技术手段，科学严谨地证明他就是贾向阳。万一再来一次反转呢？

束丽丽本可直接拒绝萧希的请求，但这一尴尬的局面，又是由警方的问题造成的。"这样吧，萧小姐，你让我们考虑一下。坦白说，目前还没有结案，是不方便出具任何身份证明的，可现在情况特殊，贾大强又随时都会病逝……我们会酌情处理的。"

"好的，我等待你们的好消息。如果可以，请尽快回复。"

萧希离开警局之后，马旭一脸疑惑地问道："束队，这证明，应该不能开吧？您怎么就应允了人家？"

"因为我相信，我们是不会让任何一个老百姓白白冤死的。你想一下，倘若4月1日祁嘉美认领的那具尸体不是贾向阳，那案件将会更加错综复杂——说明还会有一个人遇害。所以，不管怎样，我们都要把死者的身份信息确认无误。"

"是的，我们曾在身份问题上犯过一次错误，这次一定要彻查清楚。"

"当然，刑警干得久了，经常会把事情往最坏的方面考虑。从我个人的经验判断，我是相信那具尸体就是贾向阳的。但如何确认，就需要从长计议了。"

"嗯，都已经烧成灰烬了……束队，您觉得萧希的口供有没有问题？尤其是她提供的不在场证明。她都离过婚了，又对贾向阳表现得情真意切，不仅维护乌托邦网站、照顾贾大强、继续资助创伤儿童，还两次提出要替贾向阳收尸。这样的女人，应该不会在前夫家过夜吧？"

"选择曾经深深伤害过自己的前夫做不在场证明，总比选择亲生母亲要有说服力。母亲一定会帮她，但前夫就未必会了。"

"可能萧希也看到了一点，正是因为不合常理，证明的可信度才会更大。我马上安排人手去调查她的前夫。"

"灵石公园也是我们的调查重点。23日下午，在公园里出现的人，不仅有萧希母子俩，还有巫子铭。或许，巫子铭在偷偷尾随萧希母子的同时，自己也被凶手跟踪了。"束丽丽停顿了一下，"看来我们是时候拜访一下贾大强了。小刘跟我一起去贾大强家，马旭你继续跟进萧希这条线，同时，要加快推进巫子铭被害现场的侦查工作。"

"好的，束队。"

三、首善老人

贾大强的老家，位于独峰山脚下。独峰山在过去就是一座荒山，贾大强做了两次开荒人。20世纪80年代，他用了十几年的时间，让荒山变绿；2000年大火后，又花了二十多年，再次铺出了一座青山。贾大强因此成了东吴市民口中的"当代愚公"，市政府还特意修了一条"最美公路"，直达独峰山。

可过去的二十多天，因为儿子贾向阳被当成了穷凶极恶的杀人犯，"当代愚公"也跟着变成了"魔鬼之父"。所有的受害者家属，以及素不相识的"正义之士"，纷纷跑来算账。家里被打砸一通，形销骨立的"半边人"贾大强，还多次被人从屋里扔了出去。

对于别人的声讨、斥责、咒骂，乃至拳脚相加，贾大强没有怨言，唯有默默承受。虽然他从未相信自己的孩子会去杀人，但他理解受害者家属的心情，也愿意照顾"正义之士"的感受。

"4·24命案"发生后，巫子铭浮出水面，人们这才发现，那三起血案的真正凶手，原来不是贾向阳！在自白书的推波助澜下，贾大强又一次被舆论捧上了道德制高点。"魔鬼之父"的称号被打倒，"当代愚公"的旗帜重新立了起来，额外还赠送了几个诸如"首善老人""国民老爹"的名头。

之前欺辱过贾大强的那些人，纷纷道歉。村委会、扶贫办、民政局等有关部门，也都介入进来，帮助解决生活问题。各路自媒体、新媒体争相报道，更有素昧平生的社会各界好心人士，表示要送慰问金、礼品，以及锦旗牌匾。

面对这些，贾大强依然以静默应对。虽然他会在镜头面前，挤出几丝微笑来配合拍照和采访，但他不会让人看到内心的悲伤与凄苦。丧子之痛，已经难以承受，何况贾向阳还死在了自己一手铺造的青山之中。

警车在"最美公路"上行驶着，一向风趣达观的小刘，这会儿也沉默不语了，看着外面的风景，发起了呆。他大概已经想到了接下来将要面对什么，将要说出以及将要听到多么扎心的话。

这是一间只有二十几平方米的农房。天长日久的风吹雨淋，让整个房屋斑斑驳驳，墙壁发霉脱落，石头裸露出来，无一不在诉说着岁月的沧桑。

贾大强的身体有残疾，见到有客人来访，挣扎着从床上起身，佝偻着身子，迈着蹒跚的步伐，来到门口迎接。才几步的距离，他却像走过长路般气喘吁吁。

房子里两个半大的孩子见状，忙追上去，一边搀扶老人，一边还在责怪。

"老爷子,您快回屋歇着吧。"束丽丽快步走到贾大强身边,紧握着他那只独臂右手,"我们只是来了解下情况,您不必起身相迎。"

贾大强没有听从束丽丽的建议,把两位警察同志请到屋内之后,让孩子倒了水,然后挪到一把椅子边上,直到客人落座,他才坐下。

屋里堆满了杂物,唯一的一扇窗户,只有笔记本电脑大小。一张旧桌子上方,悬着一只光秃秃的灯泡,即使是白天,也显得十分昏暗。水泥地面上,横七竖八地摆着各种包装精美的礼盒,与房屋本身的气质形成了强烈的视觉反差。

"他们俩,应该就是洪亮和谢超吧?"小刘看着两个男孩说道,他们一个正在倒水,一个已经回到电脑前玩起了游戏。

小刘这样一句轻描淡写的话,却震惊了所有人,就连束丽丽也不禁露出了讶异之色。

"警察叔叔,你认识我们?"玩游戏的男孩问道。

"我刚才也只是猜的,不过现在应该可以确定了。贾向阳资助的五个孩子中,只有两个是男孩,一个十三岁,名叫洪亮;另一个十二岁,名叫谢超。我看你们年龄相仿,果然没有猜错。不过,今天可不是周末,也不是假期,你们怎么没去上学?"

"他们向学校请了假,非要来照顾我,我怎么说都没用。"贾大强代替孩子们做了回答,"不过前两天教育局的领导说,可以帮助申请把孩子转到东吴市读书。他俩现在是孤儿，在老家也无依无靠。可是我也快死了，陪不了他们几天了……"

贾大强的声音异常虚弱，语气中透着自责和担忧。在昏暗灯光的映照下，他瘦骨嶙峋的身子宛若剪影，脸上布满了深深的皱纹，仿佛利刃在枯木上雕刻而成，头发灰白稀疏，太阳穴已经有些凹陷。

"听说之前萧希给您在市区租了房子，怎么突然就搬回来了？"束丽丽问道。

"萧希这孩子也没什么钱，她帮我太多了，不能再给她添麻烦了。而且，房东人也不错，我随时都有可能离开人世，总是不该死在人家的屋子里。俗话说，落叶归根，骸骨是一定要归葬故乡的。"说到这里，老人依次看了眼束丽丽和小刘，双眸中带着点点泪光。

束丽丽会意："昨天我们找萧希了解情况时，她也提到了想帮贾向阳收尸下葬……"束丽丽一边说着，一边看向面前的这位年迈父亲。

贾大强已经挺直了驼背，身体微微前倾，目光极为专注，好似要把女刑警的话，一字不落地听进去。

"只是，只是现在案子还在调查取证阶段，原则上，我们不可以开具任何证明材料……不过，我们也在内部讨论，会尽快给出妥善的解决方案。"

"巫子铭不是已经死了吗？他就是独峰山爆炸案的凶手啊，向阳哥是被他炸死的！为什么现在还不能还我哥清白呢？"谢超气呼呼地大声问道。

洪亮也用相同的气势接着问道："人都死了，我们不仅连他最后一面都没见到，现在就连帮他下葬立碑，都做不到吗？我们受他恩惠，即便是一缕烟，一捧土，也得找他回家！"

房间里一片静默，静默得让人感到压抑。贾大强就像失去了支撑，颓然地靠回椅背。他的精神已经有些涣散，神志昏聩，面如死灰。他慢慢地闭上眼，良久，才又睁开："孩子们，不要激动。人生就是这样，做我们该做的事，同时还要坦然地接受事与愿违……两位警官，如果你们还有问题，请尽快提问。我一会儿该休息了。"

四人把贾大强扶到床上，然后小刘快速问了几个问题。

"我们就快问快答吧。老爷子，请您说一下4月23日和24日，这两天都去了哪里，做了些什么？"

"那两天我都在家里，没有出门。"

"在萧希帮您租的房子里，还是在这里？"

"在租的房子里。"

"23日晚上，确定一直在家里吗？"

"对，大概晚上7点左右，我吃过止痛药，就休息了。"

"好的。两位小伙子，那你们呢？"小刘把问题从贾大强切向了两个男孩。

"我们也在家里。"

"哪个家？"

"当然是萧希姐租的那个家。那两天我们一直在家里照顾贾爷爷。"

"好，今天就到这里吧。"束丽丽站起身，准备离开。她又看了一眼这间昏暗的老屋，已经剥落了白灰的墙壁上贴满了贾向阳的奖状，奖状老旧发黄，但没有半点灰尘。一个廉价的塑料相框内，放着父子俩的合影，他们的笑容和善、亲切；他们的眼神中没有对未来无限美好的渴望，也没有面对当下困苦生活的坚毅，仅仅是那样不慌不忙、从容淡定。好像一瞬间，这间小小的屋子，在微弱的灯光下，变得柔和而温馨。

躺在床上的贾大强，扶着床沿试图起身，被束丽丽赶忙拦下："老爷子，快别起来了。"

这个年过七十的老人，呼吸沉重而迟缓，脸色晦暗消瘦，散布着许多斑点，看上去十分虚弱无力。奄奄一息，命悬一线，大概就是他此时的状态吧。

"等我五天，我会把贾向阳的身份调查清楚。"束丽丽握着贾大强干瘪的手，坚定地说道。

贾大强的身上好像蓦然腾起一股顽强的生命力，不住地说道："谢谢，谢谢……愿老天爷保佑我儿的灵魂安息，愿老天爷保佑所有人平平安安。"

返回警局的路上，小刘憋屈难受，仿佛在生谁的闷气一样。

"怎么了，瞧你那愤愤不平的样子。"

"束队，要不咱们调查一下其他的受害者家属吧，或者查一下巫子铭的人际关系，那些同事、同学什么的……"

"为什么？"

"因为我觉得贾大强，还有那两个孩子是不会杀人的。"

"你真这么觉得？"

"……反正现在没有任何证据可以指向他们有嫌疑，顶多他们有作案动机……"

"行啦，我看你的警校都白读了。法律倡导良善的价值观，会尊重民众的情感，但它也要超越个体的狭隘与偏见。我们现在最应该做的是尽快破案，让一切水落石出、真相大白。"

"您刚才说的五天，该不会是安慰贾大强的吧？还是您已经有了我们没看出来的线索？"

"回局里再说吧。"

四、吾自明

回到警局，专案组开了一次案情讨论会。

马旭先做了工作汇报："我们询问过萧希的前夫栗运泰，他证明23日晚上，确实与萧希在一起。23日下午4点左右，栗运泰开车出门前往公园，将萧希母子俩接回自己家中。24日早上7点，又驾车把萧希送到公司上班。这一说辞，同样得到了萧希儿子栗源、母亲蔡瑶的证实。栗源一直跟随父母二人，而蔡瑶则表示23日晚上女儿没有回家，说是去了前夫家。然后，我们又对栗运泰小区周边的监控做了查证，在23日下午5点和24日早上7点，分别看到了栗运泰的黑色沃尔沃轿车，进出过小区车库。"

束丽丽的表情闪过一丝疑惑："灵石公园呢？有没有看到他们？"

"这就是奇怪的地方了。我们查遍了灵石公园全部的监控录像，均未看到萧希母子、巫子铭，还有栗运泰的黑色轿车出现过。"

"那23日下午5点，有没有在栗运泰小区的监控中，看到萧希从车里下来？并且24日的早上，在萧希的公司门口，是否发现了她同样从栗运泰的车中走出？"

"这个我们也查了。栗运泰的小区和萧希就职的智熊科技公司，都是地下车库，有直达住户和办公楼的电梯……"

"所以，两次都是下了车，就通过电梯直接上楼了？而且，两次都没有在地下车库和电梯走廊的监控中，发现他们的身影？"

"这个，这个我们会再核实。"

"嗯，没有看到真人出现，调查得就不算彻底。另外，灵石公园不是也没查到人吗？那就扩大排查范围，按照栗运泰的黑色轿车这条线，往前追溯，查出这辆车到底是从哪里开进小区的？还有萧希，23日下午查不到，就从23日早上开始查，看看她从家里出门后，究竟去了哪个公园。"

"明白，束队。"

"案发现场调查得怎么样了？"束丽丽接着问道。

"通往城中村的入口有多个，周边的监控设备大多也已毁坏。目前我们已经将排查范围扩大到附近一公里了……"

"好，加快速度，人手不够，可以申请从下属派出所抽调。案发现场的调查，才是重中之重，以后每天都要汇报进度。"

"收到。"马旭领命道，"对了，束队，你们今天去贾大强家，有没有什么收获？"

"小刘，你来说一下吧。"束丽丽直直看向小刘。

"好的。贾大强的家里，除了他本人之外，还有两个男孩，一个是十三岁的洪亮，另一个是十二岁的谢超。他们都是贾向阳资助的孤儿。根据询问掌握的情况，案发当天，他们三人都在家中，并未出门。"小刘稍微顿了一下，深吸一口气，继续汇报，"不过，需要说明的是，他们所说的家中，不是位于东吴市三十公里外的独峰山脚下那个老宅子，而是萧希帮他们在市区租住的民房。而且在巫子铭被害之后，他们就从出租房搬回了老宅。所以，对于他们提供的不在场证明，还需要继续调查。"

"还有吗？"

"嗯，还有一处细节。通过观察，我大致可以判断洪亮是左撇子，并且是电脑高手。我们在贾大强家里，端茶倒水的活儿，都是谢超干的，洪亮就一直躲在角落里玩电脑游戏。我注意到他是用右手拿鼠标的，玩得还很顺畅。但是，当他情绪激动地说出'我们受他恩惠，即便是一缕烟，一捧土，也得找他回家'时，他挥舞的是左手，同样，擦拭眼泪也是用的左手……"

小刘细致入微的观察，为案件的侦破提供了重大线索。法医在巫子铭的尸体上，勘查到十三处深浅不一的利刃损伤，通过创口判断，施害者至少有两人，其中一人是左撇子。

然而，对于这么重要的发现，专案组的全体成员，好像并没有那么开心，反倒陷入一片持续的静默。

"嗯，小刘的观察非常仔细。"束丽丽清了清嗓子，"但是办案不能感情用事，就算感情用事，也要用对地方……"

"束队，您说的五天以内把贾向阳的身份调查清楚，现在能透露'秘诀'了吗？"

"哪有什么秘诀，不过倒是可以再查一下巫子铭犯下的那三起案子。之前我们是以贾向阳为嫌疑人进行调查的，查来查去都没什么收获。现在需要以巫子铭为线索，再重新彻查一遍。4月1日的独峰山爆炸案中，巫子铭拿走了贾向阳的随身物品，但我们并没有在4月24日案发的城中村找到这些东西。只要能够找回贾向阳的遗物，他的身份信息自然也容易得到证实了。"

"没错，虽然按照逻辑推理，贾向阳应该已经在独峰山爆炸案中丧生，但是仍然缺少实质的证据链予以支撑。首先，中巴车的行车记录仪，只看到了贾向阳在车上，也看到了他下车，可紧接着就什么也没了，无法证明他后来又回到过案发现场。其次，我们之前认为贾向阳回去过，是从萧希和贾大强的证词中获知的，尤其是萧希写给贾向阳的那封公开信。贾向阳失联之前的两通电话，确实是打给他们的，可也仅是通了个电话而已，他们并没有亲眼看到贾向阳后来去了哪里……现在，贾向阳的尸体又已火化，无法通过技术手段做身份鉴定。所以，核实他的身份，唯有调查遗物了。"

"好了，我们现在做一下工作分解。"束丽丽安排道，"马旭继续调查萧希和城中村。小刘负责跟进贾大强和那两个孩子，谨慎起见，同步查证其他涉案人员，包括独峰山爆炸案中的其他受害者家属，以及另外几个创伤儿童。贾向阳的身份确认，我来跟进。从今天开始，专案组的案情分析会，每天定时召开一次，用于更新信息，以及合并线索。务必要在五天之内，把笼罩在我们头顶将近一个月的四重迷雾，全部揭开！"

在束丽丽分工明确的统筹之下，专案组有条不紊地对案件展开了深入调查。而东吴市的热心民众也没闲着，宛若福尔摩斯上了身，争着抢着出谋献策。

有人建议警方，不应该把杀害巫子铭的犯罪嫌疑人，仅仅局限于贾向阳的亲属。因为巫子铭犯下的三起血案，一共牵涉到十个家庭，除了巫子铭的自灭满门，以及贾向阳之外，另外还有八个受害者的家庭。如果贾向阳的亲属有嫌疑，那他们同样值得调查。

有人提出了反驳，说不是所有人都像贾向阳的家属那样重情重义。那八个受害者的亲属，除了欺负病弱的贾大强，别的什么都不敢！

紧接着，又有人对上面的反驳，作了批评和指正——难道杀人是一件值得推崇的行为吗？以恶制恶，并不会让正义得以伸张，只会让良知遭到辱没。以暴制暴，固然泄了一己之愤，但也扰乱了正常的司法制度。任何时候，个体都没有审判权，也没有滥用私刑的资格。

有人则认为，警方办案太过谨慎，颇有些"一朝被蛇咬，十年怕井绳"。虽然之前弄错了身份，但这一次还有什么好怀疑的呢？巫子铭已经死了，那之前被祁嘉美误认的尸体，当然就是贾向阳。用最简单的排除算法就能推理出来，车内一共十人，九个已经确定了身份，最后一个不用想也知道答案了！这还用调查吗？

还有人，更是用实际行动，"帮助"警方查案。

独峰山脚下的十几个村民，一起跑到警局，说他们分别在同一个时间的不同地方，看到了贾向阳回过中巴车，而且还目睹了他被炸死的整个过程。经过核实，警方发现了这些村民身上的两个共同之处：第一，他们都是贾大强的邻居；第二，他们都说了谎。

随后，几个网络游戏的开发者，又给警方寄来了一个U盘。U盘里有4月1日独峰山爆炸案的航拍视频，将贾向阳遇难的详细经过都拍了下来。但通过证实，同样发现这段视频其实是电脑合成的。

短视频博主闻讯，不甘落后，也都纷纷寄来了类似的假视频。

办案民警无奈之下，只能发布普法通告，告知大家扰乱司法公正，是要受到处罚的。

除了关注破案本身，不少学者教授也从社会学、心理学、伦理学等多个学科出发,对涉案人员进行了一番评价。

但他们的评价,大多千篇一律,无非就是先同情一下受害者及其家属,然后从各个刁钻的角度,使用各种听不懂的专业术语,对犯罪动机展开看似触及人类灵魂的剖析,接着是对罪犯发起无情的痛斥,最后再以宣扬正能量收尾。

这就是一个绝对安全的万能公式。遇到了民众关注的社会热点,作为知识分子,总归是要站出来说上几句的。什么都不说,是万万不行的;可什么都说,又是万万不行的。于是,有了这套万能公式。

特立独行的人不多,而当年开除巫子铭的那个大学教授,就是其中之一。她在自己的社交账号上,发布了一篇没到24小时就被删掉的"不当言论":

> 大学有大学的制度,社会又有社会的规则。巫子铭违反了学校的制度,所以被开除了学籍;走出校园,踏入社会,他又触犯了社会的规则——这一次,他付出的代价有点大!
>
> 不受规训,就要接受惩罚。道理本该如此。
>
> 可我也不由得想要反思,教育的本质和目的究竟是什么?
>
> 教育难道就是填满一个个的容器吗?人的头脑并不是需要被填满的容器啊!
>
> 教育应该是在学子们的心中点上一盏灯,不管以后的

人生有多凶险,有多艰难,都能为他们照亮脚下的路。

当下的教育,更多强调的是社会化,它能够传授知识和技能,能够让你走向社会的时候,找到一份养家糊口的工作。可它恰恰忽视了最根本的个体化,它不会教你如何做人处事,如何在烦琐纷杂的生活中,时刻保持清醒的自我意识,让你不被生活拖着走,而是生活由你掌控。

巫子铭一直都在试图掌控自己的人生,一直都在追求自己想要的生活。其实,他的追求从来都不高!从全国最好的大学退学,两次错过公司上市带来的巨额财富,于他而言,好像也没有那么重要。比起在互联网公司做高管,他更喜欢从事所谓的底层工作。人各有志,平凡的生活,有什么不好?

他没有什么远大的抱负,却也创了一次业。他"心动"过,却也仅仅只是"心动"过。梦想坍塌的时候,他说:"亲手将自己一手建构的世界摧毁,再重新组装出一个让人无比憎恶的模样,人世间最痛苦的事情,莫过于此了吧。"

话虽如此,可真正的痛苦还在后面。他充当了祁嘉美一家人的劳动苦力,为了祁家,他甚至掏空了亲生父母的腰包,害得他们差点卖房卖血。他选择过简单的生活,却屡遭祁嘉美的厌弃,骂他不思进取,自甘堕落。

他只是想做一株小小的植物,一棵树,一根草,一片叶,不去忙碌地奔跑、跳跃、追寻一个又一个的目标。

他只是想静下来，听一听心跳的声音。

他只是想活得自洽一些，自如一些。

可是，没人懂他！父母只会望子成龙，妻子只会望夫成业。

他用了将近二十年，才与父母达成和解，却始终无法得到妻子的尊重与体恤。正如巫子铭所言："对的人，你在地狱，她也会陪着你斩妖除魔；错的人，你在天堂，她也要把你拽回地狱。"

巫子铭，真是"吾自明"，或许只有他自己才懂自己！

另外，我不得不再谈谈《易经》。自古以来，《易经》读出了很多君子，偏偏也教出了不少小人。其实，我们学习《易经》并不是为了占卦，也不是为了趋吉避凶，因为所有的吉凶祸福，实际上都由我们自己的道德人格来决定。合乎正道即吉，离经叛道自然是凶。

显然，巫子铭误入歧途了。想来真是讽刺，他只看到师卦六五爻爻辞的前段句，却忽略了后半句。而后半句的"长子帅师，弟子舆尸，贞凶"，联想到案件中的身份替换，不正是他恶行的因果报应吗？

五、浪漫至死

虽说"警民一家亲，浓浓鱼水情"，但术业有专攻，查案还是得靠人民警察。

经过四天紧张高效的调查,专案组掌握了翔实的证据,案件取得了阶段性的进展。

首先,警方排除了蒋正杰、钟羽娇、付钰、魏依依、陈震、金诺、冯泰、骆云扬这八名受害者家属的犯罪嫌疑。同样不具备作案时间的,还有其他几个创伤儿童及其监护人。

其次,通过对栗运泰小区、智熊科技公司两处地下车库与电梯走道的反复核查,均未发现萧希的身影。

贾大强的出租房是回迁房——一个将死之人实在租不了高档社区。回迁小区的物业管理混乱,监控大多形同虚设,除了东西南北四个正门之外,围墙护栏还被扒开了十几个出入口。之前受害者家属不顾侵犯个人隐私,安装在出租屋的摄像头,也已遭拆除。

经过一番搜证,没有查到贾大强、洪亮和谢超的行踪。

但是,这不代表他们四人,就这样凭空消失不见了。

通过对栗运泰驾驶的那辆黑色沃尔沃轿车,以及萧希母子两人的追溯调查,警方发现,4月23日他们去的并不是灵石公园,而是绛珠公园。

出现在绛珠公园监控录像中的,不仅有萧希、栗源、栗运泰,还有巫子铭、拾荒老人,以及贾大强。

正如自白书中描述的那样,巫子铭拉着偌大的行李箱,佯装成旅人的模样,准备伺机而动。其间还遇到了一个拾荒老人,老人捡完饮料瓶后,就心满意足地离开了。

但事实并没有那么简单。拾荒老人刚从巫子铭躲藏的隐秘角落走开，就步履蹒跚地走向了另一个更加隐蔽的地方。这个地方，有一个"半边人"正在等候。

两位佝偻枯瘦的老人，短暂而神秘地交流着。看得出拾荒老人疑虑重重，又有些心绪难平，而贾大强则显得异常悲愤与沉默。没有说上几句话，他就颤抖着身体，艰难地拄着单拐，极力装出迅速、利索、毫不费力的样子，像是凭着一股顽强的意念，歪歪扭扭地消失在了绛珠公园的监控录像中。

随后，在对巫子铭被害现场的调查中，警方将搜证范围一直外扩到了城中村的方圆三公里，终于在不同时间、不同入口，先后发现有四波涉案人员进入过城中村。

第一个是洪亮和谢超，时间是4月23日的下午2点半，甚至早于巫子铭。

第二个是巫子铭，时间是4月23日的下午5点。

第三个是贾大强，时间是4月24日的凌晨3点。

第四个是萧希，时间是4月24日的凌晨4点。

而巫子铭的死亡时间是在4月24日的凌晨3点到4点之间。

"束队，现在证据确凿，可以行动了吗？"专案组的成员请示道。

"是啊，虽然案发现场没有找到他们犯罪的直接证据，没有物证，也没有人证，但他们故意说谎、与受害者有过多次近距离的接触,却是不争的事实。"马旭表示赞同,"关键他们还有充分的作案动机。"

"现在还不是收网的时候,我还有一件事没做。相信明天一切都会真相大白了。"束丽丽的语气颇有信心,但情绪一如漫天阴霾,悒悒不乐。

这时小刘跑来传话:"束队,萧希来了,手里还拿着一个档案袋。"

"好,知道了,是我请她来的。"

原来,在过去的几天中,束丽丽对4月1日的独峰山爆炸案、4月14日的AI蜡像馆案和智慧汽车案,进行了重新调查。又根据自白书中透露的信息,对巫子铭的藏身之处——臭味熏天的烂尾楼、阴冷潮湿的桥洞下,以及偏远郊区即将坍塌的破屋等,展开了全面的搜证。

最终,束丽丽在案发现场周边的多个监控探头中,均查到了一个身高一米七、年龄在四十岁左右,体形偏瘦的男子出现过。经过严谨的技术识别与匹配,证实此人确系巫子铭。巫子铭的犯罪事实,再一次得到了实证。

接着,束丽丽又在东吴市郊的一个臭沟渠里,找到了贾向阳的遗物。这是一件遭到严重焚烧的衣服,已被烧成了焦黑色,蜷成一团。衣物失去了鉴别价值,不过,警方在裹挟处,勘查到一个貌似订单的红色纸片。应该是衣袋破了,纸张漏到了夹层里,才得以躲过巫子铭的视线,否则他一定会单独将纸张烧成灰烬。

纸片只有拇指大小，仅能看到上面写着两个英文字母：J.X。束丽丽对这两个字母并不陌生，4月1日，在独峰山爆炸案的现场，就勘查到一枚J.X的钻戒。经过确认，那是陈震向魏依依求婚时赠予的。

J.X是东吴市的一个高端钻戒品牌，而且只做求婚钻戒，男士凭身份证，一生仅能定制一枚。因为每一枚戒指都是特定的，所以交付的周期也比较长，通常在一个月左右。

束丽丽向J.X公司做了求证，对方确认贾向阳于3月31日，在他们公司订了一枚Believe系列的求婚钻戒，内壁镌刻着与品牌名称相同的两个英文字母，只不过调换了位置：X.J。目前钻戒已经制作完成，可以随时来取。

如此一来，贾向阳的身份终于得到了证明，以一种死亡的方式和一种浪漫的方式。

随即，警方就为已经遇害将近一个月的贾向阳，开具了非正常死亡证明。束丽丽还亲自咨询了东吴市殡仪馆和骨灰存放机构，然后才把这个消息告诉了萧希。

萧希按照束丽丽的嘱托，办了各种变更骨灰安放证持有人所需的材料。在来警局之前，她忍不住又去了趟J.X公司，把戒指取了，并直接戴在了右手无名指上。

"戒指很漂亮。"束丽丽看着眼泪还没干的萧希，像个朋友一样轻声说道。

"谢谢你,束队长。"萧希的声音带着哭腔,柔弱的肩膀还在起伏,"平时连瓶饮料都舍不得买的人,居然花这么多钱买块石头。"

"材料都办好了吗?"

"嗯,不二次土葬的承诺书、贾伯伯的委托书,还有一些身份证明的材料,都带来了。"

"老爷子同意把骨灰安放证的持有人,变更给你吗?"

"他是同意的,但我拒绝了。我觉得自己不配。"萧希清澈的眼眸里,闪过一抹异色。

束丽丽把一切都看在了眼里,沉默片刻,缓声说道:"走吧,先把骨灰领回来吧。我陪你一起去,事情应该会好办一些。"

"好的,谢谢。"

"还好现在领取骨灰,需要提供骨灰存放机构出具的骨灰安放证明书,以及购买墓位、格位的票据。也就是说,先要有地方存放,才能领取。"束丽丽一边带着萧希下楼取车,一边说道,"祁嘉美也不算太绝情,起码还购置了一个格位……要不然,事情可就麻烦了。"

"我觉得祁嘉美是真心喜欢巫子铭的,只是他们俩确实不合适。祁嘉美付出越多,反倒对巫子铭的伤害越大。"

"对,你说得也没错。"

"但祁嘉美还是出轨了。而且她跟蒋正杰的暧昧关系由来已久,公司很多同事都知道这件事,钟羽娇他们还帮着隐瞒。我不怎么关心八卦传闻，最近才听说。可能这也是为什么巫子铭要把那些看似无辜的同事，全部杀害的原因之一。我也因此侥幸存活至今。"萧希苦笑了一下。

"你说的这些有证据吗？"

"证据？应该算不上证据，尽是一些无聊同事间的道听途说。还有人说，巫子铭其实早就察觉到老婆出轨，顾忌男人的那点面子，才没有在认罪书中讲得太过直白。看来，有些事情，比死还要重要……我有时会想，巫子铭是不是活在自我欺骗中，他是不是已经患了某种心理疾病。要不然，一个正常人，怎么可能会杀人呢？"

束丽丽没有说话。不管巫子铭心理有没有问题，现在都已经无法证实了。但对于受害者来说，把凶手想象成精神有问题的非正常人类，能够在一定程度上减轻创伤带来的痛苦。

"束队长，你知道什么是最好的爱情信物吗？"

萧希突如其来的问题，让束丽丽愣了一下，但随即就恢复了常态："最好的爱情信物，不就在你手上戴着吗？"

"不，我觉得永恒的爱情信物，钻戒只能排第二。排在第一位的，应该是一株细弱的花朵，插在用爱人骨灰做成的陶艺花瓶中……可惜，恐怕我没有这个机会了。"萧希的语尾有些颤抖，悲痛和遗憾的泪水在眼眶里打转。

束丽丽看着这个充满感性和美貌的、跟贾向阳一样遍体鳞伤的女人，一时竟有些心酸。心酸过后，束丽丽把小刘喊上，让他与萧希一起坐在车子后排。

"束队长,我不会想不开的。贾向阳的骨灰还没领回,而且我还有话没对你们说。"

六、自首

贾向阳的骨灰,顺利领回来了。

萧希还没对警方说的话,也是时候坦白了。

束丽丽像是知道萧希要说什么,离开骨灰存放机构后,直接把车开回了警局。

讯问室内,萧希面色平和,镇静地拿起水杯凑近嘴边,还没喝,又放下了:"警察同志,我自首……"

"好,"束丽丽并未感到意外,"说说你的作案经过吧。"

"我该从何说起呢?还是从贾向阳开始吧。"萧希垂下头,看了一眼无名指上的钻戒,"其实,我一直都不相信贾向阳会犯罪。他没有作恶之心,也没有实施爆炸案的可能。4月1日,他只带了一个偌大的背包,包里除了几件旧衣服,就是我为他准备的零食,让他分给同事,缓和彼此间的关系。没准儿那些人'吃人嘴软',就不会再嘲讽他了。可是,他们根本没有给贾向阳机会,刚一上车就开始了各种欺辱,车子行驶到独峰山时,如坐针毡的贾向阳不得不中途下车。下车后,他给我打了电话,情绪异常沮丧,但显然没有愤怒和怨恨。我问他零食有没有分给同事,他这才想起来,又背着那个大包,返了回去……谁知道,这一去,从此就是阴阳两隔了……

"爆炸案发生之后，我作过各种推测，我幻想过贾向阳既不是凶手，也没有遇害，因为极有可能爆炸发生在他回到中巴车之前，毕竟汽车的行驶速度远远大于步行。可是，如果他不是凶手，又没有遇害，为什么一直没有回家，一直没有和我联系呢？我又猜测，贾向阳不是凶手，而是已经遇难了。可案发现场并没有找到任何可以佐证他身份的物件。九具尸体很快就都得到了认领，唯独没有贾向阳……最后，我才极不情愿地想到，难道贾向阳真的就是凶手？

"后来我发现自己被人跟踪了。好几次，我故意走进无人的小巷子或街头僻静的监控死角，我想看一看那个人究竟是谁。如果他是贾向阳，应该会现身；如果他是歹徒，也该抓住机会，对我下手。然而，他没有现身，也没有下手。于是，我报了警。但尾随者太过狡猾，你们没有发现他的身影。我一度还被家人怀疑患了心理疾病，整天疑神疑鬼。

"既然找不到他，那就想办法引他出来。我向警方建议写一封公开信，当时4月14日的AI蜡像馆案和智慧汽车案都已发生，为了早日抓获凶手，束队长同意了我这个提议。公开信发布之后，我就更加留意身边的陌生人了。终于，在我儿子就读的师范附小周边，我发现了那个尾随者。那天，我去接孩子，一个躲在学校门口三百多米处的黑衣男子，引起了我的注意。等他走后，我借口东西被偷，查看了附近小店的监控，找出了这个跟踪者。

"跟踪者虽然戴着口罩和黑色帽子，但他的身高体形、举手投足,都让我有一种熟悉的感觉。我首先排除了贾向阳的可能,接着,我联想到祁嘉美一家的灭门惨案,推测出这个跟踪者,应该就是巫子铭!

"作出这个推测的时候,我感觉整个世界天塌地陷,贾向阳一定已经死了,而且是被巫子铭害死的。巫子铭不仅杀了贾向阳,还把他当成了替死鬼!我的报复心理由此产生。我一边准备作案工具,一边反跟踪巫子铭,寻找报仇的最佳机会。

"很快,机会就来了。4月23日下午,在空旷无人的绛珠公园,巫子铭再次出现。他以为自己是捕蝉的螳螂,却没想到即将成为黄雀的猎物。我让前夫把孩子接走,并说服他为我做不在场证明。栗运泰这个人虽然不是好老公,但绝对称得上合格的父亲。护子心切的他,早就想惩治跟踪他儿子的坏人,而且他们暑假即将出国,两个多月以后便可一走了之。他也不必做出实际行动,只要撒个谎就行了——撒谎对于他来说,实在是再擅长不过了。

"作案工具、不在场证明都安排妥当了,接下来就是对巫子铭动手了。我知道单凭自己一个女人的力量,难以直接与巫子铭对抗,所以,我选择了在他喝醉熟睡之后下手。大概到了晚上9点左右,巫子铭沉沉睡着了。我就偷偷用钢丝把他绑了,然后,逼他口述了认罪书,由我记述。认罪书写完以后,我直接用铁棍将其打晕,接着鼓足勇气,连续在他身上扎了十几刀。确认巫子铭没有了呼吸,我就匆忙跑去打印店,把认罪书打印出来,再赶回现场。回到现场后,我用硫酸溶蚀了他的面部,又把犯罪证据处理干净,随后就离开了那个破庙。

"警官同志,这就是我的整个犯罪过程。巫子铭是我杀的,我不后悔,能够为贾向阳报仇雪恨,我死而无憾。"

萧希一口气说了十几分钟,她供述了自己的犯罪动机、犯罪细节,听起来好像犯罪证据充足,犯罪事实成立。

但是,讯问室坐着的几位刑警,无不脸色铁青,严肃的脸上,看不到任何破开迷雾见真相的痕迹。束丽丽更是眉头紧锁,微微摇起了头。

"萧小姐,我有几个问题要问你。"束丽丽顿了一下,像是疑惑太多,一时不知道从何说起,稍稍整理下思路,她提出了九个问题:

第一,你那么早就在师范附小附近发现了巫子铭,为什么没有及时通知警方?

第二,你独自筹划对巫子铭的报仇行动,难道就不惧怕这个穷凶极恶的杀人犯吗?就算自己无所谓,你也该顾忌到孩子的生命安危。巫子铭一直在偷偷跟踪你们,随时随地都有可能犯案。

第三,4月23日下午,你去的公园是绛珠公园,为何之前谎称灵石公园?在公园里,除了巫子铭,你到底还有没有看到其他人?

第四,你是几点到达城中村的?城中村里还有别人吗?

第五,你的作案工具,都是从哪里得到的,尤其是硫酸?

第六,巫子铭的自白书,你是在哪家打印店打印的?

第七，案发现场，你为何留下自白书、作案工具？为什么只溶蚀了面部，却完整保留了具有重大线索的指纹？你一共扎了被害者几刀，用的是哪只手？

第八，如果作案人仅你一个，那么自白书又是被谁发布到网络上的？用于发布的电脑，是谁偷的？况且，电脑失窃的地方，还是在男厕所。

第九，你为什么现在自首？仅仅是因为已经完成了替贾向阳收尸的任务吗，还是在保护谁？

萧希紧紧地环抱双臂，涌动着绝望与不安的眼眸中，泪水在不停地打转。她重重地吐出一口气，快速拭去眼泪，一扫刚才溃不成军的模样，露出了负隅顽抗的神色："我没有在第一时间报案，请求警察尽快抓捕巫子铭，不是因为我不怕死，相反，我怕得要死！我怕他伤害我的孩子，也担心他会继续对别人犯案。但是，与这些相比，我想到更多的是复仇！整个复仇行动，都是我一人所为，我没有同谋，也没在你刚才说的那些地方见过别人，更不是在保护谁。我之前说谎、现在自首，目的就是要还贾向阳清白，替他收尸。等完成这件事，我就会投案。这也是为什么我在案发现场留下作案工具、认罪书、没有毁坏尸体手指的原因，除了我要用相同的方式报复巫子铭外，还有就是我根本没想制造所谓的完美犯罪。从我计划杀人之日起，就想过认罪伏法了。"

说到这里，萧希目光退缩，但身体前倾："作案工具中，水果刀是从我家里带的，钢丝和铁棍是在城中村捡到的，硫酸是我在化学试剂店里购买的，使用的是现金支付。记录认罪书使用的是我的手机，打印是在附近的打印店，由于匆忙，店名没有记住。后来，认罪书被曝光，发布者是我前夫，电脑也是他偷的。至于，当时扎了巫子铭多少刀、使用的是哪只手，我记得是十三刀，代表的是十三个被害人，为了增加破案难度，我用左手刺了七刀，右手刺了六刀。"

"萧小姐，你应该很喜欢读推理小说吧。在写给贾向阳的公开信里，以及你替巫子铭记述的自白书中，都多次引用过推理作品的桥段。"

萧希愣怔半晌，不知该作何回应。

"显然，好的读者，不一定就是好的创作者；喜欢读，和能不能编出来，也是两码事。萧小姐，你的儿子今年七岁了吧，你觉得应该如何教育孩子？"

"我觉得孩子的教育有两种：一种是把他们当成园林中修剪整齐的树木，需要你精心维护、定期清除杂草、不时消灭害虫；还有一种是把孩子们当成原始森林里自然生长的植物，他不一定是树，也可能是花，或者草——但不管是什么，他们之间都没有任何一根没用的抑或有害的'杂草'。大家都是一样的，在真实的生活环境中相爱相杀……比起人造林，我更喜欢让他们真实、自然地成长。最怕的是，突然有一天，孩子们发现真正的世界并不是安乐花园，而是潘多拉的魔盒！"

"那么，让价值观还没形成的孩子接触犯罪，会不会变成罪犯呢？"

"对不起，我不是教育从业者，也不懂犯罪心理学，这个问题回答不了……今晚我可能要在警局度过了，能否让我打个电话？"

"给你家人？你不用打，我们会通知他们的。"

"不，我是想打给贾伯伯。我想告诉他，他儿子的骨灰，我已经领回来了。但是……但是，我跟前夫复合了，马上要出国，以后都不会再回来了。我跟他儿子之间，从今天开始，两不相欠！所以……所以，骨灰还是请他自己来警局认领吧。"

束丽丽鼻子一酸："别担心，还有我呢。我也答应过老爷子，五天内把贾向阳的身份调查清楚。明天刚好是第五天，我会亲自把骨灰交到他手上。"

七、认罪

第二天一早，束丽丽和小刘刚出警局大门，就遇到了骑着自行车赶来的洪亮和谢超。那是一辆堪称古董的二八自行车，整辆车发出了吱吱扭扭、叮叮当当的响声，好像除了铃铛不响，其他零件没一个不响的。

两个少年已经骑了三个多小时，从独峰山一路蹬到了市公安局，现在正累得满头大汗、气喘吁吁。见到一辆警车从大门驶出，车中坐的好像是上次在家里见过的警察，他们忙上前拦住去路："叔叔，阿姨，我们是来认罪的，能不能先让我们把罪认了，然后你们再出门？我俩过来一趟挺不容易的。"

束丽丽赶忙让小刘调转车头，开回了局里，她觉得这两个孩子的问题，单独在警局解决，未必不是一件好事。

洪亮和谢超应该是第一次进公安局，拘束又忍不住有点好奇地东瞧西望。束丽丽把他们安顿好之后，又从办公桌上拿了两瓶饮料，递给他们。两个半大的孩子拧开瓶盖，"咕咚咚"一口气喝光，看来确实累坏了。

待他们气息平复，束丽丽才开口问道："怎么现在想起来认罪了？"

"今天早上5点多，栗源就用电话手表给我们发信息，问他妈妈是不是跟我们在一起，怎么一夜都没回家？我们这才知道出事了……"

"所以，你们就来认罪了？"

"嗯，巫子铭是我杀的，我不能让萧希姐替罪。"洪亮理直气壮地说道，颇有男子汉的气势。

"不是，哥，案子是我们一起干的，不能都归到你头上，我也有份。"谢超睁圆了眼睛，表情有些惘然，就好像说好了一起玩儿，自己又没犯错，怎么突然就反悔了呢？

"你们这是杀人，知道吗？还以为是做错事，道个歉就可以的吗？"束丽丽严肃地斥责道，"一个一个说，不许抢。"

"好的，阿姨，我先交代。"洪亮从背包里掏出了一台笔记本电脑，开机后，找到一份文档，"您看文档的创建时间，是4月23日的晚上9点54分，那时我们已经绑架了巫子铭，逼他写了这份认罪书。"

束丽丽走过去，单击右键查看了文档属性，接着又双击点开，内容确实与案发现场的那份自白书一模一样。

"就算是这样，也不能证明自白书就是你们记录的。你们俩孩子，在那么短的时间内，怎么可能完成这样一份文件呢？不仅字数多，还有很多生僻词。"

"一开始确实挺费劲的，不过后来我们有了神器。"洪亮掏出手机，打开一款APP，"手机是之前萧希姐新送的，里面有一款他们公司研发的实时语音转文字的软件，名字叫'听见'。虽然是测试版本，不过准确度很高，而且还免费，又没有时长限制。我们就是用这个APP把语音转成文字的。"

"好，说说整个过程吧，详细一点，不能撒谎哦。"束丽丽说道。

"嗯。虽然向阳哥一直被当作杀人犯，还被全国通缉，但我们从头到尾都坚信他不会干坏事。后来听萧希姐说有人跟踪她，不仅跟踪她，还跟踪栗源，我们就怀疑这个人极有可能是真正的凶手！现在看来，我们的猜测一点都没错！因为我和谢超是学生模样，一般不会让人产生防范心理，我们就各自分工，谢超负责在萧希姐的小区周边潜伏，我藏在栗源的学校附近。经过连续多日的暗中观察，我们先后发现了巫子铭的身影。当然，一开始也不敢确定这个人到底是谁，通过与爆炸案的九名受害者一一比较之后，才判断出这人是巫子铭。

"如果跟踪者是巫子铭,那说明真凶自然也是他,而向阳哥早在4月1日,就已经被巫子铭害死了!于是,我们决定为向阳哥报仇!

"4月22日傍晚,我们发现巫子铭往城中村的方向走去,这是一个下手的好地方,但那时我们还没有准备武器,担心赤手空拳打不过他。于是,我们就去五金店买了刀、钢丝,又去化工厂偷了硫酸和铁棍。这些工具搞到手之后,天已经快亮了。为了不让贾爷爷发现,我们只能先回家。

"4月23日下午2点左右,我们借口约了栗源玩电脑游戏,从家里溜了出去。带着事先准备好的武器,还有报仇雪恨的决心,我和谢超一起来到了城中村,可是,到了之后才发现,巫子铭早就不见了。虽然不确定巫子铭还会不会回来,但我们好不容易才找到了他的老巢,所有的武器也都带来了,总不能空手而归,机会难得,下一次指不定是什么时候。所以,我们决定等等看,没准天晚一点猎物就会出现。

"事实上,天还没黑,大概等了两个来小时,巫子铭就现身了!猎物就在眼前,等了这么久的机会,终于到来了……但是,我们竟怂了!在脑海中,我们已经模拟演练过许多次,但到了该实战的时候,我们却害怕了。倒不是怕干不过巫子铭,而是害怕真的把他杀死了,我们就真的犯罪了。

"时间一分一秒地过去。天越来越黑,整个东吴市被黑暗笼罩,巫子铭也在积极地配合喝酒。他的心情一路走低,跌至谷底，自言自语，又痛哭流涕，没多久，便睡着了。

"机不可失，时不再来，我和谢超相互加油打气，终于勇敢地迈出了第一步，用钢丝把巫子铭给捆了。万事开头难，敌人被控制之后，我们松了一口气。这时巫子铭醒了，我操起手中的利刃，谢超举起硫酸，准备对巫子铭发起致命的一击。我们对视一眼，希望在彼此的眼神中读到肯定，可我们又一次犹豫了。

"巫子铭自知在劫难逃，看到我们犹豫不决，提议写一封认罪书。他真诚地说：'我不怕死，也不是在拖延时间，只是想在临死前，做最后一件善事，还贾向阳一个清白。'就是这句话打动了我们，于是，经过他的口述、我们的记录，完成了这份认罪书。

"虽然他的人生遭遇，不免让人产生同情，但再大的同情也抵不过复仇的决心。当听到他如何毁坏向阳哥的脸和头，如何利用向阳哥的身份持续犯案，如何偷偷地尾随萧希姐，还打算绑架栗源并极有可能撕票时，我和谢超再也没有任何犹豫了！

"我先是用铁棍狠狠击打了巫子铭的头部，然后又手持利刃连续捅了他十三次为所有受害者报仇，因为我是左撇子，为了不留下证据，捅刺的过程中，还变换使用了右手。紧接着，像他对待向阳哥那样，我们也用硫酸浇在了他的脸上。

"但是，我们没有毁掉他的指纹。虽然留下了可以验明身份的重要线索，一定会给我和谢超带来极大的风险，可也只有这样做，才能证明这个人就是巫子铭，证明他才是真正的凶手，证明向阳哥是被冤死的！

"另一个原因是,我们也没想畏罪潜逃。不只是指纹没有破坏,就连作案工具、认罪书,我们都一并留在了案发现场。我们本来是想等向阳哥的骨灰找回之后,就马上自首的。但是,谁能想到,你们误抓了萧希姐……"

洪亮口沫横飞地把整个犯罪过程供述了一遍,说得口干舌燥,嗓音嘶哑:"阿姨,还有饮料吗,能再给我来一瓶吗?"

束丽丽让民警同事又带了几瓶水过来:"还有补充吗?"

"有,"这次说话的是谢超,颇有些终于轮到自己上场的激动,"那台电脑是我偷的。我本来以为你们会把巫子铭的认罪书公布出去的,但事实上并没有。所以,我就在商场的厕所偷了一台电脑,然后把认罪书发布到多个网络平台了。目的是让大家知道向阳哥不是坏人,让那些之前欺负过我们的人,站出来道歉;同时,也是为了给警察施加压力,尽量在贾爷爷临终前,把他儿子的身份调查清楚……对了,那台电脑,现在已经物归原主了。"谢超摸着下巴思索着,像是在争抢立功表现,"还有,案发当晚的认罪书,是我去打印的。"

"好,你们把购买匕首和钢丝的五金店、偷盗硫酸和铁棍的化工厂、打印文档的打印店等信息,告诉这位警察叔叔。"

一位民警忙拿着本子,来到两个少年身边,记录完毕后,又匆匆离开了。

"我还有一个问题想问你们。4月23日下午到24日凌晨,你们在案发现场,有没有见到其他人?"

"没有。"两人异口同声、斩钉截铁地回答道。

"好,你们先在警局老实待着,我现在要去一趟独峰山。"

"阿姨,真的没有,您不用白跑一趟了。"两个男孩差一点就要尖叫出来,活像两只惊弓之鸟。

束丽丽无意惊诈他们,但看到他们的反应,不由得叹了一口气。本来她不想再作解释,却还是说道:"我是去把你们向阳哥的骨灰送回家。"

八、活着

警车行驶在开往独峰山的"最美公路"上,小刘负责开车,束丽丽和马旭坐在后排,中间放着贾向阳的骨灰。

路况很好,车辆也不多,可小刘却把车速放得很慢。车内无人说话,不知什么时候,几声哽咽,打破了这沉重得让人喘不过气的死寂。

"束队,马哥,这案子太让人揪心了。"小刘哑着嗓子说道。

"法大于情的事情,你以后还会经常遇到。我们作为执法者,就要始终站在法律这一边。"马旭像是在宽慰小刘,又像在安慰自己。

"可是,唉——"一声长叹之后,小刘清了清喉咙,"贾大强应该不会涉案吧?根据我的了解,他虽然是生活在社会最底层的弱者,理应对生活的打击有所抱怨,可他并没有一点对现实的不满与愤怒。他的身体可能站不稳，但做人做事一定是稳稳当当的。他用自己的善良宽厚，接纳着一切命运的不公，哪怕是在极端贫瘠的土壤里，也会顽强而又本分地活下去。"

"别再唉声叹气了……"

"不，让小刘继续说完吧。他的记忆力超群，观察也细致入微。"

"好的，束队。"小刘仿佛没有听到领导后半句的夸赞，心情依旧悒悒不乐，像是提前为贾大强开了追悼会，追述起了这位残疾老人的一生。

贾大强1952年出生，今年刚好七十岁。在他年轻的时候，其实身体是非常健硕的，爱好体育锻炼，拿过采矿场的游泳冠军。1978年前后，到了适婚的年龄，还差点成了家。之所以说差点，是因为婚宴上发生了意外事件，前来喝喜酒的村长儿子，酒后滋事，与人发生械斗。贾大强的父亲上前劝架，不小心被打成重度残疾。而整个过程中，身强体健的贾大强，只会气冲冲地举着菜刀，连挥舞一下都不敢，最后人都走了，他还傻傻地杵在那里。

新娘子嫌弃贾大强太过窝囊，公公又成了累赘，反正洞房还没入，就直接甩脸子走人了。

为了给父亲治病，贾大强去东吴市卖起了早点。那几年，他也相过几次亲，但都因为家庭条件太差，自己又被贴上了软弱无能的标签，结果均以失败告终。

后来贾大强索性就不琢磨结婚娶妻这件事了，把全部的精力都用在了挣钱上。凭着吃苦耐劳的劲头儿，他的早餐生意很快就做起来了，不仅养活了一家人，还有了一定的存款。

有了闲钱，他就想着种山。从20世纪80年代起，贾大强开始在独峰山上种树。邻居们都说他傻，一棵树长起来要好多年，靠卖树发财，不知道要等到猴年马月。其实，贾大强根本没在钱上作打算，只是单纯地想把家门口的这座荒山变成绿色。谁能想到，就是这么简单的初衷，让他一干便是四十年。

1992年，已经四十岁的贾大强，遇到了他人生中最大的克星——贾向阳！连算命先生都说这个孩子与贾大强八字不合。仿佛他的生命，是需要牺牲贾大强后半辈子的幸福才可以换来的。

为了把这个素不相识的病重弃婴从死亡线上拽回来，贾大强花光了全部积蓄。救了就要养，"天使之家"让他好人做到底——命是你救的，自然要担起养的责任。

莫名其妙多了一个孩子，贾大强更加不敢考虑结婚成家的事了，哪有女人愿意跟他？他只能一个大老爷们儿，独自养活孩子。

2000年，倒霉孩子居然在山中玩火。一千多亩的树木被烧个精光，有人给算了一笔账，这些被烧掉的树，大概能值二百万元。财富的损失只是一方面，更严重的是身体上的伤害。贾大强被烧成了"半边人"，孩子也被毁了半边脸。

但又能怎么办，难道要继孩子的亲生父母之后，第二次将其抛弃吗？

村民都为贾大强的遭遇感到惋惜，劝他不要再种树了。已经年近半百的人，就是熬成一堆骨头，也不见得能再铺出一座青山。贾大强却摆摆手说，有钱就多买几棵树苗，没钱就少种一些，慢慢来，不着急，青山不是一天就能绿起来的。

从那以后，大家就逐渐对贾大强产生了敬佩之情，给他送了"当代愚公"的称号，能够几十年如一日坚持种山的，唯有贾大强一个人。

帮贾大强爷儿俩治病的医生，说他们大难不死必有后福。有没有后福不重要，重要的是，眼前的巨额医疗费该怎么办？

当年的村长儿子，现在子承父业，也当上了村长，可能是念及旧情，十分积极地在村里组织捐助活动。只他一个人，就拿出了三万块。从1978年父亲被误伤，到现在的三万块，整整过去了二十二年。

贾大强誊抄了一份捐助者名单，他不想欠人情。但只有一只胳膊一条腿，又能怎么挣钱还债呢？左思右想，恐怕唯有乞讨要饭一条路可走了。他把孩子丢给父母，然后独自跑到了完全没人认识的陌生城市。

在街头要饭，总是要被人看不起的。奚落、辱骂，都是家常便饭，被当成拐卖小孩的人贩子，也时有发生。甚至，他这样一个将近五十的伤残男人，好几次被当场骂哭。

其实，以贾大强的性格，是承受不了路人指责的。可他又不得不向现实低头，他上有老下有小，中间还背着人情债。

不过时间久了，经验也就有了。贾大强终于在现实和尊严之间，勉强找到了一个平衡点，那就是流动要饭。很少会有同一个人，连续多天对一个乞讨者大发善心；但绝对会有很多人，持续多日看到同一个乞讨者时，忍不住要鄙视一番。要饭这门生意，不能总是待在一个地方，不仅挣不到钱，还会被羞辱。

树挪死，人挪活。贾向阳辗转过多个城市，他发现东北人果然都是活雷锋，善良又慷慨；而大城市的人，生活节奏快，人与人之间也相对冷漠。有些城市，一天就能要到三百多块；但有的城市，一天一百块都要不到。

屈辱的生财之道，终究要以屈辱终结。通过乞讨赚来的钱，就算再多，也不会让人开心。

有一年春节回家，一个颇有文化的邻居，当着满院子的人好心相劝："你多少还有一只手，干点啥不能挣钱，何必要出去影响市容呢？你知道你的孩子，在学校里都被人怎么称呼吗？同学们都喊他是要饭家的丑八怪！"

贾大强偷偷哭了一晚上，出去讨生活，已经受尽了白眼，回到家，连街坊邻居都看不起，还让孩子遭到了同学欺负。本来就只有一条膀子，决不能再手心朝上了。手心朝上要看人脸色，手心朝下，才是尊严。

在村长和那位有文化的邻居的帮助下，贾大强承包了一片小池塘，干起了水产生意。毕竟曾经是游泳冠军，也算专业对口。

终于可以站着挣钱了，而且每天都能跟父母孩子见面，平时不忙的时候，又可以去山上种种树。幸福的人生，也不过如此了。

尊严有了，幸福也有了，但挣钱却少了。水产养殖需要投入资金，需要时间等待，还要考虑如何销售，以及防范村里小孩偷盗。乞讨要饭，就不用操心这些，零投资，收益快，无须付出任何劳动，就能坐享其成，也没人会偷抢乞讨者的钱，顶多就是让人骂上几句。但再苦再难，贾大强都不会走回头路了！

日子慢慢过，债务也得一点点地还。能力有限，就先还年纪大的、家里困难的。

苦苦熬到了2014年，贾大强已经六十二岁，孩子也念到硕士了。除了村长家的钱不打算还，其他的外债都还清了。之前的那些捐助者，一开始还不肯接受，但推搡几次之后，也都收下了。

那年东吴市计划把独峰山周边的贫困地区，当作精准扶贫的试验地。贾大强家，理所当然地成了重点关照对象。扶贫办经常会把池塘里的水产，拉给学校，或者联系某个机关单位，让他们上门购买。

生活好像越来越好了。然而贾大强至今都想不明白，为什么父母会在这个时候选择自杀？先是父亲"不小心"掉到河里淹死了，这对于一个拿过游泳冠军的人来说，简直是最大的讽刺。紧接着，母亲又"误喝"了农药……就好像两位年过八十的老人早就商量好了。他们看到苦难的子孙终于过上了好生活，但老两口已然年迈，实在没有余热可以发挥了，再活下去，只能成为累赘和负担,搞不好还会把来之不易的幸福生活,再次拖垮。

父母去世了,欠的钱也都还清了,贾大强就搬到了东吴市。他不想再干水产养殖了,年龄大了干不动,总受人照顾,他心里不舒服,觉得大丈夫应该自食其力,不能总给国家拖后腿。

他在贾向阳的学校附近租了间房子,想着如何继续赚钱。但这样一个残疾老人,又不具备城市生存的手艺和技能,能做些什么呢?之前在农村掌握的那套水产养殖的本领,显然在城里是无用武之地的。那重操旧业,乞讨要饭呢?这个打算最好想都不要想,上了年纪,就不能活得像个孙子。

贾大强在大商场、小饭店、菜市场、工地等地方,试图找到一个保安、理货员、洗碗工、钟点工,或者临时工的工作,可溜达了好几天,都没人敢雇他这个六十多岁的"半边人"。

最后,贾大强想到了拾荒。拾荒不比乞讨,拾荒是用自己的手,让废物重新得到了利用,世界也会因此变得清洁。这是一份高尚的工作,虽然也是底层,但并不会丢人现眼。

就是靠着捡破烂,贾大强把孩子供到了博士毕业,闲暇时间,还不忘回独峰山种树。

2021年,独峰山早已荒山变青山,贾向阳也在智熊科技上了班。就在这个时候,六十九岁的老爷子不幸罹患癌症。

患病后,贾大强还是坚持拾荒,用他的话就是"活了干,死了算,一天不死,还得干"。

这样一对父子，也确实好笑！每个月省吃俭用，以捡破烂为生，居然资助了五个创伤儿童！去年河南发大水，贾大强还捐了三千多块钱。钱真的不算多，但要知道，这得捡多少破烂才能卖够三千块啊！

贾大强说自己捐得少，哭得多。他这辈子除了山，就是水了，年轻时游泳拿了冠军，五十岁时靠水产养殖谋生，六十岁时父亲又被河水淹死了。

他控制不住地把父亲想象成在河南的大水中获救了。他说自己捐款是带着目的的，扶贫办帮他卖掉了水产，他也应该有来有往。

人生七十古来稀，今年贾大强刚好七十岁，他说已经到该死的年纪了，老天爷让自己患癌，也没什么不对。

贾大强一辈子善良宽厚，却始终是绝缘短幸；他一生辛苦劳作，过得竟都是简陋贫寒的生活。死了就死了，人生的最终结果都是如此，在这一点上，老天爷还算公正。他说他大概理解父母当初自杀的原因了，因为他也不想拖累自己的孩子。

于是，他的孩子，百般防备着他想不开。父母在，人生尚有来处；父母去，人生只剩归途。贾向阳不希望这个世上唯一的亲人，用这种决绝的方式离开自己。

然而，贾大强还没离开，贾向阳就遭人杀害了，不仅失去了性命，一度还被认成是杀人犯，被全国通缉，就连骨灰都差点没有找到……

话到这里，小刘也就收住了嘴。

"这简直就是现实版的《活着》啊！"马旭感慨地说道。

"我觉得贾大强的命运，比徐福贵凄惨多了，起码福贵还过了几天好日子。贾大强这辈子就是做最好的人，然后吃最大的亏。他的'活着'比《活着》还不真实！"

"行了，别说了，前面就是贾大强家了。"

九、最后的真相

贾大强的家里，来了很多人，有贾向阳资助的孩子及其监护人，有"4·1爆炸案"的遇难者家属，还有独峰山脚下的一众村民。

人们聚集于此，像是在送贾大强最后一程，又像是在迎接贾向阳的骨灰。

面对与死亡有关的仪式时，任何人都难免神情庄肃。几个孩子更是一动不动地守在贾大强身边，心情低落，表情难过。

束丽丽将骨灰交到了贾大强手中。已经气若游丝的贾大强，见到儿子回家了，悲恸难当，老泪纵横，一时之间竟喘不上气，险些气绝而亡。良久，他才渐渐缓了过来。

"他们说他是杀人犯，我知道他不是！"虽然气息微弱，但贾大强的身上腾起一股异常顽强的气势。接着，他摆了摆手："你们先出去一下，我还有话要对警察同志讲。"

小刘配合着将大家请出去，然后关上门，守在门口。

"终于是等到了,谢谢你们。我也没有什么好遗憾的了,除了萧希和那两个孩子……"贾大强依靠在床背板上,一只手紧紧抱着骨灰盒,仿佛儿子的骨灰能够给他带来莫大的能量和勇气,"巫子铭是我杀的,跟他们无关。4月23日,我注意到洪亮和谢超出门时表情慌张,打他们电话也不接,担心出事,我又打给了萧希,询问这俩孩子是不是真的去找栗源玩电脑游戏了。萧希说她正在绛珠公园,没见到洪亮和谢超。

"我支撑着来到公园找孩子。他俩平时没有对我撒过谎,更不会不接我电话,我能感觉到可能要出事情了。果然,来到公园,孩子还没找到,就意外发现了一个鬼鬼祟祟的黑衣男人,我回想起萧希之前提到过,说有人经常跟踪她。刚好我的一个老伙计在此处拾荒,我就让他前去打探一下。根据老伙计的描述,我大致可以判断出这个人就是巫子铭。我一边通知萧希,让她注意安全,并马上报警;另一边,我又赶忙去寻孩子,不知道他俩现在是不是已经遇害了。

"警察同志,你们也知道,我行动不便,一直到了24日的凌晨3点多,才在城中村找到了洪亮和谢超。当时,这俩孩子已经绑架了巫子铭,我苦口劝说他们不要冲动,不能做违法犯罪的事情,要相信警察,警察一定会替我们出头的。

"两个孩子被我说服了,准备给巫子铭松绑。可刚一松开,巫子铭就对我们爷儿仨发起了反击。慌乱中,我拿起地上的铁棍,朝着他的后脑勺就抡了过去。可能是击中了关键部位,巫子铭当场倒地，很快就流了一摊血。因为过度惊吓，我们一时不知如何反应，等缓过神的时候，发现巫子铭已经死了。

"这时萧希也赶来了。我忙问她是不是报过警了，她说还没有。看看躺在地上的巫子铭，再看看身边不知所措的洪亮、谢超和萧希，一个罪恶的念头闪过了我的脑海——我决定毁尸灭迹。虽然人是我杀的，但他们都直接或间接地被牵扯了进来。洪亮和谢超购买了作案工具，还实施了绑架行为，而萧希也没有在第一时间选择报警，此时又出现在了案发现场。我一个将死之人，被抓被判被枪毙，都无所谓，可他们还年轻，未来还有很长的路要走。为了不让他们以后的人生有污点，我只能把现场的这些污点处理干净。我让他们先回去，然后一个人布置了你们后来所看到的一切……

"谁能想到，他们居然争着抢着替我认罪。我早就该死了，我早就应该站出来了，可萧希自首的时候，洪亮和谢超把我盯得死死的；到了他俩自首时，又安排了一屋子的人看着我。可能他们就是想让我亲眼看到向阳沉冤得雪，活着等到儿子的骨灰！何必呢，何苦呢？他们所谓的为我着想，其实就是在帮我犯罪啊！"

"老爷子，我也希望这是真正的结局。"听完贾大强的供述，束丽丽心如刀绞，痛心不已，"但正义得以伸张的前提是，解开一切迷雾，还原全部真相。萧希为了保护你和两个孩子，撒了谎；两个孩子为了保护你和萧希，也撒了谎；现在，你又为了保护他们，再次说谎……欺骗、包庇，在'4·24命案'中随处可见。不仅主动投案自首的你们，还有萧希的前夫、母亲和儿子，你的那个老伙计,就连屋外的这群人都在欺骗和包庇……"

"警察同志,我说的都是真的,一切都是我干的,与他们无关,请你相信我。"贾大强喘着气,眨着眼,倾身向前,戒心重重地说道。

这时,马旭悄悄地走到束丽丽身边,低声说道:"刚才警局的同事说,已经查证硫酸、匕首等作案工具,都是洪亮和谢超偷盗或购买得来的;案发现场的那份自白书,也是他们记述并打印出来的;后来将自白书泄露出去,同样是他们所为。"

束丽丽好像早就知道了这个结果,她脸色阴沉地看着贾大强怀中的骨灰盒:"我想,如果贾向阳在天有灵,他一定不会希望看到现在这样。为了还他一个人的清白,竟然让身边这么多人,失去了对善的坚守。犯罪,破坏的并不仅仅是我们眼睛看得到的东西,它还会深深地侵入人们内心,毁掉人们心中最根本的良知。"

贾大强缄口不言,但懊悔的神情已然爬上了他布满皱纹的脸。

"老爷子,您大概还不清楚死者身上有多少处捅伤吧?"束丽丽语气平静,眼神却凌厉逼人,"一共十三处。而且从创口来看,施害者至少有两人,一人惯用右手,另一人则是左撇子……您仅有一只坚强的右臂,如何独自一人完成毁尸灭迹呢?"

"人确实是我杀的,"贾大强急得眼泪都要下来了,"只是——唉,罢了,做了错事,就要认错,我不能再包庇他们了。警察同志,让我说出最后的真相吧。巫子铭,确实是被我用铁棍重击而死的。杀了人之后，我要立刻报警自首，可是……"贾大强全身战栗哆嗦，表情痛苦万分，仿佛说出的每一个字，都如刀刃一般，直戳心窝，"可是，那两个傻孩子拦住了我。谢超死死地抱住我，洪亮就去布置现场。他把我留下的痕迹全部抹掉，接着狠狠地用左手刺了巫子铭七刀，又把硫酸浇在头上。然后，他在铁棍上留下了自己的指纹，并在现场来回走动……原来，他不是在销毁证据，而是要替我顶罪！

"把我抬回家、再用绳子牢牢缚住我，他们就准备投案自首了。结果，就在这时，萧希找来了。她说，谁都不用牺牲，巫子铭罪有应得，案发现场她已经处理干净了。

"原来我们离开城中村的时候，萧希刚好赶到，她已经找了我们大半夜，没想到找到我们时，竟然见到了这触目惊心的一幕。

"萧希看到我被两个孩子抬走，又看到了破庙中的一片狼藉，大概猜到发生了什么。为了保护我们爷儿仨，她决定清理现场。

"她知道洪亮是左撇子，为了不暴露他，就用右手在巫子铭身上又扎了六刀。事后才发现，两人合起来，正好捅了巫子铭十三刀。真是善恶终有报，巫子铭害死了十三条人命，自己也被刺了十三刀。

"接着萧希把案发现场留下的证据全部抹掉，就离开了城中村。其实，她完全可以带走作案工具、认罪书，还可以把巫子铭的指纹毁掉，这样做起码能够增加破案难度，没准你们还没查到真凶，她就跟着前夫一起出国了。

"但是萧希跟那两个孩子一样，都没有想过逃避责任……

"我说的全部是事实。我杀人不是为了报仇，而是为了救两个孩子，谁能料到现在反而连累了他们，还把萧希扯进来了。他们做的这一切，都是为了我。而我一开始就打算认罪伏法，但看到他们涉案，又不得不选择了隐瞒真相……"

坦白完这最后的真相，贾大强也仅剩最后一口气了。他缓慢地靠回床背板，面如死灰，呆滞涣散的目光逐渐失去了焦点。

房中灯光昏沉，三位刑警呆呆站在原地。

破案了，所有的时间节点、人物出场顺序、作案过程和细节，都对上了。可为什么就是没有查明真相的成就感，没有抓到真凶的获胜感？

一阵大风吹来，窗户震颤不休。紧抱骨灰盒的贾大强，仿佛听到了儿子轻快的脚步声。一如贾向阳小时放学，虽遭同学欺辱，仍能蹦蹦跳跳地回到家中，只因他听信了太多养父教给他的道理。

后记

从1994年的一条64K专线接入国际互联网开始,我国的互联网已经高速发展了28年。这28年,我们见证了中国互联网从PC时代的大屏向移动终端的小屏演变,从消费型互联网到产业互联网的转型。近两年,我们也看到了互联网职场红利的逐渐消退,最早的一批从业者慢慢转向幕后。

市面上从来不缺互联网技术类或实操类的书籍,却鲜有关注互联网从业者的文字;书店里摆放着各类悬疑和推理小说,但把选题定在互联网这个领域的,好像也不多。

能够把这两者结合起来,是我写作的初衷,也是我努力想要达成的目标。我希望《织网人》系列小说,既有类型文学的可读性,更有对2000万"织网人"的致敬。

文学作品具有虚构性,与现实的人物、事件、地点、企业等无关,切勿对号入座。

一本书的出版，就像一款产品的上线，需要各个环节的有效协作。感谢重庆出版社华章同人的各位编辑老师，感谢我的家人对我创作的理解和支持，感谢一众好友长期以来的关注和帮扶。

　　还是拿产品做比照，一本书发行之后，也有了它自己的生命。它可能有幸遇到很多喜欢它的读者，也可能没那么幸运，这都是它自己的命。作者的任务，只是赋予了图书以崭新的生命，至于生命的延续，还需要读者的阅读。阅读也是一种创作，更是一种创造。

　　感恩所有遇见这本书的读者们。

徐永健

2022年5月18日